COMING HOME FOR DESTINY

„LOVE IN ALASKA" BAND 4

SIENNA DANES

IMPRESSUM:

Sienna Danes

c/o easy-shop,

K. Mothes

Schloßstraße 20

06869 Coswig (Anhalt)

Copyright © 2024 by Sienna Danes - All rights reserved.

Coverdesign: Sabrina Dahlenberg, www-art-for-you-book.de

Bildnachweise: AdobeStock 126000967, AdobeStock 300741950, AdobeStock 334402893, AdobeStock 652865770, AdobeStock 705603165, Bigstock 214457971, Shutterstock 98549552

Lektorat / Korrektorat: Wortverzierer - Klaudia Szabo & Carina Rogaschewsk

Erste Auflage, November 2024

Herstellung und Druck über tolino media GmbH & Co. KG, Albrechtstr. 14, 80636 München. Printed in Germany. Fragen zu Produktsicherheit an: gpsr@tolino.media.

LIEBESROMAN

SIENNA DANES

COMING HOME
for destiny

Love in Alaska
Band 4

1
LIV

Der Sturm rüttelte an den Wänden meines Hauses, zumindest kam es mir, trotz der massiven Blockhauswände, so vor. Es war irgendwie bizarr, dass mein Tee nicht ebenso in der Tasse hin und her schaukelte, die ich in den Händen hielt, während ich durch das Fenster hinausschaute. Aber nein, während es draußen stürmte, war in meiner Festung am Waldrand alles ruhig und sicher.

Regentropfen peitschten gegen die Fensterscheiben und der Wind pfiff durch den Kamin. Unruhig betrachtete ich die Bäume um mich herum. Hoffentlich hielten sie dem Unwetter stand. Zwar wurde der Bestand regelmäßig kontrolliert, aber dennoch. Mutter Natur verfügte über ungeheuerliche Kräfte, und in dieser Oktobernacht schien sie sie aus irgendeinem Grund auf unser kleines Städtchen am westlichen Rande Alaskas zu richten. Obwohl ich den Lake Keetna von hier aus nicht sehen konnte, war ich mir sicher, seine Wasseroberfläche war ähnlich aufgewühlt wie die des Ozeans, über den sich der Sturm auf uns zu bewegte.

Früher hatte ich solches Wetter geliebt. Meiner Meinung nach hatte es etwas Besonderes, sich in seinem Wohnzimmer einzukuscheln, während es draußen stürmte und tobte. Doch dieses Empfinden war vor drei Jahren schlagartig verpufft, und seither betrachtete ich jedes Unwetter mit Sorge. In jenem Winter war Keetna Creek von einem Schneesturm noch stärkeren Ausmaßes heimgesucht worden, einem Blizzard, wie ihn diese Stadt nie zuvor gesehen hatte. Die Leute erzählten sich noch heute von jener Nacht, den Schäden sowie den persönlichen Verlusten. Ich gehörte leider ebenfalls zu denjenigen, die geliebte Menschen verloren hatten.

Hastig blinzelte ich die Tränen weg. Es verging kein Tag, an dem ich nicht an Mom und Dad dachte – und an Owen.

Der rockige Klingelton meines Handys passte so gar nicht in die Geräuschkulisse, die mich umgab, riss mich jedoch dankenswerterweise aus meinen trüben Gedanken. Ich zog mein Telefon aus der Hosentasche und schmunzelte, als ich den Namen auf dem Display las. Es war, als hätte Owen gespürt, dass ich an ihn gedacht hatte, und seine Mom dazu gebracht, mich anzurufen.

„Daphne, wie geht es euch?", begrüßte ich sie.

„Dasselbe wollte ich dich gerade fragen." Sie lachte leise. „Ich werde wohl nie damit aufhören, mir Sorgen um dich zu machen."

„Du weißt doch, mich kriegt nichts und niemand so schnell klein", versicherte ich ihr.

Daphne, ihr Mann Lloyd und ich hatten uns vor drei Jahren gefunden – wobei, nein, vielmehr war es Reverend Patterson gewesen, der uns zusammengebracht hatte. Natürlich kannten wir uns bereits vom Sehen oder über den Smalltalk im Supermarkt, so groß war Keetna Creek schließlich auch nicht. Dennoch war es ein grausamer Wink des Schicksals gewesen, der unsere Wege gekreuzt und unsere Leben so eng miteinander verwoben hatte.

„Nicht einmal der Sturm." Erleichtert seufzte sie auf. „Es ist beruhigend zu wissen, dass du in einem massiven Blockhaus wohnst, umgeben von Bäumen, die dem Wind zumindest ein bisschen die Kraft nehmen."

„Es wird alles gut", versicherte ich ihr. „Bitte sag Lloyd, er soll seinen Hintern im Haus behalten." Der pensionierte Park-Ranger verspürte einen nahezu unstillbaren Drang, nach dem Rechten zu sehen und Mensch sowie Tier im Notfall zur Seite zu stehen.

Daphne kicherte amüsiert. „Er hat dich gehört und verspricht, nicht vor die Tür zu gehen."

„Gut, das beruhigt mich." Und das tat es tatsächlich. Die Vorstellung, einer der beiden könnte sich dort draußen einer Gefahr aussetzen, war kaum zu ertragen, waren sie doch für mich über die Jahre zu einer Art zweite Eltern, zu einer Familie geworden, nachdem ich meine verloren hatte.

„Wir sehen dich doch am Columbus Day bei uns?", hakte sie nach und wechselte damit das Thema.

Empört schnaubte ich. „Natürlich, das ist bereits fest

eingeplant. Nur eine Idiotin würde sich eure Gesellschaft und dazu Lloyds saftige Steaks sowie deinen fruchtigen Apple Crumble entgehen lassen."

„Wunderbar, und mein Ofen wartet bereits auf deine fantastischen Süßkartoffelpommes mitsamt den leckeren Dips."

„Was soll ich sagen? Ich liebe Süßkartoffeln in jeder nur erdenklichen Variation." Daher war ich auch stets auf der Suche nach neuen Rezepten.

„Hm, ich denke, du liebst allen voran Süßes, und damit kannst du deinem Gehirn vorgaukeln, du würdest naschen, während du eigentlich gesundes Gemüse isst", sprach sie ihre Vermutung aus.

Ich lachte leise. „Die Macht der Suggestion."

„Ja, die sollte man nicht unter..."

Ein Kratzen in der Leitung ließ mich innehalten. „Daphne?" Statt einer Antwort erhielt ich lediglich Rauschen. „Daphne?"

Resigniert legte ich auf. War ja klar, dass irgendwann das Netz ausfiel. Falls auch noch der Strom ausgehen sollte, würde ich mich rauswagen müssen, um den Generator anzuwerfen. Ich konnte nicht behaupten, scharf darauf zu sein, mich gegen den Wind zu stellen, der mit jeder Minute heftiger um mein Haus und durch den Wald heulte.

Genau wie damals, als ich meine Eltern verloren hatte und Daphne und Lloyd wenige Tage später ihren Sohn Owen. Die Schicksalsschwestern waren in jener Woche entweder dauerbesoffen gewesen oder miese Bitches.

Entschlossen, mich nicht in den Sog des Sturms oder

vielmehr in die Erinnerungen hineinziehen zu lassen, wandte ich mich ab und lief zum Sofa, wo ich es mir mit meiner Teetasse bequem machte, eine Decke über meinen Beinen ausbreitete und in die Flammen des Kaminfeuers starrte. Dank des Windes flackerten sie heftig hin und her, und ich wartete nur darauf, dass ein heftiger Windstoß durch den Schornstein fuhr, der sie auslöschte.

Ich atmete tief durch und erinnerte mich daran, dass ich trotz allem vieles hatte, wofür ich dankbar sein konnte, allem voran Daphne und Lloyd. Seit wir in der Trauergruppe der Kirche aufeinandergetroffen waren und uns ausgetauscht hatten, konnten wir uns ein Leben ohneeinander nicht mehr vorstellen.

Dass ich seit Jahren ein Geheimnis mit mir herumtrug, von dem ich mich bis heute nicht traute, es Owens Eltern zu sagen, machte die Situation nicht unbedingt leichter. Allein bei dem Gedanken daran, grummelte es unangenehm in meinem Magen.

Verdammt, Owen, in welche Situation hast du mich damit bloß gebracht?

2

PHOENIX

Mit der Kaffeetasse in der Hand stand ich auf dem Balkon meines Hauses und ließ den Blick über die Weite des Ozeans wandern und weiter über die Berge und Wälder, deren Blätter in den kräftigsten Herbstfarben erstrahlten. Ebenso bunt und herbstlich war auch die Stadt mit allerlei Deko geschmückt, schließlich wollte man den Touristen etwas fürs Auge bieten, und ein trister Stadtkern zählte da natürlich nicht dazu. Die meisten Geschäfte hatten, obwohl es bis dahin noch ein wenig dauerte, sogar bereits für Halloween dekoriert. Danach, spätestens jedoch mit Thanksgiving, ging es in großen Schritten auf das Jahresende zu.

Ich fürchtete die vor mir liegende Zeit ebenso, wie ich mich nach ihr sehnte. Weihnachten, vor allem zuhause in Keetna Creek, war stets eine besondere Zeit. Seit dem Tod meines älteren Bruders Owen jedoch war alles anders geworden, und über die Feiertage nach Hause zu fahren, hatte ich seither nicht mehr über mich gebracht.

In den vergangenen drei Jahren war ich viel umhergereist und hatte mal hier und mal dort gewohnt. Allerdings hatte ich es nie lange an einem Ort ausgehalten. Spätestens nach ein paar Wochen hatte sich ein Kribbeln in mir ausgebreitet, das mich dazu gedrängt hatte, weiterzuziehen.

Hier in Glacier Woods, am äußersten Rande Alaskas, lebte ich inzwischen bereits seit knapp einem Jahr – ein neuer Rekord. Vielleicht lag das daran, dass dieser Ort meinem Heimatstädtchen nicht nur ähnelte, sondern ich an einem klaren Tag die Küste von Keetna Creek erahnen konnte. Dieser Gedanke gab mir ein gutes Gefühl. Ich wusste, wo ich hingehörte und dass es an der Zeit war, zurückzukehren, immerhin hatte ich noch eine Aufgabe zu erfüllen oder vielmehr ein Versprechen.

Aber dennoch, ich konnte es einfach nicht.

Obwohl ich meine Eltern vermisste und sie wirklich gern zuhause besuchen würde, hielt mich die Angst zurück. Seit Owens Beerdigung war ich nicht mehr in Keetna Creek gewesen, und ich war mir nicht sicher, ob ich schon so weit war, mich den Erinnerungen zu stellen, die mich dort erwarteten, allen voran in meinem Elternhaus. Meine Eltern verstanden das und hatten mich nie gedrängt, sondern mich stets besucht. Dass ich mich mit jedem Umzug meiner Heimat ein Stück weit genähert hatte, war eine Tatsache, die ich gekonnt ignorierte.

Der Dampf, der aus meiner Kaffeetasse aufstieg, vermischte sich mit meinem Atem und zog mit der kalten

Morgenluft davon. Irgendwo hinter mir ertönte das Klingeln meines Handys. Ich hatte mir angewöhnt, es auf laut zu stellen, denn ich wollte keinen Anruf verpassen. Wobei, das stimmte so nicht, ich wollte lediglich nicht riskieren, dass mir ein Gespräch mit meinen Eltern entging. Alle anderen dagegen konnten mir gestohlen bleiben, vor allem Anrufe mit unbekannter Nummer. Meist steckten dahinter Pressefuzzis, die sich als alte Freunde von Owen ausgaben, in der Hoffnung, ich wäre so blöd, darauf hereinzufallen und sie mit Informationen über meinen Bruder zu versorgen, die sie in ihren Klatschblättern ausschlachten konnten. Vor allem jetzt, da es langsam, aber sicher auf das Jahresende und damit auf seinen Todestag zuging, häuften sich derartige Scam-Calls.

Schnell lief ich hinein, um den Anruf entgegenzunehmen.

„Hey, Mom, du bist früh wach", begrüßte ich sie.

„Habe ich dich geweckt?" In ihrer Stimme schwang Unbehagen mit.

„Nein, es ist nur so gar nicht deine Zeit", beruhigte ich sie und trat wieder auf den Balkon.

Sie lachte leise. „Da hast du Recht. Nach dem Sturm, der hier vergangene Nacht getobt hat, wollte ich jedoch gern deine Stimme hören."

„Geht es euch gut?" Verdammt, wieso hatte ich das nicht gewusst und sie von mir aus angerufen?

„Ja, alles ist in bester Ordnung. Ein paar Bäume hat es erwischt, aber im Großen und Ganzen sind wir diesmal gut weggekommen. Anders als damals ..."

„Du rufst nicht nur wegen des Sturms an, stimmt's?", fiel ich ihr ins Wort.

In dem Winter vor drei Jahren, auf den sie anspielte, war Keetna Creek nicht nur von einem üblen Schneesturm heimgesucht worden, sondern Owen in New York an einer Überdosis gestorben. Eine Tatsache, die mich kalt erwischt und die ich den Ärzten im ersten Moment überhaupt nicht geglaubt hatte. Mein Bruder und harte Drogen? Das musste ein übler Scherz sein. Leider war es das nicht gewesen, und ich verstand bis heute nicht, wie es so weit hatte kommen können.

„Wie geht es dir? Bereitet sich Glacier Woods bereits auf Halloween vor?"

Angesichts ihrer betont unschuldigen Frage lachte ich auf. Mir war klar, meine Eltern vermissten mich und wünschten sich, mich öfter zu sehen, daher waren diese Telefonate umso wichtiger für mich. „Was Feiertage angeht, unterscheiden sich Kleinstädte nicht wirklich voneinander. Sommerfestivals, das Herbstfest, Halloween … Irgendwie scheint stets ein Event in das nächste überzugehen."

„Tja, mit irgendwas müssen wir die Touristen ja anlocken, immerhin sind viele Existenzen davon abhängig. Wie kommt dein Freund Logan mit all den Feierlichkeiten zurecht?", hakte sie nach, und ich hörte ihr an, sie hielt nur mit Mühe ein Lachen zurück.

Logan war Notarzt und betrachtete, ebenso wie die meisten anderen Rettungskräfte, die jährlichen Besucher mit eher gemischten Gefühlen. Man könnte beinahe sagen: als notwendiges Übel. „Er kommt zurecht. Ich schätze, dass er ab und an das Bett mit einer Touristin teilt, hat daran einen gewissen Anteil."

„Ist das so?" Oh, oh. Ihre Tonlage ließ sämtliche Alarmglocken schrillen. „Und ..."

„Keine Frau, Mom", kam ich ihr zuvor. „Weder in meinem Bett noch in meinem Leben."

„Irgendwo dort draußen wartet mit Sicherheit die Richtige auf dich", behauptete sie und hörte sich dabei an, als wäre sie fest von ihren Worten überzeugt.

„Womöglich, Mom."

„Okay, ich habe verstanden." Sie lachte leise und hielt dann einen Moment inne. „Wir würden dich gern an Thanksgiving sehen, Phoenix", bat sie. „Zuletzt warst du zur Beerdigung deines Bruders hier, und du fehlst uns. Es fehlt uns, dich auch mal bei uns zu haben." Ich hörte ihr an, wie sie mit sich rang, sich bemühte, nicht zu weinen, mich nicht mit ihrer Trauer zu beeinflussen, denn das würde sie nie tun.

„Ich weiß", stimmte ich zu und schluckte gegen den Kloß in meinem Hals an. Was sie nicht wusste, war, ich hatte noch ein Versprechen einzulösen, und wie sie bereits sagte, es war an der Zeit. Nur war etwas zu wissen und es dann auch zu tun, nicht immer ganz so einfach. Aber nichts davon war ihre Schuld, und sie fehlten mir ebenfalls. Womöglich hätte ich ihnen das öfter sagen sollen. „Einverstanden, und ich freue mich sehr darauf, Thanksgiving mit euch zu feiern."

Das war nicht gelogen, allerdings erwähnte ich den

Klumpen nicht, der sich allein beim Gedanken daran fies in meinem Magen ausbreitete.

„Danke, Phoenix, melde dich, wenn du weißt, wann du kommst, ja? Ich sorge dann dafür, dass dein Zimmer bereit ist." Sie legte auf und während sie vermutlich in diesem Augenblick erleichtert aufatmete, verkrampfte sich mein Innerstes. Mein Zimmer, das direkt neben Owens lag. Wie oft hatten wir uns nachts Morsezeichen gegeben und uns dann über unsere Walkie-Talkies Witze erzählt, bis wir vollkommen übermüdet eingeschlafen waren?

Ehe meine Gedanken jedoch in den Erinnerungen an Owen versinken konnte, klopfte es an der Tür.

„Einen Moment!" Eilig lief ich hinein, schloss die Balkontür und joggte nach unten, um zu öffnen.

„Guten Morgen, Sir, der hier kam per Einschreiben, daher muss ich ihn persönlich übergeben."

„Vielen Dank." Überrascht nahm ich den Brief entgegen, den mir der Postbote reichte, und unterschrieb auf dem entsprechenden Vordruck. „Haben Sie einen schönen Tag."

„Sie ebenfalls." Er wandte sich um, und ich schloss die Haustür.

Verwundert betrachtete ich den Brief. Wieso hatte Mom nicht erwähnt, dass Dad mir geschrieben hatte? Und was noch viel seltsamer war, wieso hatte er es überhaupt getan? Immerhin telefonierten wir regelmäßig miteinander.

Neugierig riss ich den Umschlag auf und lief weiter in das provisorische Musikzimmer, das ich mir hier eingerichtet hatte, obwohl ich seit Owens Tod keine einzige Note mehr gespielt hatte. Ich fand, wütend mit den Sticks auf meine Drums einzuschlagen, zählte nicht als Musikmachen.

MEIN JUNGE,

deine Mom wird dich in den kommenden Tagen anrufen und bitten, nach Hause zu kommen. Ich weiß, du haderst damit. Lass mich dir eines versichern, wir alle trauern und werden es wohl immer tun, doch ich bin mir sicher, du weißt, Owen hätte das nicht gewollt. Sein Wunsch war, dich glücklich und vor allem musizieren zu sehen.

Komm heim. Es ist Zeit, den Blick wieder nach vorn zu richten. Dein Bruder wird dich immer begleiten, dein Leben jedoch wartet darauf, von dir gelebt zu werden.

Dad

FUCK. Um meine Fassung ringend, atmete ich tief durch und ließ den Blick durch den Raum wandern. An der Wand lehnte die Bassgitarre meines Bruders. Sie in ihrem schwarzen Gitarrenkoffer zu sehen, war, als würde ich auf einen Sarg starren, in dem sämtliche Hoffnungen und Träume begraben lagen.

Sein Wunsch war, dich glücklich und vor allem musizieren zu sehen.

Die Worte meines Dads hallten in meinem Kopf nach. Ich konnte mich nicht erinnern, wann ich das letzte Mal glücklich gewesen war. Obwohl, war ich ehrlich zu mir selbst, wusste ich es wohl.

Es war mit Owen gewesen, doch der war nicht mehr da, und mit ihm war für mich in jener Nacht auch die Musik gestorben.

So einfach war das.

3
LIV
EIN PAAR WOCHEN SPÄTER

Buchhaltung war das Schlimmste überhaupt. Nein, das stimmte so nicht, noch schlimmer war, dass der Mist jeden Monat wiederkam und ich mich dann aufs Neue damit befassen musste.

„Zur Pediküre gehen, Glitzerlidschatten auftragen, ein Brimborium um den Todestag meiner Eltern machen, mit einem Kerl zusammen wohnen …"

„Was murmelst du da vor dich hin?" Clive, der vormalige Besitzer der Werkstatt und nun mein Angestellter, lehnte im Türrahmen und betrachtete mich amüsiert.

„Ich zähle lediglich auf, was ich wesentlich lieber tun würde, als mich mit der monatlichen Buchhaltung herumzuärgern." Schnaubend rieb ich mir über die Stirn.

„Oh, das verstehe ich. Dankenswerterweise hat das meine Frau stets übernommen, Gott hab sie selig." Er hielt einen Moment inne, und ich war mir sicher, er nahm sich Zeit, um an sie zu denken. Dann richtete er seinen Blick wieder auf mich. „Ich hole dich ungern von der Buchhaltung weg, Boss, aber du müsstest dir da mal etwas ansehen. Wir haben ein Problem mit einem Wagen."

Überrascht runzelte ich die Stirn. „Ihr habt ein Problem? Wie kann das sein, ihr seid eine Top-Crew."

„Gut, sagen wir, wir haben Schwierigkeiten mit einem speziellen Kundenwunsch", präzisierte er.

„Aaah, ja, das ergibt schon eher Sinn." Ergeben sperrte ich den Computerbildschirm und folgte meinem Kollegen in die Halle.

Als ich ihm seinerzeit die Werkstatt abgekauft hatte, hatte er darum gebeten, weiterhin mitarbeiten zu dürfen, und ich hatte nur zu gern zugestimmt, immerhin brachte er eine Menge Erfahrung mit. Darüber hinaus kannten und vertrauten ihm die Kunden, während ich mir, vor allem als junge Frau, erst meine Lorbeeren hatte verdienen müssen. In den vergangenen Jahren hatte ich jedoch oft genug bewiesen, dass ich es draufhatte.

Sobald ich State Trooper Jason Graham in der Werkhalle entdeckte, machte sich in mir eine Ahnung breit, welcher der besagte Wagen war, den ich mir ansehen sollte.

„Jason, was verschafft mir die Ehre?", grüßte ich ihn, um das Spiel mitzuspielen, bei dem ich so tat, als wüsste ich nicht, was mich erwartete. Allerdings konnte ich beim Anblick seiner Uniform nicht verhindern, dass ich kurz zusammenzuckte. Wir waren befreundet, das war irgendwie nicht ausgeblieben, nachdem er nach Keetna Creek gekommen war, um die Position meines Vaters zu übernehmen. Aber ihn in dieser Uniform zu sehen, versetzte mir jedes Mal einen Stich.

„Wir hätten da ein Fahrzeug, das wieder verkehrstauglich gemacht werden müsste", erklärte er. Seine Mundwinkel zuckten jedoch verdächtig, und das allein reichte, um meine Vermutung zu bestätigen.

„Schon wieder?", jaulte ich.

„Jep."

„Mann, die gute Frau ist wirklich beratungsresistent. Wir haben den Wagen doch eben erst von seiner Halloween-Deko befreit." Ergeben seufzte ich auf. „Na gut, zumindest lässt sie Thanksgiving aus, seit sie es das eine Mal wegen unserer vielen Aufträge um ein Haar verpasst hätte, mit ihrem Auto den Start in die Vorweihnachtzeit einzuläuten."

„Ja, und genau aus dem Grund fängt sie nun schon weit vorher mit der Weihnachtsdeko an."

„Na, dann bringt ihn rein. Deswegen steht ihr doch alle hier, oder? Wegen der großen Präsentation und der Frage, was sich Mrs. Plummer diesmal ausgedacht hat, in der Hoffnung, damit an euch Troopern vorbeizukommen."

Während meine Jungs schuldbewusst grinsten, griff Jason nach seinem Funkgerät und gab eine Order. Clive dagegen öffnete voller Vorfreude das große Rolltor.

„Um Gottes willen." Noch bevor ich es sah, hörte ich es bereits. Die ersten Takte von Sleigh Ride drangen herein, kaum dass einer meiner Mitarbeiter den Motor gestartet hatte. Die Scheinwerfer kamen zum Vorschein, die rot statt weiß aufleuchteten. Offenbar hatte die gute Mrs. Plummer sie mit Folie überzogen. Auf der Stoßstange, die sie weiß gestrichen hatte, wohl um eine winterliche Schneelandschaft darzustellen, klebten Rentiere sowie kleine Tannen und allerlei andere Waldtiere. An den Scheibenwischern hingen Glöckchen, die Außenspiegel zierten dagegen Überzieher in Weihnachtsbaumform, die bei schnellerer Fahrt gewiss schief im Wind flatterten. Auf die Seitenfenster und rund um die Windschutzscheibe herum hatte sie weihnachtliche Bilder geklebt oder gemalt, und als wäre das nicht bereits genug, auch noch Kunstschnee auf den Lack gesprüht. „Bitte sagt mir, dass das keine Acrylfarbe ist", fluchte ich, als Brian, unser jüngstes Teammitglied und Auszubildender, an mir vorbeifuhr, wodurch ich die an der Seite des Wagens aufgetragene Weihnachtslandschaft bewundern konnte.

Würde Mrs. Plummer ihr Talent für etwas nutzen, das man zu Geld machen konnte, hätte sie mit Sicherheit einen durchaus lukrativen Zusatzverdienst, was hilfreich wäre, da es jedes Mal einiges kostete, ihren Wagen nach ihren Aktionen verkehrstauglich herzurichten. Hinzu kam, dass sie spätestens nach dem Jahreswechsel selbst hier auftauchen würde mit der Bitte, ihr Auto neu zu lackieren, denn immerhin war bald Frühling und dafür brauchte ihr Wagen ein entsprechendes *Outfit*. Manchmal drängte sich in mir der Verdacht auf, Mrs. Plummer tarnte sich lediglich als schrullige alte Lady und verfügte in Wahrheit über ein gigantisches Vermögen. Anders konnte ich mir nicht erklären, wie sie sich diesen Spaß, den ich seit zweieinhalb Jahren mitmachte, mehrmals im Jahr leisten konnte.

„Wo ist sie?", wollte ich wissen und sah mich suchend nach ihr um.

„Auf dem Department, einen Kaffee trinken." Genervt, aber auch amüsiert verdrehte Jason die Augen. „Hey, Liv, wo ich schon mal da bin, dieses Jahr sind es drei Jahre und wir würden gern …"

In diesem Augenblick schrillte glücklicherweise das Telefon.

„Sorry, wir reden ein anderes Mal, ja?" Dankbar, dem Gespräch über den Todestag meiner Eltern zu entgehen, eilte ich ans andere Ende der Werkstatt und nahm den Anruf entgegen. Natürlich hätte auch jeder andere rangehen können, allerdings hatte Clive seine Kollegen mit einem eindeutigen Blick zurückgehalten, wohlwissend, dass ich kein Fan davon war, über dieses Thema zu sprechen, und schon gar nicht in Gegenwart meiner Mitarbeiter. Ich überstand nur selten ein Gespräch über meine Eltern, ohne zu weinen, und das war hier ein No-Go. Vor allem als taffe Werkstattbesitzerin, die den Laden im Griff hatte und bei der keiner aufmuckte, bloß weil ich eine Frau war. Ihren Respekt hatte ich mir hart erarbeitet, und den würde ich mir nicht so einfach nehmen lassen. Jason wusste das, daher fragte ich mich, was zum Teufel ihn geritten hatte, dennoch davon anzufangen.

„Carsons Car Garage, was kann ich für Sie tun?"

„Hallo, meine Liebe, hier ist Mrs. Plummer, ist mein Weihnachtsschlitten schon bei dir angekommen?" Sie kicherte fröhlich.

„Ja, gerade eben."

„Sehr gut, was du noch wissen solltest, ehe du anfängst, ist, ob … Ähm, also, war es wohl ungünstig, Duftöl in den Benzintank zu kippen, damit der Wagen beim Fahren einen weihnachtlichen Duft versprüht?", wollte sie wissen.

„Wie bitte?" Während ich versuchte, ihre Worte zu verarbeiten, reckte ich meinen Daumen in Richtung Jason, um ihm zu signalisieren, dass wir unser Gespräch ein anderes Mal fortführen würden.

Allerdings rührte sich Jason keinen Millimeter.

Verdammt.

„Ja, also, wie viel haben Sie denn reingeschüttet?", hakte ich nach.

„Nun ja, so zwei bis drei Fläschchen?"

Fläschchen? Nicht Tropfen? „Ich werde mir das ansehen, Mrs. Plummer", versprach ich.

„Die Lackierung der Kotflügel verschieben wir aufs neue Jahr, immerhin steht Weihnachten ja noch bevor, und bitte, wäre es möglich, das ein oder andere Bild an den Fenstern dranzulassen? Es sieht so doch viel netter aus, vor allem zu dieser Jahreszeit", bat sie.

„Ich sehe, was ich tun kann. Solange sie nicht die Sicht behindern und damit gegen die Straßenverkehrsordnung verstoßen, können wir sie dranlassen. Wir sehen uns dann, wenn Sie den Wagen abholen."

„Danke, meine Liebe." Gut gelaunt legte sie auf.

„Liv?" Erschrocken zuckte ich zusammen, da ich gar nicht gemerkt hatte, dass Jason näher gekommen war. „Entschuldige, dass ich das Thema auf deine Eltern gebracht habe. Das war blöd und, bitte glaub mir, auch absolut nicht so geplant. Ich weiß, du sprichst nicht gern über sie, und schon gar nicht in der Öffentlichkeit", fuhr er hastig fort und so leise, dass niemand unser Gespräch hören konnte. „Aber es wäre wirklich schön, wenn wir ihnen ein Denkmal im Department setzen könnten. Es muss nichts Großes sein, aber die Jungs wünschen sich eine Erinnerung, und es würde ihnen viel bedeuten, würdest du dabei sein und na ja ... Vielleicht eines Tages?"

„Danke, Jason, das ist ... Eines Tages, okay?" Angestrengt blinzelte ich, drehte mich um und stellte das Telefon, das ich noch immer in der Hand hielt, in die Basis.

„Alles klar, melde dich einfach." Dankbar hörte ich, wie er sich entfernte, und atmete erleichtert aus.

Ich wusste, Jason meinte es gut, aber ich war noch nicht so weit. Womöglich war ich es nie. Vielleicht sollte ich mich einfach für einen Nachmittag zusammenreißen und es hinter mich bringen. Schnell schüttelte ich den Gedanken ab. Jetzt war nicht der richtige Augenblick, daher wandte ich mich um und marschierte durch die Werkhalle.

„Clive, wir müssen das Benzin ablassen und den Tank durchspülen", rief ich ihm zu.

„Das habe ich mir gedacht, es riecht ein wenig zu sehr nach Lebkuchen und Tannenduft, als dass das noch normal wäre." Die Männer glucksten.

„Alles klar, wer hat diesmal das Vergnügen?" Meine Mitarbeiter rissen sich förmlich darum, Mrs. Plummers Wagen bearbeiten zu dürfen, versprachen diese Aufträge doch stets Aufgaben, die von den üblichen Reparaturen und Kundendienst-To-dos abwichen.

„Frohe Vorweihnachten, Kleiner." Mike klopfte unserem Azubi auf die Schulter. „Du darfst mit mir ran."

Brian, der sein Glück kaum fassen konnte, grinste

übers ganze Gesicht und wippte freudig auf den Fußballen vor und zurück.

„Wunderbar, ich wünsche euch viel Vergnügen. Bitte achtet darauf, lediglich die Fensterbilder zu entfernen, die aus Sicherheitsgründen weg müssen, alle anderen sollen bleiben. Und spart die Kotflügel aus, die Weihnachtsmotive sollen bis nach Neujahr zu sehen sein", teilte ich ihnen den ausdrücklichen Wunsch der älteren Dame mit, wohlwissend, dass von den Fensterbildern so ziemlich alle dran glauben würden.

„Geht klar, Boss", versprach Brian.

Ein Schmunzeln unterdrückend, da der Junge kurz davor war, zu salutieren, wandte ich mich um und marschierte widerwillig zurück ins Büro, da mich Mrs. Plummers Weihnachtsschlitten leider auch nicht davor bewahrte, den Monatsabschluss fertigzustellen.

4

PHOENIX

Aus reiner Nostalgie heraus hatte ich mich dazu entschieden, mit dem Wagen meines Bruders nach Hause zurückzukehren. Brachte ich schon den Rest seiner Asche zurück, um ihm seinen letzten Wunsch zu erfüllen, dann sollte ich das in seinem geliebten Oldtimer tun und nicht in meinem SUV. Den 1991 Ford Destiny zu kaufen, war ein spontaner Entschluss von ihm gewesen, der der Euphorie über unseren sensationellen Erfolg geschuldet war. *Hey, was gibt es Cooleres, als ein Auto zu fahren, das lediglich ein paar Jährchen älter ist als ich?*, hatte er breit grinsend gefragt. Ich hatte zugestimmt, und dann hatten wir gemeinsam eine Runde in seinem Baby gedreht. Beim Aussteigen hatte er gemurmelt, dass er den Wagen eines Tages jemandem schenken wolle, der ihm eine Menge bedeutete und den Mann abseits des Rampenlichts sah. Damals hatte ich seine Worte nicht verstanden, sie hatten erst später Sinn ergeben, als ich aus meiner Trance über das ach so tolle Musikerdasein aufgewacht war.

Ich bremste ab, checkte den Gegenverkehr, rief Logan über die Freisprechanlage an und bog dann auf die Straße ab, die nach Keetna Creek führte.

„Hey, Phoenix, was gibt's?" Logans herzhaftes Gähnen klang laut durch den Innenraum. Shit.

„Sorry, Mann, habe ich dich geweckt?" Da ich bereits seit Stunden unterwegs war, immerhin hatte ich von Glacier Woods aus zuerst die Fähre aufs Festland nehmen müssen, hatte ich vollkommen das Zeitgefühl verloren.

„Kein Ding, ich muss sowieso aufstehen." Als Notarzt hatte er mitunter zu den unmöglichsten Zeiten Dienst.

„Hör mal, könntest du ab und an bei mir vorbeifahren und nach dem Rechten sehen? Ich bin auf dem Weg zu meinen Eltern und weiß noch nicht genau, wie lange ich dort sein werde."

„Klar, wird erledigt. Erwartest du wichtige Post, die ich dir nachsenden oder öffnen soll?", hakte er nach.

„Nicht dass ich wüsste, aber ich schätze, alles, was von einem Anwalt, Arzt oder einer staatlichen Behörde kommt, fällt in diese Kategorie."

„Ist notiert, lass es dir gutgehen."

„Danke, du auch."

Im Hintergrund hörte ich jemanden murmeln, und gleich darauf hatte er aufgelegt. Vermutlich war er nicht allein im Bett. Hätte ich die Wahl zwischen einer wunderschönen, vermutlich nackten Frau und einem Telefonat mit einem Kerl würde ich ebenfalls, ohne zu zögern, die Lady wählen.

Ich atmete tief durch und konzentrierte mich auf die Straße.

Je näher ich meiner Heimatstadt kam, desto mehr verhärtete sich der Knoten in meinem Bauch. Zuletzt war ich hier gewesen, um meinen Bruder zu beerdigen, zumindest den Großteil von ihm. Er hatte sich immer gewünscht, dass eine Handvoll seiner Asche vom Wind und den Schneeflocken davongetragen wurde, damit er stets ein Teil seiner Heimat war.

„Ich weiß, ich habe es dir versprochen. Tut mir leid, dass es so lange gedauert hat", flüsterte ich, obwohl ich vollkommen allein in seinem – nun, jetzt meinem – Wagen saß. Vielleicht war es lächerlich, laut zu sprechen, doch ich redete mir ein, wo auch immer Owen war, er könnte mich hören.

Die Wälder verdichteten sich rechterhand, wo sich das Wandergebiet bis rauf zum Mount Beaver erstreckte. Von außen nicht einsehbar versteckten sich dort immer wieder größere und kleinere Seen. In manchen konnte man sogar baden und am Ufer ein wundervolles Picknick genießen. Als wir älter wurden, waren wir oft mit dem Auto am Beaver Lake an der Old Lake Road gewesen, um mit einem Mädchen herumzuknutschen oder auch ein wenig mehr.

Links öffnete sich der Wald und gab den Blick auf den Ozean frei.

Plötzlich begann der Wagen zu stottern.

Gottverdammte Mistkacke, nicht das und vor allem nicht jetzt.

Langsam nahm ich den Fuß vom Gas, schaltete in den Leerlauf und ließ den Wagen am Straßenrand ausrollen.

Genervt entriegelte ich die Motorhaube und stieg aus, um sie zu öffnen und mir einen Überblick zu verschaffen. Allerdings war das absolut sinnbefreit, da ich null Ahnung von Autos hatte, abgesehen davon, dass ich wusste, wie man sie fuhr und wie man am besten darin Sex hatte, ohne sich allzu viele blaue Flecken zu holen.

Das musste ein Omen sein. Ein Zeichen, das mir sagte, ich solle wieder umkehren. Leider ging das nicht. Mom hatte mich gebeten zu kommen, und obwohl ich es aufgeschoben hatte, war ich schließlich eine Woche vor Thanksgiving ihr zuliebe aufgebrochen und hergefahren. In den vergangenen drei Jahren hatte ich regelmäßig mit meinen Eltern telefoniert, sie hatten mich besucht, jedoch nie gebeten, nach Hause zu kommen – bis jetzt.

Resigniert schlug ich die Motorhaube wieder zu, zog mein Handy hervor, googelte die Telefonnummer der Werkstatt von Keetna Creek, drückte auf Wählen und wartete, während das Freizeichen erklang, darauf, dass jemand ranging. Dabei lief ich ungeduldig am Straßenrand auf und ab.

„Carsons Car Garage, was kann ich für Sie tun?" Die weibliche Stimme klang abgehetzt. Shit, hoffentlich war nicht allzu viel los.

„Ja, hey, ich bin an der Stadtgrenze mit meinem Wagen liegengeblieben. Können Sie mich abschleppen?" *Gott, bitte sag Ja.*

„Sicher doch. Da man Keetna Creek von mehr als einer Seite erreichen kann, müsste ich wissen, wo genau Sie sind." Die Frau klang hörbar amüsiert, wenn sie auch versuchte, es zu unterdrücken.

„Ostseitig, kurz nach dem Holz-Biber, der auf den Mount Beaver verweist", gab ich betont ruhig zurück. Ich war wirklich nicht in Stimmung für Scherze, obwohl mir natürlich klar war, ihre Frage war durchaus berechtigt.

„Ist gut, jemand wird Sie in der nächsten halben Stunde einsammeln."

„Erst in einer halben Stunde?", stieß ich entsetzt aus. Um mich herum war nichts als Wald, Wiese und jede Menge Schnee. Es gab kein Café oder Diner, in das ich mich hätte setzen können, um mich warmzuhalten.

„Ob Sie es glauben oder nicht, Sie sind nicht unser einziger Kunde, und da Sie, sofern Sie ihr Warndreieck vorschriftsmäßig aufgestellt haben, nicht in Gefahr sind, können Sie sich die Wartezeit ja mit einem kurzen Spaziergang vertreiben. Aber bitte verirren Sie sich nicht, okay? Die Zeit, Sie zu suchen und zurückzubegleiten, haben wir heute einfach nicht. Vielleicht ein anderes Mal."

Mir gefiel ihre Schlagfertigkeit, und wäre mir das in Glacier Woods passiert, hätte ich vermutlich erst gelacht und ihr dann einen entsprechenden Konter serviert. Hier jedoch? Eher nicht.

„Sehr witzig", brummte ich daher, doch da hatte die Werkstatt-Mitarbeiterin bereits aufgelegt.

Da ich tatsächlich vergessen hatte, das Warndreieck aufzustellen, holte ich diesen Umstand schleunigst nach und folgte dann wohl oder übel dem Rat der Dame. Ich stellte den Timer meines Handys auf fünfzehn Minuten, um umzukehren und zurückzulaufen, sobald er klingelte. Je fünfzehn Minuten hin und zurück, das sollte hinhauen. Mit einer Mütze auf dem Kopf und den Reißverschluss bis zum Kinn hochgezogen, stapfte ich los und bohrte meine Hände dabei tief in meine Jackentaschen. Zwar hatte ich weder Schal noch Handschuhe, doch zumindest hatte ich daran gedacht, feste Schuhe anzuziehen. Andernfalls wäre das hier eine Rutschpartie geworden, bei der ich nach meinem Gespräch mit der Werkstatt wohl noch eins mit der Notrufleitstelle hätte führen müssen, um einen Krankenwagen herzubemühen. Da ich auf derartiges Drama gut verzichten konnte, achtete ich darauf, wo ich hintrat, und vor allem darauf, nicht vom Weg abzukommen.

Auf einer kleinen Anhöhe blieb ich schließlich stehen und sah mich einmal nach allen Seiten um. Ich hatte ganz vergessen, wie schön es in Keetna Creek war und wie der Schnee diesen Ort in ein wahres Winterwunderland verwandelte. Für einen Augenblick verspürte ich Erleichterung, wenn ich auch nicht sagen konnte, weshalb.

Als wir jünger waren, hatten Owen und ich jede freie Minute genutzt, um mit unseren Schlitten die Hänge hinunterzurodeln. Manchmal, vor allem auf dem Heimweg von der Schule, hatten wir Plastiktüten benutzt, die wir genau dafür in unsere Schultaschen gepackt hatten. Mann, waren wir auf diesen Dingern schnell gewesen. Die Erinnerung daran ließ mich lächeln. Wie einfach und leicht war unser Leben damals gewesen. In Keetna Creek aufzuwachsen, war wundervoll, und trotz oder vielleicht gerade wegen des Kleinstadtcharmes hatte es uns in die große, weite Welt gezogen. Wir waren bereit gewesen, sie zu entdecken und zu erobern. War ich ehrlich zu mir selbst, war auch diese Zeit nicht nur schlecht gewesen. Vielmehr war es das Ende, das ich nicht verkraften konnte.

Das einsetzende Bimmeln des Timers erinnerte mich daran, dass ich besser umkehren sollte, und rettete mich zudem davor, mich weiter mit meinem Innenleben zu beschäftigen. So schnell es die Bodenbedingungen zuließen, stapfte ich zurück zu Owens Wagen und erreichte ihn im selben Moment wie der Abschleppwagen mit der Aufschrift Carsons Car Garage. Die Person am Steuer wendete und parkte dann direkt vor dem Ford Destiny.

Die Fahrertür wurde aufgestoßen, und jemand sprang heraus. Ich wollte schon ansetzen, dass derjenige ja vorsichtig mit dem Auto umgehen sollte, beim Anblick der Person, die mir entgegenkam, verschlug es mir jedoch die Sprache.

Das Erste, was mir ins Auge fiel, waren ihre hammermäßigen Kurven, gefolgt von dem aufgestickten Namensschild auf ihrer Brust. Liv.

„Hey, wie ich sehe, haben Sie meinen Rat befolgt." Moment, das war die Frau vom Telefon? Im Ernst? Das war ein Scherz, das musste einer sein. Andererseits wiesen der Blaumann sowie die *Carsons Car Garage*-Cap eindeutig daraufhin, dass sie tatsächlich keine reine Büro-Mitarbeiterin, sondern eine Mechanikerin war. Schweigend ließ ich meinen Blick über sie gleiten. Schokoladenbraune Haare, braune Augen und fantastische Kurven, bei denen ich mir für einen Augenblick wünschte, sie hätte den Reißverschluss etwas weiter geöffnet und auf das Shirt verzichtet. Sie dagegen zog am Griff der Fahrertür und hatte längst die Motorhaube geöffnet, während ich noch dabei war, diese Überraschung zu verdauen.

„Sie sind ja mutig, so ein wertvolles Auto unverschlossen hier draußen stehen zu lassen", murmelte sie und warf mir einen unbestimmten Blick zu.

„Was wird das hier?", blaffte ich sie schließlich an, denn so sehr ich mich auch bemühte, das konnte nicht real sein. Nach allem, was ich in den vergangenen Jahren erlebt hatte, war es wahrscheinlicher, dass diese Frau für irgendein Klatschblatt arbeitete und von meiner Rückkehr Wind bekommen hatte, als dass sie tatsächlich eine ausgebildete Mechanikerin war.

Andererseits hatte ich direkt bei der Werkstatt angerufen, also musste diese Frau wirklich zu Carsons Car Garage gehören. Dass jemand einen Fake-Eintrag im Internet angelegt hatte, war dann doch mehr als unwahrscheinlich. Nein, mehr noch, das war ausgemachter Blödsinn. Dennoch wurde ich das Gefühl nicht los, dass da irgendetwas nicht stimmte. Allein die Art, wie sie mich angesehen hatte ...

Stirnrunzelnd sah sie sich mich an. „Nach was sieht es denn aus?"

„Fragen Sie so, dann nach einem billigen Porno", platzte es aus mir heraus, da sich meine Gedanken noch immer im Kreis drehten.

Skeptisch musterte sie mich einmal von Kopf bis Fuß. „Sehe ich ebenso, denn ich wüsste wirklich nicht, was Sie einer Frau im Bett groß bieten könnten, die von Beruf her Autos repariert und sich, zu Ihrem Glück, auch mit Schätzchen wie diesem hier auskennt." Erneut warf sie einen Blick in den Motorraum. „Aber hey, ich frage ja auch nicht, ob Ihnen Ihr Geld und Ihre Geltungssucht so sehr zu Kopf gestiegen sind, dass Sie mit einem 1991 Ford Destiny, der bereits deutlich bessere Zeiten gesehen hat und eindeutig nicht so gewartet wurde, wie er es verdient hätte, bei diesen Wetter- und Straßenbedingungen durch die Einöde bis nach Keetna Creek fahren." Behutsam schloss sie die Motorhaube.

„Und jetzt?", motzte ich, weil es mir in Gegenwart dieser Frau offenbar nicht möglich war, die Manieren hervorzukramen, die Mom und Dad mir mit schier endloser Geduld beigebracht hatten.

„Jetzt schleppen wir Sie ab. Holen Sie schon mal Ihr Zeug aus dem Wagen, ehe es losgeht." Sie nickte mir zu und ich tat wie geheißen. Nachdem ich ihrer Anweisung gefolgt war, sah ich bewundernd dabei zu, wie sie den Oldtimer vorbereitete und anschließend mit dem Kran hinten auflud. Allerdings musste ich zugeben, mein Blick wanderte permanent zwischen ihr und dem Auto hin und her.

Diese Frau war absolut heiß und das nicht nur wegen ihrer Kurven, dem locker sitzenden Blaumann, der jede Menge Raum für Fantasie ließ, ihren schokoladenbraunen Haaren oder den abfälligen Blicken, mit denen sie mich aus ihren warmen braunen Augen bedachte. Und auch sicher nicht, weil sie sich offenbar verdammt gut mit Autos auskannte. Es war die Art, wie sie meine verbalen Ausfälle parierte, mir mit ihrer Ruhe den Wind aus den Segeln nahm und weiterhin nach dem *Der Kunde ist König*-Motto agierte.

Dabei war eine Frau, noch dazu eine wie sie, die nicht so aussah, als wäre sie für eine Runde belanglosen Sex zu haben, das Letzte, das ich jetzt gebrauchen konnte. Andererseits kannte ich Frauen, die darauf aus waren, zur Genüge. Dass sie definitiv nicht dazugehörte, war ein Umstand, der mich freuen sollte.

Wieso also verhielt ich mich ihr gegenüber dann so gereizt?

5

LIV

„Steigen Sie ein", forderte ich ihn auf, sobald der Oldtimer verladen und gesichert war, und öffnete die Fahrertür, um hinter dem Steuer Platz zu nehmen. „Es sei denn, Sie wollen lieber zu Fuß gehen."

Fuck, Phoenix Cassidy war zurück in Keetna Creek. Keine Ahnung, was ich erwartet hatte, aber sicherlich nicht so ein *Herzchen*. Ehrlich gesagt hatte ich ihn im ersten Moment gar nicht richtig zuordnen können, als er jedoch neben mir gestanden und zugesehen hatte, wie ich den Wagen verlud, hatte es keinen Zweifel gegeben. Dafür waren seine Züge denen seines Dads und seines Bruders einfach zu ähnlich, dazu seine braunen Haare und die intensiven blauen Augen.

Um seine Präsenz auszublenden, malte ich mir in Gedanken aus, auf welche Arten ich dem Kerl an liebsten den Hals herumdrehen würde.

Ein Porno. Pfft, was hatte er sich dabei bloß gedacht?

Dass ich mitten in der Kälte am Straßenrand blankzog und meine logischerweise harten Nippel auch gleich noch vorbeifahrenden Autofahrern präsentierte? Himmel, wollte ich, dass mich Jason Graham, den irgendwer mit Sicherheit anrufen würde, nackt sieht und seine Handschellen zum Einsatz bringt, könnte ich das sicherlich mit deutlich geringerem Aufwand hinkriegen.

Während ich den Motor startete, stieg Phoenix auf der Beifahrerseite ein, stellte einen Gitarrenkoffer zwischen seinen Beinen ab, platzierte die Reisetasche obendrauf und zog die Tür zu. Sein Aftershave drang in meine Nase, sein Arm berührte meinen und ich dankte, wer auch immer dafür zuständig war, dass es auch Fahrzeuge ohne durchgängige Sitzbank im Fahrerhäuschen gab. Andernfalls würden sich unsere Oberschenkel berühren und das wäre dann doch zu viel. *Er ist ein Arsch, Liv, und noch wichtiger: Er ist ein Kunde.* Was gut war, andernfalls würden sich Verstand und Libido darüber streiten, ob ich nicht doch über die Mittelkonsole klettern und ihn besteigen sollte, um ihn zu küssen. Natürlich nur, damit nicht weiter so ein hirnverbrannter Mist aus seinem Mund kam.

Denk an etwas anderes, schalt ich mich stumm, ehe mein Kopf noch anfing, mir Bilder von einem nacktem Phoenix zu zeigen, in denen wir die berühmte Auto-Szene aus Titanic nachstellten. Ich meine, hallo?! Der Typ hatte mich dermaßen blöd angemacht, da sollte Sex nun wirklich das Letzte sein, an das ich in Zusammenhang mit ihm dachte. Darüber hinaus war ich kein Groupie, war ich nie gewesen und würde es auch nie sein. Abgesehen davon war er Owens Bruder.

Zack, das war die Eisdusche, die ich gebraucht hatte.

O verdammt, wussten seine Eltern überhaupt, dass Phoenix zurück war? Natürlich wussten sie das. Aber hätte Daphne das dann nicht erzählt? So eine Neuigkeit ... hätte sie womöglich für sich behalten, wollte Phoenix doch sicherlich nicht, dass ein großes Aufheben um seine Rückkehr gemacht wurde. Immerhin war er seit der Beerdigung seines Bruders vor drei Jahren nicht mehr hier gewesen und hatte, laut seinen Eltern, sehr zurückgezogen gelebt.

Im Gegenzug, und da war ich mir absolut sicher, würden sie ihm gegenüber kein Wort über meine Eltern verlieren. Ich hasste es, darauf angesprochen zu werden. Keine Ahnung, was die Leute dazu trieb, andere auf verstorbene Familienmitglieder anzusprechen, mir jedoch war es lieber, zu meinen Bedingungen an Mom und Dad zu denken, ebenso wie Daphne, Lloyd und Phoenix auf ihre Weise Owen gedachten.

Heilige Scheiße, Phoenix war zurück in Keetna Creek.

So sehr ich mich für Daphne und Lloyd freute, dass sie ihren Sohn in ihrem Zuhause wieder in die Arme schließen konnten, so sehr wühlte mich seine Rückkehr auf. Was, wenn ... Nein, das bedeutete noch lange nicht, dass deshalb irgendwelche Geheimnisse aufgedeckt wurden. *Ja, aber irgendwann musst du es tun.* Und ich wusste ebenso gut, dass ich das schon viel zu lange vor mir herschob. Da war es beinahe ein Glück, dass er mich nicht erkannte oder vielmehr nicht *kannte*. Immerhin hatten wir nie etwas miteinander zu tun gehabt, und zudem war ich zwei Klassen unter ihm gewesen und erst hergezogen, als er bereits im vorletzten Schuljahr gewesen war. Phoenix wiederum war als Mitglied einer Band stets von einer Menge Mädchen umgeben gewesen, die für ihn oder Carver, Gibson und Owen geschwärmt hatten, was ich definitiv nicht getan hatte. Himmel, die Jungs von *Falling from Grace* hatten eigentlich nirgendwo hingehen können, ohne dass ihnen eine Schar kichernder Groupies folgte.

Ich setzte den Blinker und bog auf das Gelände der Werkstatt ein. Kaum dass ich geparkt und den Motor ausgestellt hatte, schnallte ich mich ab und sprang aus dem Führerhaus.

„Warten Sie hier", wies ich ihn an und marschierte hinein.

„Hey, Liv, alles klar?" Mike warf einen Blick durch die offenstehende Tür und stieß einen Pfiff aus. „Der Schlitten ist genau deine Kragenweite, habe ich Recht?"

„Ja, aber nur der", konterte ich, nahm das Formular für Auftragsbestätigungen aus dem Schrank, befestigte es auf einem Klemmbrett und lief zurück auf den Hof, wo ich notierte, was ich über den Wagen wusste. Owen hatte mir davon erzählt, und wir hatten mehr als einmal über seine Vorzüge am Telefon diskutiert. Allerdings hätte ich nie gedacht, dass ich den Ford Destiny erstmals unter diesen Umständen live zu Gesicht bekommen würde. In meiner Vorstellung war Owen an einem milden Frühlingstag damit in die Stadt gekommen, um uns mit einem mehrtägigen Besuch zu überraschen.

Phoenix, der in der Zwischenzeit ausgestiegen war, lehnte an der Motorhaube. „Wie lange wird das dauern?"

„Das kann ich erst sagen, wenn ich weiß, welche Ersatzteile benötigt werden. Dieses Schätzchen ist ein

Oldtimer, da lassen sich die Sachen nicht einfach im Internet bestellen."

„Wenn *Sie* wissen, welche Ersatzteile nötig sind?", echote er den ersten Teil meiner Aussage.

„Haben Sie damit ein Problem?" Herausfordernd reckte ich das Kinn.

„Nein, solange am Ende alles passt", gab er selbstgefällig zurück.

„Unterschreiben Sie hier und vergessen Sie nicht, Ihren Namen einzutragen, ebenso eine Telefonnummer, unter der wir Sie erreichen können", verlangte ich und reichte ihm das Klemmbrett.

Er kritzelte darauf herum und gab es mir zurück. Als ich sah, welchen Namen er eingetragen hatte, gelang es mir nur mit größter Mühe, ein genervtes Schnauben zu unterdrücken.

Missmutig drückte ich ihm das Klemmbrett gegen die Brust. „Sie sind ein echter Scherzkeks, was? Normalerweise weiß ich einen guten Witz zu schätzen, wie ich allerdings bereits am Telefon sagte, fehlt mir die Zeit. Entweder Sie notieren Ihren richtigen Namen oder ich werde so lange mit der Reparatur warten, bis Sie es tun."

„Himmel, welche Laus ist Ihnen denn über die Leber gelaufen?", brummte er und nahm es mir ab.

„Lassen Sie mich eine Gegenfrage stellen, *Mr. Cassidy*, hätten Sie diesen Quatsch bei ihm auch abgezogen?" Ich deutete auf Clive, der eben einen anderen Kunden verabschiedete und im Türrahmen stand. „Oder komme ich in den besonderen Genuss, weil ich eine Frau bin? Oder weil Sie angenommen haben, jede Frau, die Ihnen begegnet, wäre ausschließlich daran interessiert, mit einem ehemaligen Rockstar ins Bett zu steigen? Dann lassen Sie mich eins sagen, *ich* bin Liv Carson und das ist *meine* Werkstatt. Hier habe ich das Kommando, passt Ihnen das nicht, können Sie Ihren Wagen gern woanders hinbringen."

„Sie wissen, wer ich bin?" Ungläubig starrte er mich an, ich dagegen lachte trocken auf.

„O bitte, zwar bin ich erst während der Highschool-Zeit nach Keetna Creek gezogen, aber selbst damals war *Falling from Grace* in aller Munde, höchstwahrscheinlich sogar wortwörtlich."

„Möglich, dazu kann ich nichts sagen." Nonchalant zuckte er mit den Schultern und strich den Kermit-Scheiß durch, mit dem er mir hatte kommen wollen.

„Schlüssel und Fahrzeugschein." Fordernd streckte ich die Hand aus.

Als er beides hineinlegte und sich unsere Finger berührten, musste ich mich stark zusammenreißen, um nicht zusammenzuzucken. *Er ist ein Arsch*, erinnerte ich mich selbst, um das aufflammende Kribbeln, das in Windeseile durch meinen Körper peitschte, abzukühlen. *Nicht mehr als ein arroganter Mistkerl.*

„Passen Sie gut auf den Wagen auf, ja? Er bedeutet mir sehr viel." Plötzlich lag eine Menge Gefühl in seiner Stimme, das mich vollkommen unvorbereitet erwischte. Hart schluckte ich gegen den Kloß in meinem Hals an. Es war ja schließlich nicht so, als wüsste ich nicht, was er meinte, nur konnte ich ihm das unter gar keinen Umständen sagen. Würde Phoenix je erfahren, welches Geheimnis ich hütete, würde er mich vermutlich hassen und mir vorwerfen, ich hätte Owens Tod verhindern können, hätte ich es preisgegeben. Nicht dass mir der Gedanke nicht auch das ein oder andere Mal gekommen war und mein Gewissen in Aufruhr versetzt hätte, doch ich hatte es Owen versprochen, und er war alt genug gewesen, um seine eigenen Entscheidungen zu treffen. Wie hätte ich mich da als junges Mädchen querstellen können?

„Das werde ich", versprach ich. „Ich melde mich, sobald ich weiß, was Sache ist, und herausgefunden habe, wie lange die Lieferung der Ersatzteile dauert."

„Danke." Er hob seine Tasche vom Boden auf und schulterte sie. Anschließend nahm er den Gitarrenkoffer in die Hand und warf einen letzten Blick auf den Ford Destiny, ehe er davonmarschierte.

Verwundert darüber, dass er nicht die Richtung zum Haus seiner Eltern einschlug, sah ich ihm nach, bis er aus meinem Blickfeld verschwunden war.

Clive und Mike traten zu mir.

„Schickes Teil. So einen Wagen sieht man hier nicht allzu oft." Mike stieß einen beeindruckten Pfiff aus.

„Ja, und genau aus diesem Grund bringe ich ihn zu mir. Ich will dieses Schmuckstück nicht tagelang auf dem Hof stehen lassen", erklärte ich.

„Hast du eine Vermutung, woran es liegt?", wollte Clive wissen.

„Der Kunde meinte, der Wagen hätte vorher gestottert. Das könnte von Zündkerzen, über den Anlasser bis hin zum Motor selbst alles sein. Abgesehen davon war er wohl lange nicht mehr beim Kundendienst." Resigniert stieß ich die Luft aus. Das hier würde mich mehr als einen Feierabend und sicherlich mein Wochenende kosten. „Ich bin bald wieder da."

„Geht klar, Boss." Mike nickte mir zu und lief gemeinsam mit Clive zurück in die Werkhalle.

Sobald ich eingestiegen war, warf ich das Klippboard auf den Beifahrersitz, schnallte mich an und machte mich auf den Weg. Die Leute waren daran gewöhnt, mich mit derartigen Fahrzeugen durch die Gegend fahren zu sehen. Jeder wusste, dass ich in meiner privaten Werkstatt Oldtimer reparierte und auch, dass die Garage gut gesichert war. Ein Einbruch brachte Langfingern im besten Fall einen Schrecken ein, im schlimmsten einen Aufenthalt im Trooper Department. Auch das war bekannt und hatte sich nach den ersten erfolglosen Versuchen unter den Kleinkriminellen Keetna Creeks auch in den Nachbarorten schnell herumgesprochen. Nun ja, entweder das oder es war die Tatsache, dass ich auch nicht davor zurückschreckte, meine Waffe zu zücken.

Immerhin war ich die Tochter eines State Troopers.

6

PHOENIX

Liv Carson. Erfrischend, sie musste die erste Frau sein, die mich je zur Schnecke gemacht hatte, und aus einem Grund, den ich nicht verstand, gefiel mir, wie sie mit mir umgegangen war. Dass sie jedoch mit mir auf der Schule gewesen war, daran konnte ich mich nicht erinnern.

Ich wischte die Gedanken beiseite und schlug, anstatt nach Hause zu laufen, die entgegengesetzte Richtung ein, die mich zum Pier führte. Um ehrlich zu sein, brauchte ich einen Moment, um ... keine Ahnung, möglicherweise, um anzukommen oder aber um mich zu wappnen. So oder so, ich konnte jetzt nicht direkt zu meinen Eltern, und ein Abstecher an den Rand des Ozeans würde mir sicherlich guttun.

Am Ende des Piers setzte ich mich auf eine Bank und beobachtete das Spiel der Wellen, wie die Möwen ihre Kreise zogen und hier und da ein Schiff kreuzte. Die Leute dachten gern, im Norden wäre es im Winter stets eiskalt, verschneit und furchtbar frostig. Tatsächlich herrschten in Keetna Creek aber auch häufig Graupelschauer, was es den Fischern und Tourguides erlaubte, mit ihren Kuttern, Booten und Schiffen bis in den Winter hinein draußen auf dem Meer zu sein.

„Verdammt, Owen", fluche ich. „Wieso?"

Ich schloss die Lider und sofort ploppten Erinnerungen an meinen Bruder auf.

Die Bilder änderten sich, liefen im Zeitraffer ab und stoppten erst, als ich uns auf der Bühne bei unserem ersten großen Auftritt sah.

One, two, three, four.

Die ersten Takte erklangen und sofort kreischte das Publikum los, das es zuvor ganze drei Sekunden geschafft hatte, still zu sein und darauf zu warten, dass wir loslegten. Als Carver anfing zu singen, schwoll der Lärmpegel mit Sicherheit noch einmal an, was ich dank meiner Ohrstöpsel nicht hörte.

Breit grinsend wanderte mein Blick zu Owen, der an seiner Bassgitarre abrockte und unseren ersten Auftritt auf einer großen Bühne mit allen Sinnen genoss, ebenso unser Kumpel Gibson sowie Striker, der zweite Bassist, den uns die Plattenfirma angedreht hatte. Aber hey, er war gut, von daher hatten wir uns damit arrangiert.

Zumindest so lange, bis der Kerl nicht mehr tragbar geworden und aus der Band geflogen war. Andere Erinnerungen fluteten meinen Kopf. Owen, der stürzte und sich die Schulter verletzte, die kurze Pause, die die Band daraufhin nahm, damit er seine Verletzung auskurieren konnte, Strikers Eskapaden mit diversen Groupies, Gibson, der

Owen ständig zu Partys oder in Clubs schleppte. Und wenige Wochen später Owens Absturz und ich, wie ich gemeinsam mit Gibson Owens leblosen Körper im Hotelzimmer fand.

Mein Herz raste, ich bekam kaum noch Luft, und zugleich hatte ich das Gefühl, als wäre zu viel Sauerstoff in meiner Lunge. Die Hände zu Fäusten geballt, rieb ich sie über meine Oberschenkel und starrte weiter auf den Ozean, konzentrierte mich auf das Spiel der Wellen, wie die Boote auf ihnen schaukelten, und wartete, bis mein Herz sich dem beruhigenden Rhythmus anpasste.

Ich wusste nicht, wie lange ich dort saß und aufs Meer hinausschaute. Knarzen von Holz und langsame Schritte, die sich mir näherten, ließen mich jedoch aufhorchen.

„Hallo, mein Junge." Kaum stand er vor mir, breitete er die Arme aus, woraufhin ich mich sofort erhob, um ihn zu drücken.

„Hey, Dad." Ich atmete seinen vertrauten Geruch ein und fühlte mich plötzlich wieder wie damals, als er mich getröstet hatte, nachdem wir knapp die Highschool Championship im Football verloren hatten.

„Es tut gut, dich hierzuhaben." Er klopfte mir auf den Rücken. Hastig wischte ich mir eine Träne ab, und gemeinsam setzten wir uns.

„Woher wusstest du, dass ich hier bin? Hat dich etwa die Mechanikerin angerufen? Diese Liv?" Verdammte neugierige Tratschtanten.

„Nein, das würde Liv nie tun", stellte Dad sofort klar und die Art, wie er es sagte, ließ keinen Widerspruch zu.

„Wer dann?"

„Mrs. Plummer hat dich gesehen, als sie mit Trooper Graham das Department verlassen hat, und ihn aufgefordert, mich anzurufen."

„Und jetzt setzt sie die Telefonkette in Gang", brummte ich angefressen. Dann würde es sicherlich nicht mehr lange dauern, bis die Presse hier auftauchte, erst die regionale und dann die überregionale.

„Du warst lange weg, mein Sohn. Vielleicht solltest du nicht vorschnell urteilen. Deine Mom und ich haben dich besser erzogen, als Menschen auf den ersten Blick zu verurteilen, und dein letzter Job sollte dich dasselbe gelehrt haben, meinst du nicht?"

„Entschuldige, du hast Recht." Schuldbewusst ließ ich die Schultern sinken.

Allerdings war es leider auch ein Fakt, dass mich gerade die ein oder andere Erfahrung im Musikbusiness anderen gegenüber hatte misstrauisch werden lassen. Ich vermutete automatisch in jedem einen geldgierigen Schmierfinken oder jemanden, der sich an unserem Leid und an Owens Tod bereichern wollte. Dabei hatten uns die Leute in dieser Stadt immer unterstützt und waren so gesehen unsere ersten und treusten Fans gewesen.

„Ich weiß, und nun lass uns dich nach Hause bringen. Wir sollten deine Mom nicht allzu lange warten lassen."

„Einverstanden." Erneut schulterte ich meine Tasche, nahm den Gitarrenkoffer und folgte Dad zu seinem Wagen.

„Da du Liv erwähnt hast, vermute ich, dein Auto steht bei ihr auf dem Hof?" Dad feixte.

„Owens Wagen, aber ja, er hat kurz nach der Stadtgrenze den Geist aufgegeben", gab ich zu.

„Falls das ein Zeichen ist, kannst du es so oder so auslegen", murmelte er.

Ja, ich konnte beispielsweise annehmen, dass ich schnellstens aus der Stadt verschwinden sollte oder dass mir die darauffolgende Begegnung mit Liv verdeutlichen sollte, wie misstrauisch mich die Branche gemacht hatte. Oder aber auch, dass ich einen Moment innehalten und das vor mir Liegende mit frischem Blick betrachten sollte, unvoreingenommen, neutral.

„Du kannst den Mann aus dem Ranger holen, aber nicht den Ranger aus dem Mann, stimmt's?" Dad war ein Genie im Spurenlesen, und Zeichen zu deuten, wenn auch vorwiegend in der Natur, machte ihm besonders viel Spaß.

Wir verstauten meine Sachen im Kofferraum seines Wagens, stiegen ein, und er fuhr los.

„Also ob du das nicht auch gedacht hättest", zog er mich auf.

„Wie hätte ich nicht", gestand ich leise.

„Du wirst feststellen, so viel hat sich hier nicht verändert." Offenbar verspürte Dad das Bedürfnis, mich zu beruhigen, wenn ich auch nicht wusste, weshalb.

„Na, ich weiß nicht, seit der Highschool ist einige Zeit vergangen. Damals gab es beispielsweise noch keine Werkstatt in der Hand einer Frau."

„Erinnerst du dich nicht an Liv?"

„Nein, keine Ahnung. Und da sie jünger und zudem kein Fan war, erst recht nicht", versuchte ich mich an einem Scherz. So oder so konnte ich mich nicht erinnern, sie je zuvor gesehen zu haben. Was eine Schande war, wie ich selbst zugeben musste.

„Da sind wir", erklärte Dad unnötigerweise und bog in die Einfahrt vor der Garage ein.

Einen Moment lang starrte ich das Haus an, das mit so vielen Erinnerungen verknüpft war. Die weiß gestrichene Fassade, die grünen Fensterläden, die Vorhänge an den Fenstern, und sogar die Haustür hatte bereits ihre winterliche Dekoration aus falschem Tannengrün erhalten, die Mom in den kommenden Tagen gewiss mit Lichterketten und nach Thanksgiving dann auch mit Weihnachtsornamenten verzieren würde. Mein Blick wanderte weiter über den Rasen und die von Mom liebevoll gehegten Blumenbeete, die wir unzählige Male beim Toben oder Ballspielen demoliert hatten. Beinahe hörte ich Owens und mein Kinderlachen, als die Erinnerungen an diese Momente aufploppten. Ehe es jedoch so weit kommen konnte, riss ich mich los und straffte die Schultern.

„Okay, dann los." Dad hatte Recht, Mom und auch er hatten lange genug darauf gewartet, dass ich nach Hause kam. Auch wenn ich nicht wusste, wie lange ich bleiben würde, so fühlte es sich doch wie eine Heimkehr an.

Ich war kaum ausgestiegen, da wurde die Haustür geöffnet, und Mom erschien im Türrahmen.

„Geh schon, ich bringe deine Sachen mit", brummte Dad und klopfte mir im Vorbeigehen auf die Schulter.

Mit in den Hosentaschen vergrabenen Händen lief ich zu ihr. „Es tut mir leid, Mom, ich hätte euch früher besuchen sollen."

„Nicht doch, ich bin froh, dich hierzuhaben, und ich

weiß, du wärst nicht gekommen, wärst du nicht bereit dafür." Mir beide Hände an die Wangen legend, musterte sie mich mit ihrem typischen Mom-Blick. „Dein Zimmer ist fertig und das Bett frisch bezogen."

„Danke, Mom."

Sie ließ mich los, damit ich mein Gepäck nach oben bringen konnte. Es fühlte sich seltsam an, die Stufen hinaufzulaufen, die ich in meiner Jugend so oft und vor allem sorglos rauf- und runtergerannt war. Den Blick zu Owens geschlossener Zimmertür mied ich wohlweislich, die Tür zu meinem Kinderzimmer stand dagegen offen. Ich blieb im Türrahmen stehen und ließ alles auf mich wirken.

Auf dem Nachttisch lag das Walkie-Talkie, über das Owen und ich uns als Kinder nachts unterhalten und einander Witze erzählt hatten, bis wir eingeschlafen waren. An den Wänden hingen verblichene Poster von Sportlern und Bands, die Bücher standen noch immer in den Regalen. Alles war genau so, wie ich es zurückgelassen hatte. Es war, als wäre ich nie losgezogen, um mit Owen, Carver und Gibson die Welt mit unserer Musik zu erobern.

Für einen Moment schloss ich die Lider und ließ die Erinnerung an unseren ersten großen Auftritt zu. Die Fans, die wieder und wieder unsere Namen und den der Band kreischten. Die Frauen, die Regenschauer aus Kuscheltieren und Unterwäsche. Owen, Carver, Gibson, Striker, den das Management dazugeholt hatte, und ich hatten dort oben gestanden und es kaum fassen können. *Tja, ich habe so einiges erst im Nachgang begriffen*, dachte ich bitter und trat ein.

Da ich es nicht über mich brachte, meine Sachen in den Schrank zu räumen, und noch viel weniger, mich hier allzu lange aufzuhalten, stellte ich die Reisetasche neben dem Bett ab und legte die Gitarre auf die Tagesdecke, ehe ich auf dem Absatz kehrtmachte und hinuntereilte.

„Hey, Dad, kann ich dir helfen?", fragte ich, als ich ihn dabei entdeckte, wie er versuchte, die Lichterketten zu entwirren, die vor ihm auf dem Esstisch lagen.

„Danke, da sage ich nicht Nein. Egal, wie gut ich sie zusammenlege, scheinen sie sich in ihrer Kiste über das Jahr irgendwie zu verheddern", moserte er.

„Ist Mom nicht eigentlich die Lichterketten-Expertin der Familie?", hakte ich nach und setzte mich ihm gegenüber.

„Das war sie. Wir haben beschlossen, alte Muster aufzubrechen und die Aufgaben durchzuwechseln, um zum einen mehr Verständnis für den anderen zu entwickeln und zum anderen neue Erfahrungen zu sammeln."

„Was hat Mom übernommen, das du zuvor gemacht hast?"

„Sie kann jetzt Reifen wechseln und einen Ölwechsel vornehmen." Stolz richtete er sich auf angesichts der neuen Fähigkeiten, über die seine Frau verfügte.

„Klasse, Dad", lobte ich mit einem Schmunzeln.

„Anfangs war es eine Katastrophe. Aber als wir verstanden haben, dass es an unserer Kommunikation hakt, da ich zu viele Fachbegriffe verwendet habe, haben wir Liv dazugeholt, und danach hatte deine Mom in kürzester Zeit den Bogen raus. Als Dankeschön haben wir

Liv zum Essen eingeladen und machen das seither mehr oder weniger regelmäßig."

„Das klingt, als wäre diese Liv mehr für euch als bloß jemand, der eure Autos wartet", überlegte ich laut.

„Könnte man so sagen, ja."

Ich hatte bereits den Mund geöffnet, um nachzuhaken, der Ton jedoch, der in seiner Stimme mitschwang, ließ mich innehalten und meine Kiefer unverrichteter Dinge wieder schließen.

„Was hast du noch alles gelernt?", fragte ich schließlich.

„Hm, lass mich nachdenken." Er hielt inne und neigte den Kopf zur Seite. „Also, ich kann meinen eigenen Apfelkuchen backen, ist mir danach. Dann musste ich auf die harte Tour lernen, wieso deine Mom seit Jahren sagt *Hast du es eilig, geh nicht zwischen neun und elf Uhr einkaufen*. Allerdings verstehe ich bis heute nicht, weshalb sie sich stets mit selbstgezogenen Kerzen und verzierten Plätzchen am örtlichen Weihnachtsmarkt beteiligt, das ist eine Heidenarbeit und dauert Stunden."

„Weil es der Musikschule Geld einbringt, Liebling." Mom, die aus der Küche zu uns gekommen war, legte Dad die Hand auf die Schulter und küsste ihn. „Ich muss noch mal los, Jungs."

„Alles klar, Mom."

„Bis später, mein Schatz." Verliebt wie am ersten Tag sah Dad ihr nach, bis sie aus dem Haus verschwunden war.

7

LIV

„Wie sieht es aus, Brian?" Mit neutraler Miene betrachtete ich Mrs. Plummers Weihnachts*schlitten*, der bereits deutlich besser aussah als noch vor ein paar Tagen.

„Gut, Boss. Die Folien an den Frontscheinwerfern sind ab und die Klebereste entfernt, dasselbe gilt für sämtliche Fensterbilder, die die Sicht einschränken und dadurch die Sicherheit sämtlicher Verkehrsteilnehmer gefährden", fing er stolz an, aufzuzählen.

„Gott sei Dank, aber lasst euch das mit den verbliebenen Fensterbildern vorher von State Trooper Graham schriftlich geben, ja? Ich will nicht, dass wir haften müssen, weil wir uns nicht rückversichert haben", verlangte ich.

„Geht klar."

„Dann weiter so." Ich nickte ihm zu und beobachtete aus dem Augenwinkel, wie er zu dem Klemmbrett eilte, auf dem der Auftrag für den Wagen detailliert beschrieben war, und die Anweisung vermerkte.

„Was denkst du?" Mike nickte in Richtung unseres Azubis.

„Ganz ehrlich? Du hattest einen guten Riecher, als du dich für den Jungen eingesetzt hast, und ich bin froh, dass ich dir und meinem Bauchgefühl vertraut habe." Brian hatte es nicht leicht. Er war in einem Viertel der Stadt aufgewachsen, in dem nicht alles so beschaulich war, wie es Keetna Creek gern nach außen hin verkaufte. Doch er war lernwillig und saugte so viel Wissen auf, wie er nur konnte. Selbst in den Pausen löcherte er uns mit Fragen oder las in einem Fachbuch.

„Danke, Boss."

„Nein, ich danke dir. Brian ist ein guter Junge." Im Vorbeigehen klopfte ich meinem Mitarbeiter auf die Schulter und lief ins Büro, um meinen Geldbeutel zu holen. Es war Mittag und mein Bauch ließ bereits seit einiger Zeit ein zunehmend wütenderes Rumoren verlauten.

„Jungs, mir hängt der Magen in den Kniekehlen, möchte noch jemand etwas aus dem Diner?" Heute war ich an der Reihe, Mittagessen zu besorgen, falls sich jemand nichts von zu Hause mitgebracht hatte. Jeder von uns war an einem festen Wochentag dafür zuständig. Manchmal wollten alle was, an anderen Tagen niemand, aber so hatten wir zumindest ein System und ich geriet nicht in die *Die Frau organisiert das Essen*-Falle.

„Nicht für mich", kam es von Brian.

„Nope." Mike schüttelte den Kopf.

„Danke, kein Bedarf", lehnte auch Clive ab.

Die Antworten klangen aus allen Richtungen zu mir herüber. Umso besser, dann hatte ich weniger zu tragen. „Alles klar. Guten Hunger und bis gleich."

Ich hatte kaum das Werkstattgelände verlassen, als ich einen mir wohlbekannten Wagen am Straßenrand parken sah. Abwartend blieb ich stehen und blickte der Frau, die soeben ausstieg und mitsamt einem Kaffeebecher sowie einer Bäckertüte um die Motorhaube herumlief, lächelnd entgegen.

„Liv, wie schön, dass ich dich noch treffe, hast du einen Moment?" Sie drückte mir die Sachen in die Hand und umarmte mich, eine Geste, die ich, nun, da ich diejenige war, die die Hände voll hatte, leider nicht sonderlich gut erwidern konnte.

„Für dich immer. Wollen wir ein paar Schritte gehen?", bot ich an und schlürfte einen Schluck aus dem Becher. „Mmh, sag mir nicht, das ist ein Gingerbread Spiced Latte mit Sahne und Spekulatiusbröseln."

„Aber natürlich ist es das, ich weiß doch, wie sehr du den zu dieser Jahreszeit liebst." Empört schnaubte sie, während wir den Bürgersteig entlangspazierten. „Und dort in der Tüte wartet ein Schokomuffin mit flüssigem Kern auf dich."

„Du verwöhnst mich." Genüsslich verdrehte ich die Augen. Allerdings war mir ihre sorgenvolle Miene nicht entgangen. „Wie geht es dir, Daphne?"

„Ich weiß es nicht", wisperte sie und blinzelte heftig. „Es ist schön, Phoenix hier zu haben, zugleich bricht es mir das Herz, zuzusehen, wie sehr er sich quält."

„Wie meinst du das?" Verwundert runzelte ich die Stirn.

„Es geht ihm nicht gut. Vermutlich ist ihm das nicht einmal bewusst, aber der Junge hat Albträume. Er reißt sich zusammen, uns zuliebe, aber bei uns zu wohnen, dafür ist er noch nicht bereit." Energisch schüttelte sie den Kopf.

„Das tut mir leid, für ihn und für euch." Egal, was ich von Phoenix hielt, dass es ihm so schlecht ging, wünschte ich ihm nun wirklich nicht.

„Ich kann es ihm nachfühlen, und so schwer es mir fällt, weiß ich, weiter bei uns zu bleiben, ist nicht das Richtige. Daher wollte ich dich fragen, ob er das Appartement über deiner Garage beziehen könnte." Flehentlich sah sie mich an.

Ich dagegen musste mich schwer zusammenreißen, damit mir vor Überraschung nicht der Kiefer herunterklappte. Phoenix sollte *bei mir* wohnen? Im Sinne von in meinem Haus? Also nicht direkt, sondern über der Garage, aber dennoch, auf meinem Grundstück? O verdammte Scheiße. Allein bei der Vorstellung sträubte sich alles in mir dagegen.

Andererseits ging es dabei ja nicht nur um ihn, sondern auch um Daphne und Lloyd. Ich verdankte den beiden so viel, dass ich in der Regel jede Gelegenheit ergriff, um ihnen etwas zurückzugeben. Aber musste er deshalb gleich bei mir einziehen?!

Nur konnte ich Daphne ja schlecht sagen, dass ich kein Fan davon war, den arroganten Mistkerl in meiner unmittelbaren Nähe zu haben. Und ein anderer Grund, ihre

Bitte abzulehnen, fiel mir so schnell leider auch nicht ein, daher blieb mir nichts anderes übrig, als zuzustimmen, was ich so aufrichtig tat, wie es mir möglich war. „Natürlich, es steht ohnehin leer. Du hast ja den Code für die Alarmanlage sowie den Schlüssel fürs Haus. Der für das Appartement liegt in der obersten Schublade der Kommode."

„Ich danke dir, Liv." Es war ihr anzusehen, welche Erleichterung meine Zustimmung in ihr auslöste.

„Nicht doch, ihm geht es eindeutig nicht gut. Wer weiß, vielleicht hilft ihm ein wenig Abstand ja dabei, sich einzufinden und mit den Erinnerungen zurechtzukommen, die er hier verarbeiten muss", äußerte ich meine Vermutung.

Innerlich dagegen rangen zwei Stimmchen miteinander. Die eine war voll Mitgefühl, schließlich war ich kein gefühlskalter Stein, die andere jedoch erinnerte mich nur zu gern an sein chauvinistisches Gehabe. Dennoch waren Trauer und Schmerz etwas, das sich nur sehr schwer bewusst steuern ließ. Den eigenen Bruder verloren zu haben und mehr noch, mitunter derjenige gewesen zu sein, der ihn gefunden hatte, stellte ich mir unglaublich hart vor. Dass ihm seine Popularität so zu Kopf gestiegen war, dass er sich für den geilsten Kerl unter der Sonne hielt, war wiederum etwas, das ich kaum ertragen konnte. Da spielte es auch keine Rolle, dass ich ihn körperlich durchaus anziehend fand. Dieses Getue war echt nicht auszuhalten und obendrauf ein Abtörner.

Letztlich ging es bei der ganzen Sache nicht um meine Befindlichkeiten, sondern um Daphne, und wenn ich ihr damit den Schmerz nehmen konnte, ihren Sohn leiden sehen zu müssen, dann würde ich meinen Stolz hinunterschlucken.

„Du ahnst gar nicht, wie dankbar ich dir bin." Sie hakte sich bei mir unter. „So, nun komm, lass uns zurückgehen, im Wagen wartet ein Auflauf auf dich und deine Crew, der noch warm sein dürfte."

„Deine Love Language ist definitiv Essen", murmelte ich und grinste, als sich mein Magen voller Vorfreude zu Wort meldete.

„Das sagt Lloyd auch immer, und dann beschwert er sich, während er sich darüber hermacht, dass er das hinterher alles wieder abtrainieren muss." Sie kicherte und wirkte dabei schon wesentlich gelöster.

Das war für mich das Wichtigste, und mit Phoenix würde ich schon zurechtkommen.

Was leicht sein sollte, da er ja das Appartement über der Garage bezog.

8

PHOENIX

„Da wären wir." Mom parkte den Wagen vor der großen Garage, zog den Schlüssel ab und stieg aus. Ich folgte ihrem Beispiel und holte, während sie ins Haus lief, um den Schlüssel zu holen, meine Sachen aus dem Kofferraum. „Und das ist wirklich in Ordnung für dich?", wollte sie wissen, sobald sie zurück war.

Es war ihr anzusehen, dass sie nicht wusste, ob die Entscheidung die richtige war. Ich dagegen schon.

„Absolut. Bitte mach dir deshalb keinen Kopf. Wir werden uns trotzdem ganz oft sehen", versicherte ich ihr. „Du kannst beruhigt nach Hause fahren."

„Okay, aber melde dich, wenn du etwas brauchst, beispielsweise einen Fahrservice."

„Auf dieses Angebot könnte ich womöglich zurückkommen, noch weiß ich nämlich nicht, wann Owens

Wagen wieder flott ist. Aber da ich nun bei Liv wohne, werde ich das sicher bald herausfinden."

„Ich verlass mich darauf. Hier ist der Schlüssel für das Appartement und für den Notfall der für Livs Haus." Sie umarmte mich, stieg in ihren Wagen und fuhr los.

O Mann. Nicht nur, dass ich offenbar erneut unter Albträumen litt, von denen ich nicht den blassesten Schimmer gehabt hatte, noch dazu war ich am Arsch der Welt von Keetna Creek. Als Mom die Zufahrt zu Livs Haus hinaufgefahren war, hatte ich mich durchaus gefragt, ob wir jemals irgendwo ankommen würden.

Livs Haus gefiel mir sehr, es war ein modernes und gemütlich wirkendes Blockhaus mit einer breiten Glasfront im ersten Obergeschoss. Neugierig stapfte ich hinüber, schob beide Schlüssel in die Hosentasche und spähte durch die Fenster. Jep, definitiv ein Ort zum Wohlfühlen. Hoffentlich galt das auch für das Garagenappartement. Begierig darauf herauszufinden, wie es oben aussah, wandte ich mich ab, stapfte über den Schnee, nahm meine Sachen und stieg die Stufen hinauf, die neben der Garage zum Appartement führten. Oben angekommen, kramte ich den Schlüssel hervor, steckte ihn ins Schloss und sperrte auf.

Erfreut darüber, dass mir kein miefiger Geruch entgegenschlug, streifte ich meine Schuhe ab, trat ein, ließ meine Tasche sowie den Gitarrenkoffer im Flur stehen und versetzte der Tür einen Stoß.

Langsam durchquerte ich den Wohnbereich. Der Stil des Haupthauses setzte sich hier fort und obwohl alles topmodern und mit Liebe zum Detail eingerichtet war, störte mich die Vorstellung, hier zu wohnen. Es fiel mir schwer, das Gefühl zu benennen, aber ich spürte, von morgens bis abends allein zu sein mit meinen Gedanken, würde die Sache nicht besser machen.

Entschlossen machte ich auf dem Absatz kehrt, nahm mein Zeug und verließ das Appartement. Nachdem ich die Wohnungstür sorgsam verriegelt hatte, lief ich die Stufen hinunter, erneut über den Platz und die Veranda hinauf. Na dann, Home Sweet Home.

Voller Vorfreude sperrte ich die Haustür auf und hielt prompt inne, als mein Blick auf einen kleinen Kasten an der Wand fiel.

Fuck, eine Alarmanlage. Wieso hatte ich nicht daran gedacht?

Ich spürte bereits die Panik in mir ausbrechen, als mir auffiel, dass sich das Gerät nicht regte. Es leuchtete kein Lämpchen auf und auf dem Display erschien auch kein Text, der mich aufforderte, einen Code einzugeben.

Puh, was für ein Glück, dass Mom in der Eile offenbar vergessen hatte, Livs Alarmanlage wieder zu aktivieren. Erleichtert schloss ich die Tür hinter mir, stellte – schon wieder – mein Gepäck ab und schlüpfte aus meinen Boots.

Sobald man das Haus betrat, fand man sich in der offenen Wohnküche wieder. Der Küchenbereich mit der großen Kochinsel lag der Haustür gegenüber, linker Hand bildete das große Sofa eine natürliche Trennung zum Wohnbereich. Langsam lief ich den Flur entlang. Zugegeben, mir war ein wenig mulmig, mich ohne Livs Einverständnis in ihrem Haus umzusehen, dennoch siegte die Neugierde. Den Wandschrank rechter Hand ignorierend drückte ich die erste Tür auf der linken Seite auf und stellte erfreut fest, dass es sich eindeutig um ein Gästezimmer handelte. Jackpot.

Erleichtert lief ich weiter zur nächsten Tür und drückte erneut die Klinke, diesmal gab die Zimmertür jedoch nicht nach. Hm, das war seltsam. Was mochte Liv wohl dort drin verbergen, dass sie die Tür verschlossen hielt, obwohl sie hier allein lebte? Vielleicht etwas, über das kein Besucher auf der Suche nach der Gästetoilette aus Versehen stolpern sollte? Was immer es war, ein Fetisch-Play-Room sicherlich nicht, denn den konnte ich mir bei dieser Frau nur schwer vorstellen.

Über eine Treppe gelangte ich ins Obergeschoss, wo ich Livs Schlafzimmer vermutete. Ich hatte sicherlich nicht vor, dort herumzustöbern, einen Blick hinein konnte ich mir allerdings nicht verkneifen, daher stieß ich die angelehnte Holztür auf und staunte nicht schlecht. Ihr Zimmer verfügte nicht bloß über die breite Fensterfront, die ich bereits bei meiner Ankunft gesehen hatte, sondern auch über ein gläsernes Dach. Begeistert betrachtete ich für ein paar Minuten die Aussicht, ehe ich wieder hinunterging, wo ich die Einkäufe aus meiner Reisetasche holte, die Mom besorgt hatte, und in der Küche verstaute. Anschließend brachte ich meine Sachen in das Gästezimmer und anders als in meinem alten Kinderzimmer hatte ich hier kein Problem damit, meine Klamotten in den Schrank zu legen.

Als ich schließlich mit einem Bier in der Hand auf das Sofa sank, lehnte ich mich zurück und stieß angestrengt die Luft aus. Abwesend schaltete ich den Fernseher an und landete direkt bei einem Eishockeyspiel der Portland Panthers.

Blieb nur noch die Frage zu klären, wie ich Liv beibringen sollte, dass ich hier wohnen wollte anstatt über der Garage.

Irgendwie wurde ich das Gefühl nicht los, dass sie mich abweisen würde, sollte ich höflich darum bitten. Gut, vermutlich lag es daran, dass wir einen schlechten Start hatten, was zugegebenermaßen auf meine Kappe ging. Daher war es wohl der sicherste, wenn auch nicht der manierlichste Weg, unserer bisherigen Linie treu zu bleiben und sie einfach vor vollendete Tatsachen zu stellen. Zudem bewahrte mich das davor, ihr verklickern zu müssen, dass ich mich allein dort drüben nicht wohlfühlte. Keine Ahnung, woran das lag, immerhin hatte ich in den vergangenen Jahren ebenfalls allein gewohnt.

Nun gut, so gesehen wusste ich es doch: In Glacier Woods hatte mich nichts an Owen erinnert, und es gab dort genug, das ich unternehmen konnte, um mich abzulenken. Hier jedoch? Vermutlich konnte ich nicht einmal durch die Stadt spazieren, ohne erkannt und angesprochen oder schlimmer noch, nach Owen gefragt zu werden.

Sobald ich einen Wagen die Zufahrt heraufkommen hörte, legte ich provokant meine Füße auf den Couchtisch, nahm die Bierflasche in die Hand und erhöhte die Lautstärke des Fernsehers. Schritte erklangen auf der Veranda, gefolgt von dem markanten Geräusch eines Schlüssels, der ins Schloss gesteckt und herumgedreht wurde.

„Was zum Teufel machst du hier?", ertönte prompt Livs wenig begeisterte Stimme.

Betont langsam schaltete ich den Fernseher auf stumm und wandte mich ihr zu. Wie ein Racheengel, allerdings einer, der vom Einkaufen kam, stand sie in der Tür und funkelte mich an. Zugegeben, ich konnte es ihr nicht verübeln.

„Nun ja, das Haus wirkte wesentlich gemütlicher als das kleine Appartement und davon abgesehen ist hier doch mehr als genug Platz für uns. Falls dir meine Gesellschaft nicht behagt, kannst du gern drüben schlafen, dann wäre das Master-Bedroom mit der phänomenalen Aussicht für mich frei", setzte ich noch eins obendrauf, wohingegen sie mit einem Ruck die Einkaufstaschen abstellte. Eigentlich war es ein Wunder, dass sie sie nicht einfach fallen ließ. Vermutlich hatte sie etwas Zerbrechliches eingekauft. „Natürlich müsste ich es umgestalten, dieser feminine Scheiß ist nun wirklich nichts für mich." Dabei stimmte das gar nicht, ihr Zimmer war perfekt.

„Pass mal auf, dass ich dich hier wohnen lasse, verdankst du deiner Mom und nur ihr. Das bedeutet jedoch nicht, dass ich mir deinen chauvinistischen Mist gefallen lasse. Das hier ist immer noch mein Haus, und du bist ausschließlich Gast, weil es offenbar zu viel verlangt ist, bei deinen Eltern in deinem eigenen Bett zu schlafen", giftete sie. Anschließend schlüpfte sie aus ihren Stiefeln, stellte sie auf das Abtropfgitter und hängte ihre Jacke sowie Handtasche an die Garderobe.

Fuck, mit ihren Worten hatte sie mitten ins Schwarze getroffen, allerdings würde ich den Teufel tun und ihr gegenüber irgendetwas zugeben. Dass ich offenbar Albträume von meinem Bruder hatte, war mir, nun ja, nicht unbedingt neu, die Intensität, mit der Mom die Episoden beschrieben hatte, allerdings schon. Sie hatte mich beruhigt und gemeint, das hinge sicherlich mit der Rückkehr und dem Zimmer zusammen, und dann vorgeschlagen, bei einer Freundin unterzukommen. Sobald Livs Name gefallen war, hatte ich ihrem Vorschlag begeistert zugestimmt. Ganz ehrlich, mir mit dieser Frau einen Schlagabtausch zu liefern, war so viel besser, als bei meinen Eltern zu sitzen und um den rosa Elefanten im Raum herumzuschleichen.

„Ach, lass mal, aber da wir gerade bei Zimmern sind: Mich würde wirklich interessieren, was in dem abgesperrten Raum am Ende des Flurs ist", lenkte ich die Aufmerksamkeit von mir weg.

Hätte ich geblinzelt, hätte ich den Moment wohl verpasst, so jedoch ahnte ich, dass ich mit dieser Frage eine Grenze überschritten hatte, da Livs Gesicht blass und ihre Miene für einen Augenblick ausdruckslos wurde.

„Wage es nie wieder, mein Haus zu durchsuchen", zischte sie gefährlich leise. „Du hast dich hier nicht bloß ohne Erlaubnis einquartiert, sondern auch noch herumgeschnüffelt. Was für ein beschissenes Arschloch macht so was? Ich würde ja fragen, ob dich deine Eltern nicht richtig erzogen haben, allerdings kenne ich Daphne und Lloyd und weiß, von ihnen hast du das sicherlich nicht. So sehr ich die beiden auch mag, es hält mich nicht davon ab, dir einen Tritt in die Eier zu verpassen und dich anschließend hochkant hinauszuwerfen, leistest du dir so eine Aktion noch einmal."

Fuck, sie zu verletzen, hatte ich nun wirklich nicht

gewollt. Prompt regte sich mein schlechtes Gewissen. Mit ihr zu streiten und sie ein wenig auf die Palme zu bringen, war eine Sache, ihr wehzutun dagegen ein No-Go, selbst wenn es ohne Absicht war.

„Ja, ich habe schon gehört, dass du öfter bei meinen Eltern zum Essen eingeladen bist", ätzte ich, da ich ehrlich nicht wusste, wie ich am besten reagieren sollte. „Ist das so ein Fan-Ding von dir?"

„Das ist alles, was bei dir angekommen ist?" Erbost stemmte sie die Hände in die Hüfte. Okay, das war ganz eindeutig falsch gewesen. „Deine Pseudo-Star-Attitüden kannst du gleich wieder wegpacken, eure Musik fand ich ohnehin immer kacke."

Autsch, das schmerzte – und nein, das konnte ich nicht auf mir sitzen lassen. „Nun ja, nicht jeder hat einen guten Geschmack, das sieht man ja an deinem Schlafzimmer", entgegnete ich überheblich. Eine fette Lüge, denn ihr Schlafzimmer war fantastisch, geschmackvoll eingerichtet und definitiv nicht mädchenhaft. Das Highlight war die breite Fensterfront, die in eine Glasüberdachung überging, wodurch man das Gefühl hatte, als würde man direkt unter den Sternen schlafen. Zumindest stellte ich mir das so vor.

„Du wirst dir noch wünschen, in deinem Kinderzimmer geblieben zu sein", presste sie hervor, stellte ihre Einkäufe auf die Theke und stapfte an mir vorbei nach oben.

Für eine Sekunde fragte ich mich, ob ich womöglich doch zu weit gegangen war, dann allerdings schüttelte ich den Gedanken schnell ab. Wäre dem so, hätte sie nicht damit gedroht, mich rauszuwerfen, sondern es schlichtweg getan. Womöglich war es nicht fair, die unter der Oberfläche brodelnden Erinnerungen an Owen, die bereits darauf warteten, mich hinterrücks anzuspringen, in Schach zu halten, indem ich meine Aufmerksamkeit auf Liv richtete. Allerdings half es mir immens und abgesehen davon genoss ich es überraschenderweise sehr, dass Liv mein Rockstar-Image tatsächlich scheißegal war. Dass sie mir sagte, was für ein Arsch ich war, gab mir das Gefühl, ein Mensch zu sein und nicht nur Phoenix Cassidy von *Falling from Grace*.

Zufrieden lehnte ich mich zurück, stellte die Lautstärke wieder an und verfolgte mit einem Ohr das Spiel, während ich mit dem anderen den Geräuschen lauschte, die von oben zu mir herunterdrangen. Als ich hörte, wie sie die Treppe herunterkam, wappnete ich mich innerlich für Runde zwei.

Schweigend lief sie an mir vorbei, und das war gut so, denn ich hatte Schwierigkeiten damit, gegen den Kloß in meinem Hals anzuschlucken. Liv hatte ihre vom Duschen feuchten Haare in einem Messy-Bun zusammengefasst, eine weiche Hose umspielte ihre Beine, während das enganliegende Shirt weitaus mehr verriet, als es ihr Blaumann getan hatte. Fuck.

Obwohl ich neugierig war, was sie hinter mir in der Küche trieb, starrte ich stur geradeaus. Allerdings bekam ich von dem Spiel überhaupt nichts mehr mit, so sehr war ich darauf konzentriert, zu lauschen. Hey, immerhin musste ich gewappnet sein, falls sie vorhatte, mir eins mit dem Nudelholz überzuziehen. Der zu Recht, wie ich zugeben musste, befürchtete Schlag auf den Hinterkopf blieb allerdings aus. Stattdessen drang ein herrlicher Duft zu mir herüber, bei dem mir direkt das Wasser im Mund zusammenlief. Da die Geräusche nach und nach verstummten, ging ich davon aus, dass ihr Essen im Ofen vor sich hin backte. Wie lange würde es wohl dauern, bis es fertig war?

Mein Magen forderte meinen Verstand nachdrücklich auf, sich bei Liv zu entschuldigen, damit er ebenfalls in den Genuss dieses mit Sicherheit leckeren selbstgekochten Abendessens kam.

Sorry, Bro, das wird nicht passieren. Ich konnte es mir nicht leisten, die Oberhand zu verlieren, denn dann würde ich nicht mehr sehen, wie sie mich wütend anfunkelte, ihre Augen blitzten und sich ihre Wangen so herrlich röteten, dass ich mich prompt fragte, ob sie wohl denselben Ton annahmen, wenn sie erregt war. Daher stand ich auf, öffnete den Gefrierschrank und holte die Tiefkühlpizza hervor, die Mom mir zusammen mit ein paar anderen Dingen im Supermarkt besorgt hatte, ehe wir hierhergefahren waren.

Liv machte sich nicht die Mühe, mir zu sagen, wo ich ein Blech oder Backpapier fand. Dadurch musste sie allerdings in Kauf nehmen, dass ich nach Herzenslust jeden Küchenschrank öffnete und inspizierte, was ihr vollkommen egal zu sein schien, da sie mit konzentrierter Miene an der Kücheninsel saß und etwas auf dem Bildschirm ihres Laptops las. Ab und an hörte ich, wie sie etwas tippte, dann jedoch herrschte wieder Stille.

Verdammte Scheiße, wo waren in dieser Küche bloß die Backbleche?

„Auf dem Kühlschrank, Sherlock", brach sie irgendwann genervt das Schweigen.

Auf dem Kühlschrank? Ich war groß genug, um mit Sicherheit sagen zu können, dass da nichts auf dem Kühlschrank war, dennoch streckte ich meine Hand aus und tatsächlich: In der Vertiefung hinter den Kühlschranktüren ertastete ich ein Backblech.

„Danke."

„Hoffentlich stellst du dich nicht ebenso an, bist du bei einer Frau auf der Suche nach dem G-Punkt", murmelte sie.

„Hast du überhaupt einen?", fragte ich betont gelangweilt. Ich legte die Pizza auf das Blech und öffnete die Ofentür. Als mir der Duft ihres Auflaufs in die Nase stieg, überlegte ich tatsächlich für einen Moment, der dringlichen Forderung meines Magens nachzugeben, dann jedoch siegte mein Verstand. Energisch schob ich das Blech auf die unterste Schiene und schloss den Ofen wieder.

„Tja, das wirst du nie erfahren", erwiderte sie lapidar.

„Weil du meinst, ich würde ihn nicht finden?" Mmh, war das dort drüben in der Schüssel neben Liv etwa Feldsalat mit Cranberries?

„Das spielt keine Rolle, du hast keinen Zutritt." Endlich sah sie zu mir auf. In ihren Augen blitzte Schalk auf, ihre Lippen waren zu einem Lächeln verzogen, und ich konnte nicht einmal ansatzweise in Worte fassen, was das mit mir machte. „Niemals."

„Sag niemals nie."

„Habe ich auch nicht, ich sagte niemals." Den Blick schon wieder auf den Bildschirm gerichtet, der ihr wunderschönes Gesicht erhellte, erkannte ich, dass sie sich anstrengte, nicht zu grinsen.

Ich stand da wie bestellt und nicht abgeholt und war definitiv nicht in der Lage, den Blick von ihr abzuwenden oder mich von ihr zu entfernen. Scheiße, ich musste dringend das Gleichgewicht wiederherstellen und einen neuen Schlagabtausch einleiten, aber wie?

O fuck, jetzt biss sie sich auch noch auf die Unterlippe, während sie eindeutig über etwas nachgrübelte, das sicherlich nichts mit mir zu tun hatte, denn das hatte sie ja eben deutlich klargestellt.

9

LIV

Ich spürte seinen Blick auf mir, was es mir beinahe unmöglich machte, mich zu konzentrieren. Zu wissen, dass ich in wenigen Minuten meinen Süßkartoffelauflauf mit Feta und Salat essen durfte, während er sich diesen aufgewärmten Pappkarton zu Gemüte führte, empfand ich daher als fairen Ausgleich.

Die Ofenuhr piepste. Erleichtert klappte ich den Laptop zu und rutschte vom Barhocker. Ich holte die Auflaufform heraus, lud mir eine Portion auf einen Teller, häufte Salat auf und setzte mich wieder auf meinen Platz. Schweigend begann ich zu essen. Mir war nicht danach, mich mit Phoenix zu unterhalten oder ihn in seine Schranken zu weisen, war ich doch bereits ausreichend damit beschäftigt, nach außen hin cool zu bleiben, während in mir alles brodelte und kochte. Es war nicht bloß sein Getue, das mich aufregte, sondern auch seine Nähe, die meinen Körper in Alarmbereitschaft versetzte. Wieso, war mir ein

Rätsel. Der Typ war arrogant, überheblich, nervig und ein Arsch, definitiv keine Eigenschaften bei einem Mann, die mich dazu brachten, mein Höschen loswerden und ihn besteigen zu wollen. Bei ihm jedoch? Puh.

Nicht darüber nachdenken, Liv. Stattdessen suhlte ich mich weiterhin in dem befriedigenden Gedanken, dass ich mein leckeres, selbstgekochtes Essen genoss, wohingegen er auf diesem Tiefkühlfraß herumkauen durfte. Das war eher mau, schon klar, aber immerhin ein kleiner Triumph.

Sobald ich fertig war, stellte ich mein Geschirr in die Spülmaschine, setzte mich mit einem Bier auf die Couch und schnappte mir die Fernbedienung. Ich hatte ihn nicht eingeladen, daher sah ich mich auch nicht verpflichtet, in irgendeiner Art und Weise die Gastgeberin für ihn zu spielen.

„Du zwingst mich jetzt aber nicht, so eine affige RomCom mit dir anzuschauen, oder?", ätzte er sofort.

„Ich zwinge dich zu gar nichts. Das hier ist mein Haus, für den Fall, dass du es vergessen hast, und es steht dir frei, dich in das Appartement über der Garage zu verziehen und dort anzusehen, was immer du möchtest", säuselte ich.

Verdammt, eigentlich hatte ich vorgehabt, eine Folge Medical Detectives anzusehen. Dieser Plan war allerdings dank seines Kommentars zum Fenster hinausgeflogen. Da ich mit diesen klischeebehafteten Frauen-Filmen ehrlichgesagt nichts anfangen konnte, startete ich einfach den ersten, den das Streamingprogramm anzeigte, und genoss sein genervtes Stöhnen. Überrascht beobachtete ich, wie er aufstand, seine Pizza holte und es sich dann mit seinem Abendessen im Sessel bequem machte.

Der Film begann. Ihn aus dem Augenwinkel beobachtend, stellte ich meine Bierflasche auf dem Couchtisch ab und schob eine Hand in das Körbchen im unteren Fach, um unauffällig meine In-Ears mitsamt einer Packung Taschentücher herauszunehmen. Ich friemelte ein Taschentuch heraus und schob den Rest zusammen mit der kleinen Box, in der sich meine Kopfhörer befanden, unter das Kissen neben mir. Nachdem ich so getan hatte, als hätte ich mir die Nase geputzt, holte ich behutsam den linken Kopfhörer heraus und legte dann die Box sowie die Taschentücher wieder zurück. Puh, Schritt eins wäre geschafft. Phoenix weiter nicht aus den Augen lassend, löste ich das Zopfgummi und steckte mir, während ich tat, als würde ich meine Haare ausschütteln, den In-Ear ins Ohr.

Verdammt, das Haar-Getue hatte seine Aufmerksamkeit erregt. Angestrengt darum bemüht, mir nichts anmerken zu lassen, hielt ich meinen Blick auf den Fernseher gerichtet, wo die beiden Love-Interests gerade ihren ersten Moment hatten. Als ich sicher war, dass ich es wagen konnte, holte ich mein Handy aus der Hosentasche und nahm es gelassen in die Hand. Hey, wer sagte, dass man während eines Films nicht auf sein Handy sehen durfte?

„Hm, sonnig mit leichtem Schneefall", murmelte ich und startete die neue Folge meines liebsten Tatortreiniger-Podcasts. Ich schaltete das Handy aus, legte es mit dem

Display nach unten neben mich und lehnte mich entspannt zurück.

Gott, ja, das war so viel besser als das Gesäusel und Geschwärme auf dem Bildschirm. Am liebsten hätte ich die Lider geschlossen, allerdings ging das nicht, was leider dazu führte, dass sich die Filmsequenzen vor meinen Augen mit dem vermischten, was meine Ohren an mein Gehirn weiterleiteten, und das daraufhin seinen ganz eigenen bizarren Film startete.

Yessss, das nannte ich mal einen entspannten Abend. Ein Bier, meine Couch und dazu ein Podcast, der dafür sorgte, dass der Stress des Tages von mir abfiel und sich meine Gedanken nicht weiter um Dinge drehten, auf die ich keinen Einfluss hatte.

Das Einzige, was meinen Relax-Moment störte, war der Kerl im Sessel, den ich so schnell wohl nicht loswerden würde.

„Okay, ich gebe zu, manche Stellen sind durchaus amüsant", gestand er irgendwann.

Vollkommen aus meinem eigenen Film herausgerissen, starrte ich ihn perplex an.

„Du machst Witze", unterstellte ich ihm, da ich nicht fassen konnte, was ich da hörte.

„Nein, absolut nicht. Ich meine, ja, vieles ist übertrieben und dermaßen unrealistisch, das geht auf keine Kuhhaut, aber der Film hat durchaus Sequenzen, die okay sind."

„Mhm." Mehr fiel mir dazu partout nicht ein.

Als endlich der Abspann kam, stand ich auf, holte die In-Ear-Box heraus und schaltete den Fernseher aus.

„Hey, was, wenn ich noch etwas anschauen will?", beschwerte er sich.

„Dann geh doch rüber, passt es dir hier nicht." Ich zuckte mit den Schultern, stellte mein Bier weg und schaltete die Alarmanlage scharf.

„Wie lautet der Code dafür?", rief er zu mir herüber.

„Das geht dich gar nichts an. Es gibt keinen Grund für dich, nachts durch die Wälder zu schleichen und das Haus offenstehen zu lassen", entgegnete ich kühl, deckte noch den inzwischen abgekühlten Auflauf mit Frischhaltefolie ab und spazierte dann nach oben.

Als ich an ihm vorbeilief, konnte ich in seiner Miene förmlich ablesen, wie er überlegte, es mir zurückzuzahlen, dass ich ihm den Code vorenthalten hatte. Vermutlich wägte er ab, ob er nachts den Alarm losgehen lassen sollte oder doch zu der Kategorie der Erwachsenen gehörte und den Scheiß sein ließ.

10

PHOENIX

Als ich am nächsten Morgen aufwachte, war es draußen bereits hell. Müde rieb ich mir die Augen und stand auf. Fix und fertig, da ich die halbe Nacht wachgelegen hatte, tapste ich in das angrenzende Badezimmer.

Nachdem ich mir die Zähne geputzt, geduscht und mich angezogen hatte, lief ich in die Küche. Überhaupt wirkte das Haus unnatürlich still, regelrecht verwaist. Neben der Kaffeemaschine fand ich einen Zettel mit dem Code für die Alarmanlage, einen Schlüssel und dazu eine Nachricht.

Vergiss nicht, sie scharf zu stellen, solltest du das Haus verlassen, Butthead.

Ich schmunzelte angesichts ihrer Worte. Dass sie mir einen Spitznamen verpasst hatte, gefiel mir, denn das bedeutete, dass sie über mich nachgedacht hatte. Schnell trank ich eine Tasse Kaffee und machte mich dann auf den

Weg in die Stadt. Dank des sonnigen Wintertages wirkte es auch nicht affig, dass ich eine Sonnenbrille sowie eine Wollmütze trug, die ich mir tief ins Gesicht gezogen hatte, um nicht sofort erkannt zu werden. Kaum war ich losmarschiert, klingelte mein Handy.

„Hey, Dad", begrüßte ich ihn.

„Phoenix, wie wäre es, hast du Lust mit mir raus zur Halverton-Farm zu fahren und den Truthahn für Thanksgiving auszusuchen? Oder willst du lieber einen schießen?"

„Wow, einen Truthahn schießen? Ich glaube, das haben wir nicht mehr gemacht, seit Owen dir um ein Haar eine Ladung Schrott in den Arsch geschossen hätte." Bei der Erinnerung daran lachte ich unwillkürlich auf.

„Das stimmt."

Natürlich hatte ich hinterher nichts Besseres zu tun gehabt, als Mom davon zu erzählen. Die Geschichte war einfach zu gut gewesen und ebenso Moms Reaktion darauf, denn sie hatte sich ganz eindeutig nicht entscheiden können, ob sie sich aufregen oder einfach mitlachen sollte. Letztlich hatte sie beides getan, was die Situation umso witziger gemacht hatte.

Für einen Moment hielt ich inne und ließ den Blick über die schneebedeckte Umgebung wandern. „Okay, Dad, lass es uns tun."

„Ehrlich?" Zu hören, wie sehr er sich darauf freute, berührte mich, und zum ersten Mal bekam ich eine Ahnung davon, wie sehr meine Eltern ihre Söhne in den vergangenen drei Jahren vermisst haben mussten. Das tat mir leid. Zumindest ich hätte mich öfter blicken lassen oder sie zu mir einladen können.

„Ehrlich, aber sag Mom besser nichts davon", warnte ich ihn.

„Keine Sorge, sie weiß Bescheid. Bis gleich."

Ich beschloss, da ich ohnehin unterwegs war, meinem Dad entgegenzugehen, hatte dabei jedoch unterschätzt, wie lang die verdammte Zufahrt von Livs Haus zur Hauptstraße tatsächlich war. Als ich diese erreichte, kam auch mein Dad gerade angefahren und hielt an, um mich einsteigen zu lassen.

„Du hattest doch nicht etwa vor, allein schießen zu gehen", warf ich ihm gespielt empört vor, als ich seinen prall gefüllten Rucksack auf der Rückbank entdeckte. Fürs Aussuchen des Truthahns benötigte man schließlich keinerlei Verpflegung.

„Ach, allein bist du da draußen um diese Jahreszeit eigentlich nie", gab Dad zu. „Irgendwer ist immer da, der dieselbe Idee hat. Da Mr. Halverton die Gebiete der Truthähne markiert hat, müssen wir auch nicht groß hin und her schleichen, sie haben alles idiotensicher vorbereitet, die Lockvögel und ebenso verschiedene Sichtschutzstände. Wir können es uns auf Heuballen bequem machen und in Ruhe abwarten."

„Wann hast du wieder damit angefangen?", hakte ich interessiert nach.

„Vergangenes Jahr. Es ist mehr aus dem Wunsch entstanden, Erinnerungen aufleben zu lassen. Deine Mom und ich haben das jetzt ein Jahr lang gemacht und dabei erkannt, dass wir bei all den Dingen, die wir zusammen ausprobiert oder seit Jahren erstmals wieder gemacht haben, eine Menge Spaß hatten und neue Erinnerungen hinzufügen konnten. Nicht um die alten zu verdrängen, sondern um sie zu ergänzen und noch mehr zu schätzen, nun da wir den Spaß, den wir und vor allem ihr damals hatten, auf eine andere Weise nachvollziehen können."

„Ich denke, ich verstehe, was du meinst." Owens Oldtimer zu fahren, hatte etwas Ähnliches in mir ausgelöst, vor allem aber das Gefühl, ihm nahe zu sein, nachzuempfinden, weshalb es ihm so viel Freude gemacht hatte, in diesem Wagen hinterm Steuer zu sitzen. Liv hatte Recht, er war ein echtes Schmuckstück.

Owen hätte sie gemocht. Liv, sie war genau seine Kragenweite.

Die Farm der Halvertons lag ein Stück außerhalb von Keetna Creek in Richtung Norden und versorgte die umliegenden Städte alljährlich mit Truthähnen. Wenn Dad so kurz vor Thanksgiving einen Truthahn schießen wollte, hatte er sich mit Sicherheit schon weit vorher einen Vogel reserviert.

„Da wären wir", verkündete er, als wir unter dem Holzbogen mit dem Halverton-Schriftzug hindurchfuhren. Irgendwie schien das sein neuer Lieblingsspruch zu sein, doch ich schmunzelte bloß und sagte nichts weiter dazu. Sobald er geparkt hatte, stiegen wir aus und liefen, nachdem Dad seinen prall gefüllten Rucksack von der Rückbank geholt hatte, zur Anmeldung.

„Lloyd, als hätte ich es geahnt. Irgendetwas hat mir heute Morgen zugeflüstert, dass du kommst", rief Mr. Halverton, kaum dass wir eingetreten waren, und holte nach einem kurzen Blick auf mich einen Tarnanzug hervor, den er mir reichte. Offenbar konnte der Mann Konfektionsgrößen am Blick erkennen, da er mich weder gefragt noch gezögert hatte, als er in das Regal hinter sich gegriffen hatte. „Schön, dich zu sehen, Phoenix. Ich erinnere mich an das letzte Mal, als du hier warst. Vielleicht verzichten wir dann heute lieber auf Schrot." Grinsend legte er zwei Gewehre samt Munition auf den Tresen und dazu eine Karte. „Es ist alles ausgeschildert, aber für den Fall der Fälle könntet ihr euch daran orientieren." Er nahm einen Kugelschreiber und umrundete damit ein eingezeichnetes Quadrat. „Am gemütlichsten habt ihr es hier. Als Profis wisst ihr sicher, es ist ratsam, noch einmal das stille Örtchen aufzusuchen, ehe ihr loszieht."

„Danke, Hank."

Ich folgte meinem Dad zu einer Art Umkleideraum. Nachdem ich in die Tarnkleidung geschlüpft war und wir uns erleichtert hatten, zogen wir los. Dad hatte offenbar vor, dem Rat Mr. Halvertons zu folgen, und steuerte den Weg zu dem von ihm vorgeschlagenen Sichtschutzstand an. Es war wichtig, sich auf den markierten Pfaden zu bewegen, um nicht selbst für einen Truthahn gehalten zu werden. Klar blieb ein Restrisiko, aber man sollte meinen, dass auch den anderen Schützen auf dem Gelände klar war, es gab keine Truthähne in unserer Größe und mit unserem Federkleid.

Dad öffnete leise die in Tarngrün gestrichene Tür und wir traten nacheinander ein. Tatsächlich war bereits jemand da.

„Guten Morgen, Mr. Cassidy", grüßte ein Mann, der etwa in meinem Alter war.

„Jason, wie oft hatten wir das jetzt schon? Du sollst mich Lloyd nennen, und das ist mein Sohn Phoenix."

„Freut mich, Sie kennenzulernen." Er reichte mir die Hand, die ich, ohne zu zögern, ergriff.

„Jason Graham ist State Trooper in Keetna Creek und vor ein paar Jahren hergezogen."

„Ah, Trooper Jason Graham und Mrs. Plummer, alles klar." Daher kam mir der Name bekannt vor. Dad hatte ihn am Tag meiner Ankunft erwähnt, als ich zunächst Liv im Verdacht gehabt hatte.

„Ja, sorry, das war reiner Zufall, glauben Sie mir. Allerdings kann man Mrs. Plummer nur schwer einen Wunsch abschlagen, sofern er nicht gegen das Gesetz verstößt."

Ich feixte. „Ist das so?"

Jason wusste sofort, worauf ich hinauswollte. „Sie ist nicht mein Fall", entgegnete er und schüttelte sich leicht. „Was das angeht, bevorzuge ich dann doch Partnerinnen in meinem Alter."

„Wie sieht es aus, Jason, hast du schon einen Vogel gesichtet?", schaltete sich Dad ein und wechselte das Thema.

„Nicht wirklich, die Viecher sind heute Vormittag sehr zurückhaltend, ich muss aber auch zugeben, dass mein Lockruf noch nie der beste war und die Pfeifen, die ich mir besorgt habe, alles anlocken, bloß keine Truthähne."

„Meinst du, du kriegst es hin?", forderte mich Dad heraus.

„Das ist ein Scherz, oder? Willst du einen erschießen

oder riskieren, dass ich sie vollends vergraule?", empörte ich mich.

Dad gluckste, warf einen Blick aus dem Guckloch und stieß dann einen Lockruf aus, der mit Sicherheit weithin zu hören war. Was gut war, da die Vögel im Herbst schwieriger aufzuspüren waren als im Frühjahr und zudem weniger stimmgewaltig unterwegs. Wir drei verfielen in Schweigen, um die Tiere in Sicherheit zu wiegen. Ab und an meinte ich, ein leises Gurren zu hören. Da Jason und Dad jedoch ruhig blieben, bildete ich mir das vermutlich bloß ein.

„Da vorne, auf elf Uhr", wisperte ich, als ich mir sicher war, mich nicht zu irren.

„Du hast Recht, ich hatte sie gar nicht gehört", wunderte sich Dad. Dann hatte es also doch nicht an mir gelegen, sondern an ihnen. „Das ist deiner, Jason, du warst schließlich vor uns da."

Leise entsicherte Jason das Gewehr, legte es an, ließ sich jedoch Zeit und wartete darauf, dass der Truthahn noch ein wenig näher herankam. Plötzlich sank der Vogel getroffen zu Boden. In seinem Hals steckte ein Pfeil.

„Was zur Hölle?!", stieß ich aus.

Jason deutete auf einen nahegelegenen Baum, aus dem sich in diesem Moment jemand abseilte, den Vogel markierte und im Wald verschwand.

„Tja, da war wohl jemand schneller als wir und zudem verdammt präzise", flüsterte Dad bewundernd, während Jason das Gewehr sicherte und es auf den Boden legte.

Wenige Minuten später kam ein Pick-up mit dem Logo der Ranch vorgefahren, lud den toten Vogel auf und war gleich darauf wieder verschwunden. Thanksgiving war in zwei Tagen, da konnten sie es sich nicht leisten, zu warten, sondern mussten die Tiere nach Meldung der Schützen direkt holen, um sie alle rechtzeitig zu rupfen und zu häuten, oder kurz, sie so weit fertigzumachen, dass die Leute sie nur noch abholen, stopfen und in den Ofen schieben mussten.

Angesichts der Vorstellung eines knusprig gebratenen Truthahns gab mein Magen ein leises Rumoren von sich.

Dad schüttelte mitleidig den Kopf. „Sag bloß, du hast heute noch nichts gefrühstückt, mein Junge."

„Zählt Kaffee?", fragte ich mit einem schiefen Grinsen.

„Eher nicht so. Kommt, lasst uns essen." Dad öffnete den Reißverschluss des Rucksacks und drückte Jason und mir je ein in Butterbrotpapier eingewickeltes Sandwich in die Hand, ehe er sich selbst eins nahm.

„Die sind lecker, Dad", lobte ich mit vollen Backen. Jason dagegen beschränkte sich darauf, zustimmend zu nicken.

„Sag mir das am Sonntag noch mal, da backt Liv für gewöhnlich ihre fantastischen Waffeln. Dagegen sind meine Sandwiches ein Armutszeugnis. Deine Mom und ich rätseln jedes Mal, was sie zum Teig hinzugibt, aber wir kommen nicht drauf und Liv hütet diese Information wie einen Schatz."

„Hmm, biete ich ihr an, den Abwasch zu übernehmen, dann macht sie vielleicht eine extra große Portion?", sinnierte ich, obwohl mir klar war, viel wahrscheinlicher war es, dass Liv ihre Waffeln genüsslich vor mir verspeiste, statt mir auch nur eine einzige anzubieten.

„Sie wohnen bei Liv?" Überrascht sah Jason mich an.

„Ja, wieso?", hakte ich betont unschuldig nach.

„Ach, nur so." Er wirkte irritierenderweise erleichtert. „Sie ist eine taffe Frau und verfügt zwar über eine Alarmanlage, dennoch ist es beruhigend zu wissen, dass jemand bei ihr ist, vor allem um diese Jahreszeit."

„Mhm." Da konnte ich ihm bloß zustimmen. Nach Einbruch der Dunkelheit bekam man dort draußen das Gefühl, ganz allein auf der Welt zu sein.

Wir hatten kaum aufgegessen und Dad die leeren Butterbrotpapiere im Rucksack verstaut, da hörte ich es wieder, dieses leise Gurren.

„Auf zwei Uhr", zischte ich.

Sofort griff Jason nach seinem Gewehr. Er entsicherte es, zielte, wartete, bis sich der Vogel aus seiner Deckung gewagt hatte, und drückte dann ab.

„Sauberer Schuss", lobte Dad.

„Danke, Sir. Phoenix, ich bin sicher, man sieht sich."

„Sicher doch, Sie wissen ja, wo sie mich finden."

Er nickte uns noch einmal zu und verließ dann den Unterstand, um seinen Vogel zu markieren und zurückzulaufen.

„Jason ist ein guter Mann und ein verdammt guter Trooper. Er und Liv sind allerdings bloß Freunde", erklärte Dad betont belanglos.

Wieso ließ mich diese Information innerlich erleichtert aufseufzen? Liv und ich waren vorübergehende Mitbewohner, kein Grund also für den Höhlenmensch in mir, aus seinem Winterschlaf zu erwachen und sich plötzlich zu Wort zu melden.

11

LIV

Phoenix hatte die vergangenen zwei Tage mit Abwesenheit geglänzt. Vermutlich verbrachte er viel Zeit bei seinen Eltern, doch ich konnte nicht sagen, dass mich das störte. So hatte ich mein Haus wieder für mich und konnte in Ruhe den Auflauf vorbereiten, den ich am Abend zum Thanksgiving-Essen bei Daphne und Lloyd mitnehmen wollte. Im vergangenen Jahr hatten wir bei mir gefeiert, diesmal wollten sie das Abendessen ausrichten. Für einen Augenblick verfluchte ich die Tatsache, dass Phoenix ausgerechnet zu diesem Feiertag nach Hause gekommen war, fühlte mich jedoch gleich darauf schlecht, da ich ahnte, wie viel es seinen Eltern bedeutete, ihren Sohn zuhause zu haben. Leider konnte ich deswegen meine Teilnahme noch lange nicht absagen, außerdem wäre das kindisch gewesen. Es war klar, dass sie ihre Freude teilen wollten, ebenso hätte ich es allerdings verstanden, hätten sie im engsten Familienkreis bleiben wollen.

Automatisch trugen mich meine Füße ans andere Ende des Flurs. Ich holte den Schlüssel aus seinem Versteck und schloss die kleine Bibliothek auf, die ich dort mit Moms und Dads Büchern eingerichtet hatte. Dieser Raum war mein Schatz und so wie man eine Schatztruhe unter Verschluss hielt, hütete ich dieses Zimmer und die Erinnerungen, die sich darin befanden. Ohne die Lampe anzuschalten, durchquerte ich den Raum und zog die Vorhänge zur Seite, um das Licht hereinzulassen.

Auf einem Sideboard standen unzählige Fotos von Mom und Dad und mir, aber auch viele mit Owen. Gott, wenn die Cassidys wüssten, was ich ihnen auf Owens Wunsch hin seit Jahren verschwieg, würden sie mich hassen. Doch ich hatte es nun mal versprochen, was also sollte ich tun? Zwar hatte ich seinen Wunsch nachvollziehen können, seine zweite Karriere für sich zu behalten, nicht in Keetna Creek zu bleiben und stattdessen mit seinem jüngeren Bruder die Musikwelt zu erobern. Aber dennoch, die Angst, Daphne, Lloyd und nun auch Phoenix könnten mir Vorwürfe machen, weil ich ihn nicht überredet hatte zu bleiben, schwang immer mit.

„Ich tue das nicht nur für Phoenix, sondern auch für mich. Ich liebe die Musik und die Band, aber ebenso das hier und diese Stadt. Wüsste Phoenix davon, würde er mich überreden zu bleiben. Er würde denken, ich bleibe nur in der Band, um auf ihn aufzupassen", erklärte mir Owen ernst und mit aufrichtiger Miene.

„Tust du das nicht immer?", hakte ich schmunzelnd nach, denn er war durch und durch ein großer Bruder.

Owen grinste. „Das ist der Trooper in mir."

Traurig strich ich über die kühlen Glasscheiben. „Happy Thanksgiving Mom und Dad. Happy Thanksgiving, Owen. Ich hoffe ... ihr feiert dort oben ein rauschendes Fest und ich ... ich bin so dankbar, euch in meinem Leben gehabt zu haben. Doch ich wünschte ... Gott, ich wünschte so sehr, ihr wärt noch hier." Tränen liefen unaufhaltsam über meine Wangen und verschleierten mir die Sicht. Hektisch wischte ich sie weg und hauchte einen Kuss in ihre Richtung. Nach einem letzten Blick auf ihre fröhlichen Gesichter zog ich die Vorhänge wieder zu, stolperte aus dem Raum und verschloss ihn sorgfältig. Erst nachdem ich auch den Zimmerschlüssel sicher versteckt hatte, schob ich den Auflauf in den Ofen und lief nach oben, um zu duschen und mich für den Abend fertig zu machen.

Nachdem ich geduscht, mir die Haare gewaschen, mich ausnahmsweise mal geschminkt und angezogen hatte, eilte ich nach unten, wo ich mir dicke Ofenhandschuhe überzog und die Auflaufform herausholte.

Mmh, das duftete herrlich. Ich stellte die Form in eine feuerfeste Kiste und schaltete den Ofen aus. Ein letztes Mal prüfte ich meine Erscheinung im Spiegel. Ich hatte mich nicht groß herausgeputzt, sondern etwas ausgewählt, das in etwa dem entsprach, was ich letztes Jahr zu Thanksgiving getragen hatte, und mich daher für eine dunkelblaue Jeans und eine weiße Bluse entschieden. Dazu trug ich einen cremefarbenen Blazer und angesichts des

Wetters warme Stiefel, die ich später ohnehin ausziehen würde, um keinen Matsch ins Haus zu tragen. Meine Haare hatte ich in einem hohen Pferdeschwanz zusammengefasst und mir die Lieblingskette meiner Mutter umgelegt.

„Los geht's, du schaffst das, Liv." Ich schlüpfte in meinen Mantel, klemmte mir die Kiste mit dem Auflauf unter den Arm, stellte die Alarmanlage scharf und verließ das Haus. Nachdem ich abgesperrt hatte, verstaute ich die Box im Fußraum auf der Beifahrerseite, setze mich hinters Steuer und fuhr los. *Mist*, fluchte ich stumm, als ich merkte, wie der Wagen leicht schlitterte. Da würde ich morgen früh ordentlich streuen müssen.

Prüfend sah ich zum Horizont. Was ich da sah, gefiel mir nicht sonderlich, daher zog ich mein Handy heraus, um die Wettervorhersage für die kommenden vierundzwanzig Stunden nachzulesen und entschied mich dann dafür, gleich jetzt zu streuen, da zu befürchten war, dass meine Zufahrt heute Nacht einer Rutschbahn glich. Eilig schrieb ich Daphne eine Nachricht, um ihr Bescheid zu geben, dass ich mich verspäten würde, sie sich jedoch nicht zu sorgen brauchte. Anschließend stieg ich aus und stapfte zurück zum Haus, wo ich zwei Eimer Streusalz samt Schaufeln aus der Garage holte, und den Weg einstreute, den ich bereits gefahren war. Anschließend stellte ich die Eimer ab, fuhr ein Stück weiter, lief zurück und streute erneut. Dieses Spielchen wiederholte ich, bis das Streugut aufgebraucht und ich am Ende der Zufahrt angekommen war. Ab hier war es Aufgabe der Stadt für sichere Straßenverhältnisse zu sorgen. Ich hoffte bloß, sie würden ihrer Pflicht frühzeitig nachkommen.

Als ich schließlich bei den Cassidys ankam, war ich natürlich deutlich zu spät dran. Ich war kaum ausgestiegen und gerade dabei, den Auflauf herauszuholen, da wurde die Tür von innen geöffnet und Lloyd blickte mir erwartungsvoll entgegen.

„Mmh, rieche ich da deinen berühmten Süßkartoffelauflauf?" Genüsslich schnupperte er.

„Ob er berühmt ist, kann ich nicht sagen, aber hast du dir schon mal überlegt, dass das womöglich das Einzige ist, das ich kochen kann?", frotzelte ich.

„Aus persönlicher Erfahrung weiß ich, dass das nicht stimmt." Er streckte die Arme aus und nahm mir die Kiste ab. „Ich bringe dieses Schätzchen schon mal in die Küche."

„Lloyd, warte mal." Aus einem Impuls heraus, rief ich ihn zurück.

„Hast du etwas auf dem Herzen?" Besorgt musterte er mich und sah meinem Dad dabei für einen Moment so unglaublich ähnlich, dass sich mein Innerstes schmerzhaft zusammenzog.

„Um ehrlich zu sein ja." Unschlüssig verhakte ich die Finger ineinander und löste sie wieder.

„Immer raus damit." Aufmunternd lächelte er mir zu.

Schnell sah ich über seine Schulter nach drinnen. „Bist du sicher, dass ihr nicht doch lieber im Kreis der Familie feiern möchtet?"

„Aber das tun wir doch, Liv."

„Nein, ich meinte, zu dritt ... allein mit Phoenix. Es muss schön für euch sein, ihn wieder bei euch zu haben, und es macht mir wirklich nichts aus ... Ich meine, ich verstehe, wenn ihr lieber für euch sein wollt."

„Du bist ein wichtiger Teil unserer Familie, Liv. Komm rein und verbring den Abend mit uns." Er schenkte mir ein sanftes Lächeln und wandte sich dann ab, um mir die Gelegenheit zu geben, mich zu sammeln.

Langsam folgt ich ihm ins Haus, schloss die Tür, zog meine Stiefel aus, stellte sie auf das Abtropfgestänge und begann, meinen Mantel aufzuknöpfen. Plötzlich spürte ich zwei Hände, die von hinten meinen Kragen umfassten.

„Lass mich dir helfen", murmelte Phoenix.

„Danke." Verwundert nahm ich seine Gentleman-Geste zur Kenntnis, sagte jedoch nichts weiter dazu und schlüpfte aus meinem Mantel, ehe ich mich zu ihm umdrehte. Heute Abend ging es um Dankbarkeit und ich würde Daphne und Lloyd die vor uns liegenden Stunden sicherlich nicht dadurch vermiesen, dass ich mich nonstop mit Phoenix in die Wolle bekam.

„Wow, du kannst ja auch wie eine richtige Frau aussehen." Aufreizend langsam ließ er seinen Blick über mich wandern, bevor er den Mantel aufhängte. Hatte da in seinen Augen ernsthaft ein Hauch von Verlangen gelegen? Quatsch, so weit kam es noch.

„Ich will lieber gar nicht so genau wissen, was eine Frau deiner Meinung nach haben, sein oder tun muss, um als *richtige* Frau zu gelten. Wobei, vielleicht doch, dann kann ich genau das Gegenteil davon machen. In einem kannst du dir nämlich sicher sein, für dich würde ich mich im Leben nicht herausputzen, eher friert die Hölle zu", ätzte ich in meiner Hilflosigkeit. Denn ehrlich, ich hatte keine Ahnung, wie ich mit einem höflichen Phoenix umgehen sollte, der plötzlich Komplimente verteilte. Okay, so, wie er das gesagt hatte, konnte ich mir noch nicht einmal sicher sein, dass es tatsächlich eins gewesen war. Aber dennoch, und abgesehen davon kam ich nur schlecht mit dem Anflug unverhohlener Bewunderung zurecht, den ich eben auf seiner Miene meinte gelesen zu haben. Daher wandte ich mich schnell ab und zog die Schublade der Kommode auf, in der Daphne stets ein Paar Kuschelsocken für mich hinterlegte.

Diesmal war es an Phoenix, überrascht dreinzublicken, nicht nur weil ich wusste, wo die Socken lagen, sondern zumal auf die Strümpfe ein L für Liv aufgestickt war. Diese hier waren neu, senfgelb und mit Truthähnen, Laub und Pilgerhüten versehen.

Phoenix öffnete den Mund, vermutlich, um etwas zu sagen oder zu fragen, schloss ihn dann jedoch unverrichteter Dinge wieder. Ich dagegen setzte mich auf die kleine Bank im Flur und zog die kuscheligen Thanksgiving-Strümpfe über meine dünnen Socken. Anschließend streckte ich die Beine aus und wackelte mit den Zehen.

Beim Anblick der quietschgelben Teile an meinen Füßen lachte Phoenix leise, ein Geräusch, das vollkommen unvermittelt einen wohligen Schauer durch meinen Körper sandte.

„Sexy. Wenn du jetzt noch einen Truthahn imitierst und die dazu passenden Geräusche von dir gibst, könnte ich mich versucht fühlen, auch an dir zu knabbern. Aktuell bin ich mir nämlich nicht sicher, wer von euch beiden besser duftet. Mein Magen stimmt da klar für den Geruch des im Ofen brutzelnden Vogels, andere Körperteile dagegen zieht es eher zu dir."

„Nun ja, vergleichst du mich mit einem Festtagstruthahn, dann müsste ich wohl nackt und blankrasiert mit nach oben gestreckten Gliedmaßen vor dir auf dem Tisch liegen, was a) in der aktuellen Situation mehr als unangebracht wäre, und b) sich in mir alles gegen diese Vorstellung sträubt."

Lügnerin!, schimpfte meine Pussy empört.

Phoenix dagegen lachte leise.

Verdammt, sollte sein Gerede eben eine Art Dirty Talk gewesen sein? Selbst wenn nicht, mein Biofeedback war auf seine Worte und die dazugehörigen Bilder in meinem Kopf angesprungen wie ein notgeiles Karnickel auf das andere.

Verdammt, Liv, reiß dich zusammen!

12

PHOENIX

War ich ehrlich zu mir selbst, musste ich zugeben, Liv sah in allem heiß aus. Sie würde sogar einen alten Kartoffelsack rocken und mich dazu kriegen, sie sabbernd anzustarren.

„Liv, wie schön, dass du hier bist." Mom, die eben aus der Küche gelaufen kam, eilte auf Liv zu und schloss sie in die Arme. „Komm mit ins Wohnzimmer, heute sind die Männer für die Vorbereitungen zuständig. Lass uns quatschen und ein Glas Wein trinken oder auch ein Bier, wenn du magst."

Liv ließ zu, dass Mom sie mit sich führte. „Ich glaube, heute wäre mir tatsächlich nach einem Glas Wein", stimmte sie zu.

„Ich bringe euch gleich eure Getränke", hörte ich mich selbst sagen, ehe Mom mich darum bitten konnte, und verschwand in die Küche. Wie Mom mit Liv umgegangen war, verwirrte mich. Mehr noch, es machte mich nachdenklich.

„Hat deine Mom Liv direkt in Beschlag genommen?" Mit einem wissenden Grinsen sah Dad auf.

„Kann man so sagen", murmelte ich und holte zwei Weingläser aus dem Küchenschrank. Dad nahm die Karaffe und schenkte Wein in die Gläser, damit ich sie nach nebenan bringen konnte, wo die beiden bereits am Esstisch Platz genommen hatten und sich lebhaft miteinander unterhielten. Da ich Dad in der Küche mit Schüsseln klappern hörte, beeilte ich mich zurückzugehen, um ihm zu helfen und die Speisen aufzutragen.

„Lasst uns unseren Dank stumm aussprechen", bat Mom, sobald wir uns zu ihnen gesetzt hatten.

Überrascht beobachtete ich, wie sie, Dad und Liv die Lider schlossen. Diese Tradition war neu, nichtsdestoweniger gefiel sie mir, denn manches wollte man einfach nicht laut sagen. Daher beeilte ich mich, es ihnen gleichzutun.

„Wie gefällt es dir in Livs Appartement?", wollte Mom wissen, sobald wir fertig waren und uns über das köstlich duftende Essen hermachten. Erwartungsvoll sah sie mich an und ich ahnte, Liv musste gerade innerlich kochen. Allerdings meinte ich, sie inzwischen gut genug zu kennen, um zu wissen, sie würde mich nie vor meinen Eltern bloßstellen. Daher schenkte ich ihr mein charmantestes Lächeln und wandte mich dann Mom zu.

„Ach, weißt du, Liv hat mir angeboten, ihr Gästezimmer zu beziehen. Es muss ja nicht sein, dass wir allein nebeneinanderwohnen, wenn wir die Abende auch als Freunde miteinander genießen können."

„Das ist schön und tut euch beiden sicher gut." Erleichtert atmete Mom auf und lächelte selig, während Liv so aussah, als würde sie mich am liebsten erwürgen. Leider blieb ihr nichts anderes übrig, als die Scharade mitzuspielen und zustimmend zu nicken. Dad dagegen hielt den Kopf gesenkt und murmelte irgendetwas vor sich hin, das allerdings niemand verstand.

„Wie kommt es eigentlich, dass du Thanksgiving nicht zuhause bei deiner eigenen Familie verbringst?", wollte ich von Liv wissen.

Kaum hatte ich die Worte ausgesprochen, veränderte sich die Stimmung. Für einen Moment schienen alle außer mir zu erstarren, doch es ging so schnell, dass ich mir nicht sicher war, ob ich mir das nicht bloß einbildete.

Liv blinzelte ein paar Mal. „Sie sind nicht daheim, also sie verbringen Thanksgiving woanders. Bitte entschuldigt mich", krächzte sie. Liv nahm ihre Serviette vom Schoß, legte sie auf den Tisch und eilte in Richtung Flur. Kurz drauf hörten wir, wie die Tür des kleinen Gästebadezimmers geschlossen wurde.

Mom schob den Stuhl zurück, doch Dad nahm ihre Hand und schüttelte den Kopf, woraufhin sich Mom mit einem Seufzer zurück auf ihren Platz sinken ließ.

„Habe ich etwas Falsches gesagt?" Verwundert sah ich zu ihnen.

„Nein, sie braucht nur einen Moment für sich", erklärte Dad.

„Hör mal, Phoenix, es gibt da etwas, über das ich gern

mit dir sprechen würde", begann Mom, ohne auf meine Frage einzugehen. „Wie du weißt, arbeite ich noch immer in der Musikschule, und obwohl ich in der Verwaltung tätig bin, bekomme ich doch genug von den Träumen und Zielen dieser jungen Menschen mit. Kinder und Jugendliche, die so werden wollen wie ihr, die mit ihrer Musik erfolgreich sein und Geld verdienen möchten." Ich war mir nicht ganz sicher, worauf sie hinauswollte, daher schwieg ich und signalisierte mit einem Nicken, dass ich ihr zuhörte. „Dein Dad und ich waren durch die Trauer um Owen lange wie gelähmt. Es hat eine ganze Weile gedauert, bis wir uns Stück für Stück daraus befreien konnten, und ich möchte tun, was ich kann, um zu verhindern, dass andere Eltern dasselbe Leid erfahren müssen wie wir."

„Was genau meinst du damit?"

„Ich möchte eine Stiftung in Owens Namen gründen, um Jugendliche auf die Gefahren von Drogen und vor allem die Fallstricke im Musikbusiness hinzuweisen, Präventivarbeit zu leisten, vielleicht Musik-Camps anzubieten, aber ebenso eine Anlaufstation für diejenigen zu sein, die Hilfe benötigen, um aus dem Sumpf herauszukommen, in den die Drogen sie gebracht haben", platzte es aus ihr heraus.

„Das klingt gut, Mom, wie kann ich dir dabei helfen? Mit Owens Erbe habt ihr sicher genug Geld für all das", hakte ich nach, zugleich machte sich ein unangenehmes Gefühl in meiner Magengrube breit.

„Das stimmt, doch darum geht es mir nicht. Um ehrlich zu sein, hatte ich gehofft, *Falling from Grace* würde der Stiftung mit einem Weihnachtskonzert ein wenig Aufwind verschaffen. Sichtbarkeit durch euch ist mit Geld nicht aufzuwiegen und darüber hinaus wäre es eine schöne Geste zu Owens drittem Todestag."

Ich wollte bereits aufbrausen und ihr sagen, dass sie das vergessen konnte, zwei Dinge hinderten mich jedoch daran. Zum einen sah ich, wie sie darum kämpfte, nicht in Tränen auszubrechen, und zum anderen hörte ich, wie Liv zurückkam. Als ich mich ihr zuwandte, erkannte ich, dass es ihr ebenfalls nicht besonders gut zu gehen schien. Was zum Teufel war heute bloß los?

„Ich schließe es nicht von vornherein aus, Mom, doch ich kann dir nicht versprechen, dass es funktioniert oder die anderen mitmachen. Dafür ist zu viel passiert", entgegnete ich stattdessen. Allen voran mit meinem ehemaligen Freund und Bandkollegen Gibson, der in meinen Augen verantwortlich für Owens Tod war.

„Ist gut, das reicht mir für den Anfang." Erleichtert lehnte sie sich zurück und trank einen Schluck aus ihrem Weinglas.

„Hey, habe ich euch schon mal erzählt, wie ich einmal im Nationalpark unterwegs war und dabei zwischen zwei Bären geraten bin?", schaltete sich Dad ein, um die Stimmung zu heben und das Thema zu wechseln.

„Nein, ich glaube nicht, Dad, erzähl uns davon", forderte ich ihn auf, wandte meinen Blick jedoch nicht von Liv ab.

Langsam begann sie zu essen, allerdings war ich mir nicht sicher, ob sie überhaupt mitbekam, was sie sich da nacheinander in den Mund schob. Livs Reaktion auf meine Frage hatte mich überrascht. Überhaupt war sie sehr verschlossen, was Privates anging. Zudem wusste ich von meinen ehemaligen Bandkollegen, dass sich nicht alle Kinder gut mit ihren Eltern verstanden. Vielleicht lag es daran und sie hatte keinen Kontakt mehr zu ihnen. Von dem ausgehend, was ich über Liv wusste beziehungsweise wie ich sie kennengelernt hatte, vermutete ich, mein Mitgefühl war das Letzte, was sie wollte, daher hielt ich es für das Beste, unserem gewohnten Umgangston treu zu bleiben und so zu tun, als wäre nichts passiert. Dad erzählte immer noch von seinem Erlebnis, doch weder Liv noch ich bekamen davon etwas mit.

„Soll ich dir noch einmal nachschenken?", bot Dad an Liv gewandt an.

„Nein, danke, mehr als ein Glas sollte ich heute Abend nicht trinken." Mit einem angestrengten Lächeln lehnte sie sein Angebot ab.

„Ich kann fahren", bot ich an und war von meinen eigenen Worten überrascht.

Offenbar nicht bloß ich, da mich Liv mit hochgezogenen Augenbrauen und einer Miene ansah, die klar ausdrückte *Wo zum Teufel kommt das denn jetzt her?*

„Hey, ich *kann* fahren", betonte ich, da ich ahnte, sie spielte auf unsere erste Begegnung sowie den Oldtimer an.

Sie winkte ab. „Alles gut, ich passe."

„Liv, wenn du noch ein Glas ..."

„Wie ich bereits sagte, es ist in Ordnung." Abrupt stand sie auf – schon wieder. „Ich fange dann mal mit dem Abräumen an."

Irritiert sah ich ihr nach, wie sie Geschirr auflud und durch die Schwingtür in die Küche verschwand. Was zur

Hölle stimmte nicht mit dieser Frau? Das war ein nettes Angebot von mir gewesen. Genervt schob ich ebenfalls meinen Stuhl zurück und brachte meinen Teller sowie Besteck in die Küche.

„Weshalb kannst du mein Angebot nicht einfach annehmen?", blaffte ich.

„Wieso kannst du nicht aufhören, mich dazu zu drängen, noch mehr Alkohol zu trinken?", schoss sie zurück und traf damit unbewusst einen Nerv.

„Das habe ich nicht und das weißt du ganz genau", zischte ich und marschierte zurück ins Wohnzimmer, um weitere Schüsseln zu holen. Mom und Dad folgten mir, und während Liv und Dad die Spülmaschine einräumten und alles, was nicht mehr hineinpasste, von Hand spülten und abtrockneten, half ich Mom dabei, die Reste zwischen uns allen aufzuteilen, in Boxen zu füllen und für später beiseitezustellen.

„Dein Kuchen riecht himmlisch, Lloyd", hörte ich Liv plötzlich sagen.

Die Aufrichtigkeit und Sanftheit in ihrer Stimme überraschten mich. Nein, das war es nicht, vielmehr trafen sie mich unvorbereitet. Ich drehte mich um und sah, wie die beiden nebeneinanderstanden. Liv hatte Dad die Hand auf die Schulter gelegt.

Moment, flirtete Liv etwa mit ihm? Vor Moms Augen? Oder in diesem Fall hinter ihrem Rücken?

„Da hat sie recht", stimmte Mom zu. Sie trat zu ihnen und strich Liv zärtlich über den Rücken.

Woah, Moment, stopp, irgendetwas entging mir hier. Nur, über das *Was* war ich mir noch nicht im Klaren. Mom und Liv traten beiseite, um Dad Platz zu machen, der sich die Ofenhandschuhe überzog und den Apfelkuchen herausholte, der während des Abendessens im Ofen gebacken hatte. Er stellte ihn zum Abkühlen ans Fenster und öffnete es einen Spalt. Liv dagegen holte Besteck und Teller sowie Sprühsahne und Vanilleeis und brachte alles hinüber ins Wohnzimmer.

Irritiert sah ich ihr nach. Was war das mit dieser Frau und meinen Eltern, dass sie sich so gut auskannte und aufführte, als würde sie hier wohnen? Als wäre sie ihre Tochter?

„Ist sie eine Erbschleicherin?" Angepisst fuhr ich zu Mom und Dad herum.

„Wie bitte?" Mom starrte mich vollkommen entgeistert an.

„Nutzt sie euch aus? Eure Trauer? Owens Verlust?", sprach ich den nächsten Vorwurf aus, denn ich wusste, ich hatte nicht viel Zeit, ehe Liv zurückkam. „Oder hat sie sich an euch rangemacht, um Infos an die Presse zu verkaufen?"

„Phoenix, beruhige dich", schaltete sich Dad ein.

„Ja, wir haben Liv näher kennengelernt, nachdem dein Bruder gestorben ist, doch nichts von dem, was du uns oder ihr unterstellst, trifft zu", versuchte Mom mich zu besänftigen.

„Was ist es dann? Irgendwas stimmt hier ganz eindeutig nicht. Ihr Verhalten, eures und dann noch ihre Reaktion auf die Frage nach ihren Eltern", beharrte ich stur.

Mom schüttelte bedauernd den Kopf. „Tut mir leid,

Junge, das ist nicht unsere Geschichte, von daher haben wir auch kein Recht, sie dir zu erzählen."

„Ich würde vorschlagen, du versuchst, deine neue Mitbewohnerin ein wenig besser kennenzulernen. Vielleicht hast du Glück und siehst in ihr, was wir sehen, oder womöglich sogar noch mehr", schlug Dad vor. Nach diesen kryptischen Worten zuckte er mit den Schultern und wandte sich um, um das Fenster zu schließen und den Kuchen auf der Arbeitsplatte abzustellen.

Frustriert drehte ich mich um, drückte die Schwingtür auf, um ins Wohnzimmer zu laufen, sah mich jedoch unvermittelt Liv gegenüberstehen.

Ihr Gesicht war leichenblass, die Augen gerötet, ihre Unterlippe bebte ebenso wie ihre Hände, die sie immer wieder ineinander verknotete und wieder löste.

„Liv, ich ..." Scheiße, es gab keinen Zweifel daran, dass sie jedes Wort gehört hatte.

„Es ist, wie deine Eltern bereits sagten. Ich bin nichts von alldem und du hast verdammt großes Glück, dass ich dich nicht rausschmeiße. Glaub mir, dafür kannst du ihnen auf Knien danken. Sieh zu, wie du heimkommst, oder besser noch: Bleib die Nacht über hier. Eine Nacht voller Albträume wird dich nicht gleich umbringen." Sie stürmte an mir vorbei in den Flur, wo sie in Stiefel und Jacke schlüpfte.

„Liv, ich ..." Fuck.

„Nein." Sie verließ das Haus und knallte lautstark die Tür hinter sich zu. Ich stand da und sah ihr nach wie der beschissene Idiot, der ich ganz eindeutig war.

Das Geräusch der zuschlagenden Haustür hatte natürlich sofort Mom und Dad auf den Plan gerufen. „Sie hat uns gehört", teilte ich ihnen tonlos mit.

Mom griff nach ihrem Mantel. „Ich sollte ihr nachgehen."

Dad hielt sie jedoch auf. „Du weißt, sie will das nicht."

„Aber ich kann sie doch so aufgewühlt, wie sie ist, nicht allein lassen", wandte Mom beinahe verzweifelt ein.

„Es ist ihre Entscheidung und sie will es so." Sanft, aber bestimmt nahm Dad ihr den Mantel ab, hängte ihn auf und führte seine Frau ins Wohnzimmer.

„Ich übernehme das", hörte ich mich selbst sagen.

„Soll ich dich fahren?", bot Dad an.

„Nein, danke, ich werde laufen, dabei wird mir warm und ich habe den Marsch durch die Kälte ganz eindeutig verdient", lehnte ich sein Angebot ab.

„Phoenix, du hast dir Sorgen um uns gemacht, wir verstehen das."

„Ja, Mom, aber ich hätte sie vielleicht nicht unbedingt hier aussprechen sollen, wenn Liv dabei ist. Könntest du uns noch zwei Stück Apfelkuchen einpacken?" Offenbar hatte ich ein ausgeprägtes Talent dafür, Menschen wie auch Situationen katastrophal falsch einzuschätzen. So war es bei Owen gewesen und auch heute bei Mom, Dad und Liv. Ich verabschiedete mich von meinen Eltern, nahm die Tragetasche mit den Resten und stapfte los.

Der Weg zog sich ewig. Als ich die Zufahrt hochlief und bereits von Weitem das Verandalicht herüberschimmern sah, meldete sich mein schlechtes Gewissen gleich noch einmal zu Wort. Fuck, ich hatte ihr die übelsten

Dinge unterstellt, und dennoch hatte sie das verdammte Licht für mich angelassen. Scheiße noch mal.

Eilig sperrte ich die Haustür auf, schloss sie hinter mir ab und aktivierte die Alarmanlage. In der Küche brannte das kleine Licht über dem Herd, ansonsten jedoch lag das Haus in friedlicher Stille da. Ich stellte die Tasche auf der Kücheninsel ab und entschied mich, ebenfalls ins Bett zu gehen. Heute würde ich bei Liv nichts mehr ausrichten. Da ihr Zimmer nach vorne hin rausging und kein Licht gebrannt hatte, wusste ich, sie war bereits schlafen gegangen. Morgen jedoch würde ich mich bei ihr für den Mist entschuldigen müssen, den ich ihr unterstellt hatte.

13

LIV

Von meinem Bett aus sah ich ihn die Zufahrtsstraße heraufkommen. Zugegeben, es beeindruckte mich ein wenig, dass er sich nicht von seinen Eltern hatte fahren lassen, sondern gelaufen war. Nun ja, zumindest den Weg zum Haus, ob ihn Lloyd oder Daphne womöglich doch hergebracht hatten und er unten an der Hauptstraße ausgestiegen war, wusste ich natürlich nicht.

Ich hörte, wie er die Haustür aufsperrte und, nachdem er hereingekommen war, wieder schloss. Vielleicht wäre es einfacher gewesen, ihm rundheraus zu sagen, wie die Dinge lagen, wie ich Daphne und Lloyd näher kennengelernt hatte, und dass meine Eltern gestorben waren, ich jedoch nicht gern darüber sprach, weil ich es einfach kaum schaffte. Weil sich die Erinnerungen wie eiskalter Schmerz um mein Herz legten und ich dann nicht mehr aufhören konnte zu heulen. In diesem Moment jedoch hatte ich es einfach nicht gekonnt. Seine Frage hatte mich, obwohl ich eigentlich damit hätte rechnen müssen, kalt erwischt und danach war es irgendwie seltsam gewesen.

Dass er allen Ernstes dachte, ich könnte ein so niederträchtiger Mensch sein und das Leid seiner Familie ausnutzen und mich daran bereichern, hatte mich mehr getroffen als all die anderen mitunter bizarren Vorwürfe, die er ausgesprochen hatte.

Ja, aber versuch auch, ihn zu verstehen. Er kommt nach drei Jahren nach Hause und plötzlich bist da du und feierst mit seinen Eltern Thanksgiving. Einen Tag, den man, wie er berechtigterweise angemerkt hat, mit der Familie verbringt.

Gott verdammt.

Seufzend lehnte ich mich zurück und starrte in den sternklaren Nachthimmel.

War ich ehrlich zu mir selbst, wusste ich genau, weshalb ich die Frage nach meinen Eltern nicht einfach mit einem simplen *Sie sind tot* beantwortet hatte. Dieser Mann hatte etwas an sich, etwas, in dem ich versinken wollte, und ich befürchtete, ihm alles zu erzählen, fing ich erst mal damit an, mich ihm zu öffnen. Ihn mit unseren Wortgefechten auf Abstand zu halten, war so viel einfacher und doch fiel es mir von Tag zu Tag schwerer.

Ein Teil von mir wollte ihn kennenlernen, wollte herausfinden, wie er wirklich war und was hinter der Maske aus Wut, Trauer und Schmerz steckte, die er schützend vor sich trug. Heute Abend hatte ich zum ersten Mal eine andere Seite von Phoenix zu sehen bekommen, und ich musste zugeben, sie gefiel mir sehr. Es war ihm anzusehen gewesen, wie sehr er seine Eltern liebte und sich um sie sorgte. Phoenix war durch und durch ein Familienmensch.

Er ist ein Keeper, wisperte ein verträumtes Stimmchen in mir.

Ja, vielleicht.

Das Brummen meines Handys riss mich aus meinen Überlegungen. Neugierig nahm ich das Telefon vom Nachttisch und entsperrte es, um die Nachricht zu lesen, die Jason mir geschickt hatte.

Happy Turkeyday. Ich hoffe, dein neuer Mitbewohner hat einen ordentlichen Vogel geschossen.

Dir ebenfalls Happy Thanksgiving. Was meinst du damit?

Ich habe Phoenix und seinen Dad vorgestern beim Truthahnschießen auf der Halverton-Farm getroffen.

Ah, daher die Frage. Ja, hat er, und dank Daphnes und Lloyds magischer Kochkünste war er hervorragend.

Super, dann will ich euch gar nicht weiter stören. Richte ihnen meine Grüße aus. Wir sehen uns.

Jason war ein guter Mann und ein Freund, der verstand, weshalb ich seine Gegenwart in Zivil besser ertrug, als wenn er im Dienst war. Wir waren nicht so eng, dass wir uns regelmäßig auf ein Bier trafen, aber ich wusste, er war der Typ Mensch, den man jederzeit nachts um drei anrufen und um Hilfe bitten konnte. Das war es, was zählte.

Erneut brummte mein Telefon. Diesmal jedoch war es meine beste Freundin Remi, die mir schrieb.

Wie sieht es aus, begleitest du mich morgen zum Black Friday-*Shopping?*

Bei ihren Worten prustete ich direkt los. Statt zu antworten, rief ich sie an.

„Hier in Keetna Creek? Um was willst du dich prügeln? Eine Schneeschaufel?"

„Ach, komm schon, dabei geht es doch weniger darum, was man ergattert, als vielmehr um den Triumph, das unglaubliche Gefühl, etwas erobert zu haben und die Verbitterung darüber in den Gesichtern der anderen zu sehen."

„Aha." Ich atmete tief durch. „Um ehrlich zu sein, traue ich mich gar nicht zu fragen, aber welchen Laden hast du dir auserkoren, um dort die Schlacht auf den Katalaunischen Feldern nachzustellen, bei denen du als Mitglied des römisch-westgotischen Heeres siegreich hervorgehst?"

„Die was?"

„Der Hunnenansturm von 451 nach Christus."

Remi schnaubte. „Gott, was du alles weißt."

„Also?"

„Gut, da du fragst, ich dachte, wir stürmen die Boutique und prügeln uns um ein schickes Abendkleid", platzte es begeistert aus ihr heraus. „Und in deinem Fall vielleicht ein sexy Cocktail-Kleid für dein erstes Date mit deinem Rockstar."

„Hallo?! Er ist nicht *mein* Rockstar", zischte ich. „Wir sind Mitbewohner, das ist alles rein platonisch."

„Klar doch." Sie prustete. „Du vergisst, wie lange wir uns bereits kennen."

„Okay, ja, er ist sexy und heiß und überhaupt, aber kaum macht er den Mund auf ..."

„Möchtest du ihn küssen, damit er die Klappe hält."

Angesichts ihrer Worte lachte ich prompt auf, war es doch genau das gewesen, was ich bei meiner ersten Begegnung mit Phoenix gedacht hatte.

14

PHOENIX

„Bitte, warte." Liv war gerade dabei, sich anzuziehen, und ich wusste, das war meine Chance. Keine Ahnung, wie sie es in den vergangenen beiden Tagen geschafft hatte, lautlos das Haus zu betreten oder zu verlassen, aber ich hatte sie einfach nicht zu fassen bekommen.

„Mist", hörte ich sie unterdrückt fluchen.

„Was soll das? Seit Tagen gehst du mir aus dem Weg", warf ich ihr vor.

Bei meinen Worten wirbelte sie prompt herum. „Ja, das tue ich, denn vielleicht will ich nicht mit dir reden, vielleicht habe ich zu tun und nur vielleicht ist das hier mein Haus, wo ich niemandem Rechenschaft schuldig bin für das, was ich tue oder nicht tue. Hättest du einfach das Appartement über der Garage bezogen, so, wie es abgemacht war, würden wir dieses Gespräch überhaupt nicht führen", schoss sie zurück.

„Also geht es noch immer darum? Dass ich hier eingezogen bin anstatt drüben?" Zweifelnd, da ich mir das nicht vorstellen konnte, runzelte ich die Stirn.

„Es geht darum, dass du meinst, du hättest irgendwelche Rechte. Das Recht, mich anzumachen, mich auszuquetschen, wo ich bin und wo ich war. Warum tust du dies und warum tust du das, warum kennst du dich im Haus meiner Eltern aus und warum verbringst du Thanksgiving dort? Bla bla bla. Das alles geht dich schlicht und ergreifend nichts an", rief sie wütend aus.

„Hör zu, es tut mir leid, dass ich an Thanksgiving so ein Arsch war. Wieder hier zu sein, ist nicht leicht für mich, aber das darf kein Grund dafür sein, dich so anzufahren. Doch du wirst sicher verstehen, dass ich mir um meine Eltern Sorgen gemacht habe", wandte ich ruhig ein.

„Wow, du nimmst Thanksgiving wirklich sehr ernst, was? Nur kein Stress, ich bin nicht sonderlich empfindlich. Du bescherst mir mit deinen Aktionen sicherlich keine schlaflosen Nächte. Weißt du, wir haben alle unsere Dämonen, nur bist du der Einzige, der das an anderen auslässt, statt damit klarzukommen. Wir sind keine Freunde, Phoenix, vergiss das nicht", zischte sie.

„Gut, schön, Ms. Carson, dann verraten Sie mir vielleicht, warum das so ewig dauert, bis mein Auto fertig ist", fuhr ich sie an, da es mir langsam ebenfalls reichte.

„Weil das, wie ich bereits erwähnt habe, ein Oldtimer ist und man die Ersatzteile dafür nicht einfach in irgendeinem Onlineshop bestellen kann, sondern verschiedene Händler abtelefonieren muss, die dann wiederum ihre Kontakte abtelefonieren müssen."

„Oder aber du kriegst es nicht hin und bist nicht bereit, das zuzugeben oder den Job deinen Männern zu überlassen", ätzte ich.

Liv lachte trocken auf. „Schon klar, eine Frau kann kein Auto reparieren und einen Oldtimer schon gar nicht. Sagt der, dem der Oldtimer gehört und der ihn nie hat warten und pflegen lassen. Ich muss mich vor dir nicht beweisen. Du meinst, du bist der Größte? Nicht in diesem Haus und ganz sicher nicht für mich. Dein Bruder hatte weit mehr Anstand und Klasse im kleinen Finger als du in diesem ganzen *das da* ..." Sie wedelte mit der Hand auf und ab, während sie mich abschätzig betrachtete. „... das du Körper nennst."

Ehe sie mit ihrer Tirade fortfahren konnte, zog das Geräusch eines sich nähernden Wagens unsere Aufmerksamkeit auf sich. Kurz darauf folgten ein Türenschlagen, Schritte auf der Veranda und dann ein Klopfen an der Haustür, die Liv direkt öffnete.

„Hallo, was führt dich denn um diese Uhrzeit zu mir?" Liv umarmte die Person, die ich noch nicht sehen konnte.

„Hey, ich wollte nur kurz vorbeikommen, um dir das hier zu bringen." Es war Aimee, die Schwester meines ehemaligen Bandkollegen Gibson, die im Türrahmen stand und Liv eine Dokumentenmappe reichte. Ich hatte gar nicht gewusst, dass sich die beiden kannten. Im ersten Moment arbeitete sich ein Triumphgefühl nach oben, das mir bestätigen wollte, dass sie doch mit der Presse zu tun hatte, doch das verpuffte gleich darauf, hatten mir doch Mom und Dad versichert, Liv wäre nicht so. „Tja, wir Journalisten kennen keinen Feierabend, daher muss ich auch gleich wieder weiter, Interviewvorbereitungen und all so was." Interviewvorbereitungen? Natürlich, Aimee arbeitete ja für die lokale Zeitung, klasse, einfach wunderbar. Nun hatte sie mich entdeckt und winkte mir kurz zu. „Hey, Phoenix."

„Aimee, es ist schön, dich zu sehen", presste ich hervor, doch sie lachte bloß amüsiert auf.

„Ja, das kam von Herzen. Wie gesagt, ich muss los. Viel Vergnügen damit, Liv, wir sehen uns die Tage und wir uns ja auch, Phoenix." Damit wirbelte sie herum und eilte zu ihrem Wagen.

„Ehrlich? Die Presse? Die lädst du jetzt auch schon ein?", fuhr ich sie an.

„Ja, und zwar genauso sehr wie dich." Damit wandte sie sich um und donnerte die Tür hinter sich zu.

Was zum Teufel sollte das nun wieder heißen?

Nachdem sich das Geräusch ihres Wagens in der Ferne verloren hatte, zog ich mich an und machte mich ebenfalls auf den Weg. So angepisst, wie ich war, hielt ich es keine Sekunde länger hier drin aus und hoffte, ein Spaziergang würde mich genug abkühlen. Missmutig stapfte ich die Zufahrt hinunter, die mir mit jedem Schritt länger und länger vorkam. Mit hochgeschlagenem Kragen und die Mütze tief ins Gesicht gezogen, lief ich die Hauptstraße entlang nach Keetna Creek.

Überrascht blickte ich auf, als ich am Gelände von Livs Werkstatt vorbeikam und feststellte, dass die Werkhalle hell erleuchtet war, und das, obwohl um diese Uhrzeit und noch dazu an einem Samstag mit Sicherheit kein Kundenbetrieb mehr herrschte. In dem Moment, in dem ich sah, wie sie durch die Halle lief, blieb ich wie angewurzelt stehen. Automatisch regte sich mein schlechtes Gewissen, weil ich sie so angefahren hatte, denn in gewisser Weise hatte sie Recht. Ich ließ meine Wut und meinen Schmerz an ihr aus.

Sie fuhr sich mit der Hand über das Gesicht. Es war offensichtlich, dass sie weinte. *Sicherlich jedoch nicht meinetwegen.*

Was mich wiederum zu der Frage brachte, ob sie Owen nicht doch besser gekannt hatte. Ihre Aussage über seinen Charakter unterstrich diesen Verdacht, denn ein reiner Fan hätte diese gar nicht treffen können. Außerdem würde das zumindest erklären, wieso sie Mom und Dad so nahestand. Doch wenn die beiden ein Paar gewesen waren, weshalb hatte ich dann nichts davon gewusst? Warum hatte Owen nie ein Wort davon gesagt?

Nein, das konnte nicht sein, schließlich hatte ich ihn oft genug mit anderen Frauen gesehen. Waren sie vielleicht vorher zusammen gewesen? Aber auch das ergab keinen Sinn. Wie ich es auch drehte und wendete, ich kam nicht weiter.

Während sich mein Gehirn von einer offenen Frage in die nächste stürzte, hob Liv den Kopf und sah genau in meine Richtung. Unsere Blicke trafen sich, und sofort machte sich ein herausfordernder Ausdruck auf ihrem wunderschönen Gesicht breit, so als wollte sie sagen *Schön, du hast mich heulen sehen, na und?*

Ich wandte mich ab und marschierte weiter. Mein Kopf stand nicht still, hinzu kamen die Erinnerungen an Owen und dazu die Wut und Enttäuschung.

Bereits von Weitem sah ich das Schild des *Keetna Inn*, der örtlichen Bar, und überlegte, ob ich meinen Ärger nicht einfach mit einem Bier hinunterspülen sollte. Als ich mich der Bar näherte, ging die Tür auf und Gibson kam heraus.

„Was zum Teufel machst du denn hier?", fuhr ich ihn an.

„Hat dir deine *Mommy* nicht gesagt, dass sie uns alle braucht, um die Stiftung bekannt zu machen, und nicht bloß dich?", ätzte er.

Wütend ballte ich die Hände zu Fäusten. „Wir wären gar nicht hier, wärst du nicht gewesen. Hättest du ihn nicht umgebracht, bräuchte es nämlich keine Stiftung in Owens Namen."

„Woah, langsam, mit solchen Aussagen solltest du ganz vorsichtig sein."

Angepisst trat ich einen Schritt auf ihn zu. „Ja? Warum? Weil es nicht du warst, der ständig mit ihm auf irgendwelchen Partys und in Clubs war und ihn mit Drinks und Drogen versorgt hat?"

„Du weißt gar nichts", zischte er.

„Ich weiß genug, und vor allem weiß ich, mein Bruder wäre noch am Leben, wärst du nicht gewesen!", brüllte ich und ließ meine Faust in sein Gesicht krachen.

Natürlich hatte Gibson nicht vor, das auf sich sitzen zu lassen, doch es war mir egal. Der Schmerz in meinem Gesicht war eine willkommene Abwechslung zu dem in meinem Inneren. Überraschenderweise tat es gut, und zudem war meine Wut mit weiteren Faustschlägen an ihm auszulassen, verdammt befriedigend.

„Scheiße, verdammt, seit wann hast du so einen harten Schlag drauf?" Gibson stöhnte auf.

Ich witterte bereits den Sieg, da verpasste er mir erneut eine und packte mich dann am Kragen.

„Du hast Recht, okay? Vermutlich wäre er noch da, wäre ich nicht gewesen, aber deswegen ist es noch lange nicht so, wie du denkst." Der Kummer in seiner Stimme und seinen Augen erwischte mich unvorbereitet. Ehe ich jedoch auf seine Worte eingehen konnte, schob sich eine mir bekannte Person zwischen uns.

„Auf Trooper Graham ist Verlass", moserte ich und trat, ebenso wie Gibson, einen Schritt zurück.

„Ich bin nicht im Dienst, Jason reicht also", entgegnete er ruhig.

„Wieso mischst du dich dann überhaupt ein? Vielleicht ist das ja die Art, wie sich alte Freunde begrüßen?" Ich nickte Gibson zu und wandte mich dann ab.

„Hey, Phoenix", rief Gibson mir nach. „Rechne besser mit Harleys Anruf."

Ich hob die Hand zum Zeichen, dass ich ihn gehört hatte. Fuck, Harley, unser ehemaliger Manager und heutiger Boss des Labels, war ebenfalls in der Stadt?

„Wehe, du steckst das Liv", zischte ich an Jason gewandt und stapfte davon.

Als ich diesmal an der Werkstatt vorbeikam, war alles dunkel, daher blieb mir nichts anderes übrig, als den langen Weg zurückzulaufen. Aber immerhin kühlte die kalte Luft die Prellungen, die mir Gibson verpasst hatte.

Wieder hatte Liv das Licht für mich brennen lassen und so langsam fragte ich mich, ob sich hinter ihrer harten

Schale nicht vielleicht jemand ganz anderer verbarg. Jemand, den sie mir bisher nicht gezeigt hatte, den meine Eltern allerdings sehr wohl kannten. Womöglich hatte Dad deshalb vorgeschlagen, Liv besser kennenzulernen, weil er wusste, es würde sich lohnen.

Sobald ich mich selbst hineingelassen und die Alarmanlage aktiviert hatte, entdeckte ich auf der Kücheninsel ein Paket. Da es offenstand, schaute ich hinein. Es war voller Ersatzteile, höchstwahrscheinlich für Owens Wagen.

Verflucht, ich hatte sie vollkommen falsch beschuldigt. Liv war eindeutig die ganze Zeit über dran gewesen, die fehlenden Teile zu besorgen, um den Ford Destiny wieder zum Laufen zu bringen.

In diesem Moment kam Liv herunter. Die feuchten Haare hatte sie in einem Knoten zusammengefasst, dazu trug sie Leggings, ein Longshirt, Kuschelsocken – aber fuck, keinen BH. Sie sah zum Niederknien aus, so natürlich und wunderschön.

„Scheiße, wem hast du denn ans Bein gepisst?" Erschrocken trat sie auf mich zu und fuhr mit ihren Fingerspitzen beinahe zärtlich über mein Gesicht.

„Gibson", gab ich zu und grinste schief, zuckte jedoch gleich darauf zusammen. „Er stand plötzlich vor mir, und da sind mir die Sicherungen durchgebrannt."

„War ja klar." Kopfschüttelnd wandte sie sich ab und holte zwei Coolpacks aus dem Eisfach, die sie jeweils in ein Geschirrtuch wickelte. „Hier, halte das an dein Auge und deine Lippe."

„Danke."

„Meinst du nicht, es war abzusehen, dass sie alle hier

auftauchen?", erklärte sie ruhig. „Daphne ist die Sache mit der Stiftung sehr ernst. Sie begegnet jeden Tag jungen Menschen, die denselben Traum träumen, den auch ihr hattet, und sie will sie vor dem bewahren, was Owen geschehen ist."

„Gibson ist schuld an Owens Tod", begehrte ich auf.

Moment, sie wusste darüber Bescheid?

„Ich denke nicht, dass es so einfach ist, Phoenix. Vielleicht wird es Zeit, die Vergangenheit noch einmal mit frischem Blick zu betrachten, so sachlich, wie es dir als sein jüngerer Bruder möglich ist. Eventuell fällt dir dabei das ein oder andere auf, das nicht recht ins Bild passt und dich zwingt, zu überdenken, was du zu wissen glaubtest", wandte sie ein.

„Was, wenn ich Angst davor habe?" Denn war ich ehrlich zu mir selbst, hatte ich eine Scheißangst davor, mich der Vergangenheit zu stellen.

„Aber was, wenn es genau das ist, was du tun musst, um deinen Frieden zu finden, dein Leben zu leben und dich mit den anderen Mitgliedern von *Falling from Grace* zu versöhnen? Meinst du nicht, Owen hätte das gewollt? Du hast ihn am besten gekannt, nur du kannst sehen, welche Kleinigkeit dir oder euch vielleicht eher hätte auffallen müssen. Das bist du ihm und auch dir schuldig." Ihre Miene war sanft, und als sich diesmal unsere Blicke trafen, hatte ich zum ersten Mal das Gefühl, wirklich sie zu sehen, die wahre Liv.

„Es tut mir wirklich leid, Liv. Ich hätte dir all diese Dinge nicht unterstellen sollen, ich wusste nicht, dass du mit Owen zusammen warst", platzte es aus mir heraus.

„Wir waren nicht zusammen. Wie kommst du denn darauf?" Vehement schüttelte sie den Kopf. „Owen und ich waren Freunde. Für mich war er der große Bruder, den ich nie hatte, und ich für ihn die nervige kleine Schwester, die ihm neben dir noch gefehlt hat." Hastig wischte sie sich die aufsteigenden Tränen ab. „Okay, also, du solltest das kühlen und abschwellende Salbe auftragen. Wir sehen uns dann morgen."

Nachdenklich sah ich ihr nach, wie sie den dunklen Flur hinunterlief und die Treppe nach oben in ihr Zimmer. Wenige Sekunden später hörte ich die Tür zuschlagen und gleich darauf das mir inzwischen vertraute Brummen ihres Hörbuchs. Neugierig darauf, was sie sich da eigentlich jeden Abend anhörte, schlüpfte ich aus meinen Schuhen, hängte die Jacke an der Garderobe auf, legte die Kühlpacks auf die Kücheninsel und schlich bis zum Fuß der Treppe, um das dumpfe Gemurmel zu verstehen. Ich wagte mich ein paar Stufen hoch und lauschte angestrengt, doch was ich vernahm, war kein Hörbuch und schon gar kein Liebesroman, wie ich angenommen hatte. Der Typ erzählte was von Mord, Blutlachen und zahlreichen Spritzern.

Scheiße, war Liv etwa eine von den Frauen, die sich zur Entspannung irgendwelche Mördersendungen ansahen oder in diesem Fall anhörten? Und das auch noch vor dem Schlafengehen? Vielleicht sogar, um besser *einzuschlafen*?

Langsam zog ich mich zurück und schlich wieder in die Küche. Auf der Kommode neben der Haustür entdeckte ich die Mappe, die Aimee vorhin vorbeigebracht hatte. Neugierig schlug ich sie auf und bereute es sofort.

Statt einer Fragenliste oder Zusammenstellung über mich oder die Band, sah ich Berichte von Tatortermittlern, was meine Vermutung direkt bestätigte.

O Mann. Ich fragte mich, in welchen Bereichen ich Liv noch kolossal falsch eingeschätzt hatte. Auf jeden Fall würde ich mich ein wenig zurücknehmen müssen. Diese Frau kannte mit Sicherheit eine Menge Wege, um jemanden heimlich verschwinden zu lassen.

Nachdenklich legte ich die Mappe zurück und schnappte mir die Kühlpacks.

Was zum Teufel hatte Gibson gemeint, als er sagte, er gäbe sich die Schuld und vermutlich würde Owen noch leben, und dennoch wäre es nicht so, wie ich vermutete?

Das ergab alles überhaupt keinen Sinn. Viel wahrscheinlicher war, dass er sich herausreden und mich besänftigen wollte.

15

PHOENIX

Als ich am nächsten Morgen erwachte, war das Erste, was ich wahrnahm, der Duft von frisch gebrühtem Kaffee. Müde rieb ich mir mit beiden Händen über das Gesicht und stöhnte unterdrückt auf, da mich der stechende Schmerz direkt an die Prügelei von gestern Abend erinnerte. Verdammter Gibson.

Ich schlug die Decke zurück, um aufzustehen und das angrenzende Badezimmer zu benutzen, mied jedoch vorerst den Blick in den Spiegel. Erst nachdem ich mich auf der Toilette erleichtert hatte und meine Hände wusch, blickte ich auf. Na klasse, meine Lippe war geschwollen und um mein Auge herum schimmerte die Haut in den schillerndsten Farben. Der Gedanke daran, dass Gibson heute Morgen ein ähnlich hübsches Antlitz erwartete, hob meine Laune ein Stück. Mir ein Grinsen verkneifend, da das sicherlich schmerzte, wandte ich mich ab, stieg in die Dusche, wusch mich und trocknete mich anschließend ab.

Bekleidet mit Jogginghose, T-Shirt und Hoodie schlenderte ich in die Küche, die ich zu meiner Überraschung verwaist vorfand. Den Kaffeegeruch hatte ich mir allerdings nicht eingebildet. Es stand tatsächlich eine frischgebrühte Kanne in der Maschine und daneben eine Tasse sowie Milch und Zucker. Da ich wusste, Liz trank ihren Kaffee ohne Zucker, ging ich davon aus, dass sie die Sachen extra für mich herausgestellt hatte. Angesichts dieser Geste konnte ich nicht anders, als dümmlich zu grinsen, dafür nahm ich das Stechen und Pochen gern in Kauf.

So egal, wie sie tat, war ich ihr dann wohl doch nicht.

Ich beschloss, mich bei Liv zu revanchieren, denn das war nach allem, was ich getan und ihr gegenüber verbockt hatte, das Mindeste. Daher suchte ich in der Küche sämtliche Zutaten und Utensilien zusammen, die ich brauchte, um Pancakes zu backen. Wie es uns Mom beigebracht hatte, rührte ich den Teig an und erhitzte eine beschichtete Pfanne auf mittlerer Stufe. Sobald die Pfanne heiß war, gab ich die erste Ladung Teig hinein und beobachtete fasziniert, wie die Hitze die flüssigen Moleküle in eine feste Form zwang. Überrascht stellte ich fest, dass ich dabei eine Melodie summte, etwas, das mir ewig nicht passiert war. Schnell öffnete ich in meinem Handy die SprachmemoApp und legte das Gerät dann zur Seite, in der Hoffnung, die Melodie würde zurückkommen, während ich mit den Pancakes beschäftigt war.

Ich holte gerade den letzten Pancake aus der Pfanne, da hörte ich ein Geräusch, das ich im ersten Moment gar nicht zuordnen konnte. Das Schlagen einer Tür sowie

Schritte müssten eigentlich von der Haustür her kommen, erklangen jedoch hinter mir, und als ich mich umdrehte, stand plötzlich Liv mit einer Kaffeetasse in der Hand vor mir. Erschrocken zuckte ich zusammen.

„Scheiße, wo kommst du denn plötzlich her?", stieß ich aus und schnappte hektisch nach Luft.

„Aus der Garage." Mit einer Miene, die ausdrückte, wie dämlich diese Frage in ihren Augen war, deutete sie nach nebenan.

„Aber wie?!"

„In dem kleinen Flur dort ist eine Verbindungstür. Ist dir die nicht aufgefallen, als du bei deinem Einzug mein Haus durchforstet hast?" Schmunzelnd lief sie an mir vorbei und schenkte sich Kaffee nach.

„Ich habe das für einen Wandschrank gehalten", gab ich zu.

„So gesehen ist es das auch, nur verbirgt sich dahinter eine Garage oder besser gesagt zwei." Sie holte etwas aus ihrer Hosentasche. „Hier, ab sofort bist du nicht mehr gezwungen, zu Fuß zu gehen, wobei ich dir eigentlich nicht dazu raten würde, dieses Schätzchen herumfliegendem Rollsplitt auszusetzen. Es will mir ehrlich nicht in den Kopf, wieso du ausgerechnet mit diesem Wagen hergekommen bist."

„Es ist Owens Auto, und ich hatte das Gefühl, kehre ich nach Hause zurück, sollte ich auch alles von ihm mitbringen, verstehst du? Seinen Wagen, seine Gitarre, die ich im Kofferraum habe liegen lassen, und ..."

„Und was?" Liv musterte mich aufmerksam.

„Den Teil seiner Asche, den ich aus der Urne

genommen habe, um ihm seinen letzten Wunsch zu erfüllen", krächzte ich.

Keine Ahnung, wieso ich ihr das anvertraute. Mein Geheimnis jedoch mit jemandem, nein, mit *ihr,* zu teilen, fühlte sich unbeschreiblich gut an.

„Du hast ... Wie lautete sein Wunsch?" Liv blinzelte angestrengt, um die Tränen zurückzuhalten.

„Er wollte, dass ein Teil von ihm über Keetna Creek verstreut wird, damit er über die Stadt und über die wachen kann, die er liebt. Das waren seine Worte, ich meine, nicht seine letzten." Trocken lachte ich auf. „Aber er hat immer wieder davon gesprochen, dass er sich das so wünscht."

Liv stellte ihre Tasse weg und trat zu mir. „Es tut mir leid, Phoenix."

„Ja, mir auch." Ich wollte ihr nicht zeigen, wie sehr mich sein Verlust schmerzte, daher überspielte ich das Gefühl. „Hey, ich habe Pancakes gebacken, hast du Lust mit mir zu frühstücken?"

„Sehr gern. Lass mich nur erst duschen und den Autodreck abwaschen", bat sie.

„Wie wäre es, soll ich dir dabei behilflich sein?" Spielerisch zupfte ich am Reißverschluss ihres Blaumanns. Zu flirten, um die Schwere zwischen uns aufzuheben, schien mir der richtige Weg zu sein.

„Ich denke, ich bekomme das auch allein hin, aber danke für das Angebot", krächzte sie.

Allerdings bewegte sie sich kein Stück von mir weg. Im Gegenteil, ihre Wangen hatten eine verführerische Röte angenommen, ihr Blick huschte zu meinen Lippen und es war nicht zu übersehen, dass ihre Atmung schneller ging.

„Bist du sicher?", raunte ich. Dabei legte ich ihr die Hand in den Nacken und schloss zugleich den Abstand zwischen uns. Nun rieb ihre Brust bei jedem Atemzug über meinen Oberkörper.

Ich zog den Zipper auf und küsste sie. Für einen Moment verharrte ich, wartete ab, ob sie mich wegstieß oder aktiv wurde. Und scheiße, das wurde sie.

Sie krallte ihre Finger in den Stoff meines Hoodies und zog mich an sich. Gemeinsam stolperten wir vorwärts beziehungsweise sie rückwärts, bis ich sie zwischen mir und der Wand eingeklemmt hatte. Wir tasteten uns nicht langsam heran, dafür hatte sich die sexuelle Stimmung zwischen uns schon viel zu lang angestaut. Mit meiner Zunge drang ich in ihren Mund ein, küsste sie tiefer und erkundete mit meiner freien Hand ihren Oberkörper. Als ich ihre Brust durch den Stoff des Tops umfasste, drängte sie sich mir entgegen und schob ihre Hände unter mein Shirt, um mich ebenfalls zu spüren. Ich unterbrach den Kuss gerade so lange, um T-Shirt samt Hoodie auszuziehen. Ehe Liv Zeit hatte, die Ärmel ihres Blaumanns abzustreifen, war ich längst wieder bei ihr und schob ihr den lästigen Stoff sowie die Träger ihres Tops hinunter, um ihre herrlichen Brüste zu entblößen.

„Phoenix, so kann ich mich nicht bewegen", beschwerte sie sich, da ich ihr praktisch eine Zwangsjacke verpasst hatte.

„Das sollst du auch nicht, du sollst fühlen." Erneut küsste ich sie.

Nun da kein Stoff mehr zwischen uns war, ihre steifen Nippel bei jeder Berührung über meinen Oberkörper rieben und sie nichts anderes tun konnte, als sich mir hinzugeben, nahm sie alles noch viel intensiver wahr. Ich schloss meine Finger um ihre rechte Brust, massierte und knetete das weiche Fleisch und neckte ihren Nippel, indem ich daran zupfte und ihn anschließend zwischen Daumen und Zeigefinger drehte. Sobald ich sicher war, dass sich Liv in ihrer Lust verloren hatte, küsste ich mich an ihren Kiefer entlang, zu ihrem Hals, wo ich ihre empfindliche Haut mit kleinen Bissen malträtierte und anschließend mit heißen Küssen besänftigte. Livs Stöhnen zu hören, war Musik in meinen Ohren. Es wandelte sich zu einem Wimmern, als ich meinen Mund um ihren anderen Nippel schloss und ihn mit Zunge und Zähnen verwöhnte.

„Scheiße, Phoenix, das ... ich ...", stammelte sie entrückt.

„Ich weiß, Süße, ich weiß genau, was du brauchst. Fuck", fluchte ich, denn das Geräusch eines herannahenden Wagens war es sicherlich nicht.

„O Mist, wer zum Teufel ist das?" Die Panik stand ihr förmlich ins Gesicht geschrieben.

„Woher soll ich das wissen? Es ist dein Haus." Eilig half ich ihr, sich anzuziehen, und stahl mir, während ich ihren Reißverschluss hochzog, einen letzten Kuss von ihren geröteten Lippen.

„Geh weg." Sie scheuchte mich mit der Hand davon.

„Was?" Perplex starrte ich sie an.

„Sonst weiß derjenige doch gleich, was hier los war", zischte sie, als es an der Tür klopfte.

„Ach, und wenn ich in diesem Zustand aus meinem Zimmer komme, nicht?" Ich warf ihr ein dreckiges Grinsen zu.

„Niemand hat gesagt, du sollst da rauskommen."

„Wie du willst." Beleidigt schnappte ich mir meine Klamotten und marschierte den Flur hinunter in mein Zimmer, wo ich mich wieder anzog und aufs Bett setzte. Die Tür ließ ich jedoch offen stehen.

Erneut klopfte es. „Moment", rief Liv und gleich darauf hörte ich, wie sie die Haustür öffnete. „Wer sind Sie denn?"

Angesichts der Skepsis in ihrer Stimme stand ich prompt wieder auf, bereit, zu ihr zu laufen, sollte sie Hilfe benötigen.

„Entschuldigen Sie mein unangekündigtes Auftauchen. Mein Name ist Harley Grant, ich bin ..."

„... hier unerwünscht", ätzte ich und trat in den Flur.

„Es freut mich ebenfalls, dich wiederzusehen, Phoenix."

„Lass den Scheiß. Ich würde ja fragen, was du hier machst, dank Gibsons Vorwarnung jedoch kann ich es mir denken."

„Und ich vermute, ihr standet beide verdammt dicht nebeneinander, als euch ganz eindeutig ein Einhorn Regenbogenkacke ins Gesicht geschissen hat", konterte er.

Liv prustete los, hielt sich jedoch gleich darauf die Hand vor den Mund. „Ähm, gut, also da ihr euch kennt, werde ich mal hochgehen. Ihr seht aus, als hättet ihr etwas zu besprechen."

Im Vorbeigehen zwinkerte sie mir frech zu, und ich konnte nicht anders, als ihr nachzusehen, bis sie um die

Ecke verschwunden war. Diese Blaumänner waren Fluch und Segen zugleich.

„Wie sieht es aus, lässt du mich nun rein oder nicht?", wollte Harley wissen.

„Da die Hausherrin dich nicht wegbeordert hat, bleibt mir ja nichts anderes übrig. Du solltest es dir allerdings nicht zu gemütlich machen." Missmutig machte ich eine entsprechende Geste.

Harley ließ sich nicht lange bitten und kam, nachdem er sich die Schuhe abgeklopft hatte, herein.

„Mmh, Pancakes, dazu sage ich nicht Nein." Genüsslich schnuppernd beugte er sich über den Teller.

„Die sind nicht für dich gedacht, also Finger weg", knurrte ich und stellte sie schnell außer Reichweite.

„Schön, bekomme ich wenigstens eine Tasse Kaffee?"

„Du traust dich was, tauchst hier unangekündigt auf und willst dann noch mit Frühstück versorgt werden", motzte ich, schenkte ihm jedoch eine Tasse ein.

„Ich vermute, Milch und Zucker muss ich mir erst verdienen", frotzelte er.

„Verarsch mich nicht, sonst müsste ich ja denken, die vergangenen Jahre hätten dich weich werden lassen." Harley hatte seinen Kaffee von jeher schwarz getrunken. Schwarz wie seine Seele, so hatten wir damals immer gewitzelt.

„Hör zu, ich weiß, meine Anwesenheit ist nicht willkommen", begann er ruhig. „Dennoch solltest du deinen Unmut darüber nicht an mir auslassen. Deine Mom hat mich angerufen und im Sinne der Stiftung, die sie in Gedenken an Owen gründen möchte, gebeten, sie dabei zu unterstützen, euch zumindest für einen Abend wieder zu vereinen."

„Wag es ja nicht so zu tun, als würde dich die Stiftung auch nur einen Funken interessieren. Du hast eine Chance gesehen, deinen besten Goldesel wieder dazu zu bringen, ein paar Goldtaler zu kacken, und warst sofort Feuer und Flamme. Dir geht es bloß ums Geld, die Menschen hinter den Musikern sind dir doch vollkommen egal", blaffte ich.

„Phoenix, ich verstehe deinen Schmerz und deine Wut. Glaub mir, ich fühle dasselbe, aber du musst endlich aus diesem Loch heraus, in dem du dich seit Owens Tod verkrochen hast. Hier geht es nicht nur um dich. Wir alle trauern um ihn, aber wenn du deine Gefühle mal für einen Moment zurückstellst, siehst du vielleicht auch das Gesamtbild." Wie schaffte es dieser Kerl bloß immer, den richtigen Ton zu treffen? Hatte er eigentlich eine Ahnung, wie nervig das war?

„Ach, und wie soll das aussehen?", moserte ich daher.

„In einem Wort: pulsierend – genau wie Owen. Du hast die Möglichkeit, ihm ein Vermächtnis zu geben, andere zu inspirieren, dafür zu sorgen, dass sie nicht blind und unwissend in dieses Business eintreten. Du kannst dazu beitragen, dass diejenigen, die sie benötigen, Hilfe bekommen, und ebenso die Chance ergreifen, wieder zu spielen." Er betrachtete mich mit einem wissenden Blick, der mir nicht gefiel. „Gib es zu, die Musik fehlt dir, ebenso hinter den Drums zu sitzen und abzurocken oder einfach nur über die Saiten deiner Gitarre zu streichen."

Schweigend starrte ich in meinen Kaffee. „Wie kommst

du darauf, dass ich das in den vergangenen Jahren nicht getan habe", krächzte ich, ohne ihn anzusehen.

„Weil ich dich kenne, Phoenix. Du denkst, wieder zu spielen, wäre ein Verrat an Owen, aber das ist es nicht. Vielmehr ist es ein Akt der Dankbarkeit für all das, was er für dich und die Band getan hat." Er stand auf und holte eine Karte heraus, die er neben die unberührte Kaffeetasse legte. „Hier ist meine Nummer für den Fall, dass du sie gelöscht hast. Die erste Probe ist in wenigen Tagen und ja, Carver und Gibson haben zugestimmt."

„Wir haben keinen Bassisten", platzte es aus mir heraus, ehe ich mich aufhalten konnte.

„Lass das meine Sorge sein, und da ich weiß, wie explosiv du aktuell bist, warne ich dich lieber gleich vor, dass Aimee über euch schreiben wird und weitere Pressevertreter an der ein oder anderen Probe teilnehmen werden."

Ich hatte bereits den Mund geöffnet, um etwas zu erwidern. Ein von oben zu uns herunterklingendes Geräusch jedoch ließ mich innehalten. Irritiert runzelte ich die Stirn, lauschte konzentriert und hielt dabei den Blick an die Stelle der Zimmerdecke gerichtet, an der ich Livs Badezimmer vermutete.

Harley lachte leise und schlenderte zur Haustür. „Offenbar habe ich euch vorhin unterbrochen. Das tut mir leid. Du solltest hochgehen und den Job zu Ende bringen."

„Mhm", machte ich abwesend, doch da hatte er bereits die Tür hinter sich zugezogen.

Wie in Trance stand ich auf und folgte den lustvollen Lauten nach oben. Kein Wunder, dass wir Liv gehört hatten, wie sie unter der Dusche stand und es sich eindeutig selbst besorgte, da sowohl die Schlaf- als auch die Badezimmertür offenstanden. Sie hatte es wohl nach unserer heißen Knutscherei verdammt eilig gehabt ... und im ersten Anlauf nicht geschafft, wie mir der Bunny-Dildo verriet, der auf ihrem Bett lag.

Schmunzelnd zog ich mich zurück und lief wieder nach unten.

16

LIV

Scheiße, ich war spitz wie ein Rettich, und dennoch schaffte ich es einfach nicht über die verdammte Klippe. Jedes Mal, wenn ich dachte, ich wäre so weit, verpuffte das Gefühl einfach.

„Hey, Liv, ist alles in Ordnung da oben? Es klingt, als hättest du Schmerzen", rief Phoenix besorgt, sobald ich frustriert das Wasser abgestellt hatte.

Es klingt …? Er konnte mich doch hier oben gar nicht hören. „O verdammter Mist", fluchte ich leise, als ich sah, dass ich die Badezimmertür einen Spalt offen gelassen hatte. Hörte ich ihn überdeutlich in der Duschkabine, dann musste die Tür zu meinem Schlafzimmer ebenfalls offen sein.

„Alles in Ordnung, danke der Nachfrage. Habt ihr denn noch Pancakes übrig gelassen?" Schnell wickelte ich mich in ein Handtuch und schlang auch eins um meine nassen Haare.

„Ich wärme dir welche auf, dann sind sie schön heiß und feucht."

Hatte er das eben wirklich gesagt? Oder hatte ich mir die letzten drei Worte lediglich eingebildet?

Hastig trocknete ich mich ab, cremte mich ein und zog mich an. Nachdem ich mir die Haare angeföhnt hatte, atmete ich einmal tief durch, um mich zu sammeln. *Das war lediglich dem Moment geschuldet*, redete ich mir stumm ein. *Und es wird definitiv nicht noch einmal vorkommen.*

Die Stimme in meinem Inneren, die das mit einem genervten Schnauben zur Kenntnis nahm und sich mit einem *Jaja, glaub das nur* abwandte, ignorierte ich und lief stattdessen die Treppe hinunter. Der Duft der Pancakes hing noch immer oder erneut in der Luft und lockte mich unaufhaltsam zu sich.

„Hey, du kommst genau richtig." Phoenix machte eine ausladende Armbewegung in Richtung Kücheninsel, die er in der Zwischenzeit gedeckt hatte.

„Wow, da ... das sieht toll aus", lobte ich und verkniff mir im letzten Moment, was ich eigentlich hatte sagen wollen. Aber ja, er hatte sich Mühe gegeben, nur wäre das mit Sicherheit anders rübergekommen und ich wollte ihm die Freude nicht nehmen, die ihm so offenkundig ins Gesicht geschrieben stand.

„Danke, mein Dad hat erzählt, du machst sonntags Pancakes. Diesmal gibt es sie nach Moms Art."

Wir nahmen einander gegenüber an der Kücheninsel Platz. Phoenix schenkte mir Kaffee nach und legte mir einen fluffigen Pancake auf den Teller.

„Heiß und feucht, der perfekte Zustand", murmelte er

und diesmal war ich mir sicher, mich nicht verhört zu haben.

Das verschmitzte Lächeln, das seine Mundwinkel dabei umspielte, gefiel mir nicht. Hatte er mich doch gehört? Aber dann hätte er gewiss längst einen Kommentar dazu abgegeben, oder nicht? Ich meine, der Mann hielt doch sonst auch mit nichts hinterm Berg.

Schweigend widmeten wir uns unserem Frühstück. Es war nicht so, dass die Stimmung zwischen uns beklommen war, dennoch wusste ich nicht, was ich sagen sollte. *Schönes Fummeln vorhin, lass uns das bald mal wiederholen* war wohl nicht so das Top-Thema zwischen Kaffee und Ahornsirup.

„Hast du Lust, später mit mir spazieren zu gehen?", fragte Phoenix in die Stille hinein.

Lust? Ah, Moment, ein Spaziergang draußen an der frischen Luft. Ja, das klang gut und sollte meinen benebelten Verstand wieder geraderücken.

„Sehr gern", stimmte ich daher zu.

Als wir aufräumten und das Geschirr in die Spülmaschine stellten, fiel mir auf, wie einfach es war, mit Phoenix Hand in Hand zu arbeiten.

„Gib mir fünf Minuten, um mich umzuziehen", bat ich und flitzte nach oben, um mich warm einzupacken.

In Thermoleggings, gefütterter Jeans, dicken Socken, einem Longshirt und Hoodie darüber kam ich wieder herunter. Auch Phoenix hatte die Zeit genutzt, um sich auf unseren Spaziergang durch den Schnee vorzubereiten. Nachdem wir beide in Stiefel und dicke Jacken geschlüpft waren, uns Mützen und Handschuhe angezogen hatten, verließen wir nacheinander das Haus und verschlossen es einbruchsicher.

„Ich habe kein bestimmtes Ziel, was hältst du davon, einfach durch die Gegend zu streifen und zu sehen, wohin es uns zieht?", schlug Phoenix vor.

„Einverstanden."

„Wie kommt man dazu, Mechanikerin zu werden?", hakte er nach, nachdem wir eine Weile nebeneinanderher spaziert waren. „Und ehe du mir erneut vorwirfst, ein chauvinistisches Arschloch zu sein, meine Frage hat nichts damit zu tun, dass vorwiegend Männer diesen Beruf ausüben.

Ich lachte leise. „Vielleicht ja genau deshalb? Womöglich wollte ich meinen Teil dazu beitragen, eine Männerdomäne aufzurütteln."

„War es so?"

„Um ehrlich zu sein, nein, wobei ich nicht sagen würde, dass mir der Nebeneffekt nicht gefiele. In meiner Kindheit habe ich viel Zeit damit verbracht, an Autos herumzuschrauben und das Interesse ist mit den Jahren eher gestiegen, als den typischen Mädcheninteressen Platz zu machen. Klar habe ich auch mit Puppen gespielt, eine Vorliebe für Pferde gehabt und all das. Aber, nun ja, Autos und ich, das gehörte irgendwie zusammen." Ich unterdrückte den Zusatz, dass meine Eltern mich immer unterstützt hatten, da ich befürchtete, es würde ihn dazu bringen, erneut nach ihnen zu fragen.

„Das verstehe ich", murmelte er, dann beschleunigte er plötzlich seine Schritte.

„Hey, warte, was ist los?" Eilig folgte ich ihm.

„Sieh doch." Grinsend deutete er auf die Reifenspuren im Schnee.

„Was ist damit?"

„Das heißt, die Jugendlichen kommen noch immer her, um hier unentdeckt herumzuknutschen."

„Phoenix, ich will dir die Freude ja nicht nehmen, aber ist dir mal in den Sinn gekommen, dass diese Tradition Jahrzehnte zurückgeht und bereits deine Eltern und vielleicht sogar Großeltern hier miteinander herumgeknutscht haben?" Angestrengt bemühte ich mich um eine neutrale Miene, schaffte es allerdings nicht wirklich. Zumal ich förmlich dabei zusehen konnte, wie es in diesem Augenblick hinter seiner Stirn arbeitete.

„Du meinst, sie haben es gewusst? Die ganze Zeit? Und hier ebenfalls …?" Angewidert ließ er seinen Blick über das Areal am Seeufer wandern.

„Fragst du dich gerade, ob du hier womöglich gezeugt wurdest?", platzte es unter Kichern aus mir heraus. „Keine Sorge, ich bin mir ziemlich sicher, diese Frage kannst du getrost mit Nein beantworten. Deine Eltern haben es sicherlich nicht hier auf dem Rücksitz miteinander getrieben, während Paare, die deutlich jünger waren als sie, dasselbe taten."

„Na, danke." Phoenix schnaubte.

„Du kannst es niemandem verdenken. Es ist wunderschön hier oben, vor allem tagsüber. Wobei, eigentlich zu jeder Tages- und Nachtzeit." Die Oberfläche des Lake Beaver glitzerte im Licht der Sonnenstrahlen wie tausend kleine Glitzerfeen.

„Das ist es." Irrte ich mich oder hatte Phoenix' Stimme

einen dunkleren Klang angenommen? „Die Aussicht ist atemberaubend."

Ich wandte den Kopf und stellte überrascht fest, dass er nicht den See ansah, sondern mich. Sein Blick war intensiv, er nahm mich gefangen und brachte mich dazu, alles andere um mich herum zu vergessen. Erst der Schrei eines Adlers, der mich zusammenzucken ließ, holte mich zurück in die Gegenwart.

„Wir sollten umkehren, langsam wird es kalt", krächzte ich und räusperte mich direkt, um den Frosch in meinem Hals loszuwerden. Ohne seine Antwort abzuwarten, machte ich auf dem Absatz kehrt und marschierte los.

Von wegen kalt, mir war dermaßen heiß, dafür gab es keine Worte. Irgendwo zwischen Thanksgiving und heute Morgen hatten wir eine Grenze überschritten, und nun wollte es mir einfach nicht mehr gelingen, zu unserem vorherigen Status quo zurückzufinden.

„Ist alles okay, Liv?", wollte er wissen, als er zu mir aufschloss.

„Ja, sicher. Es ist nur ... es wird bald dunkel, weil ... ähm die Sonne untergeht und ... Abendessen müssen wir auch noch kochen", zählte ich vollkommen zusammenhanglos irgendwelche Fakten auf. Okay, ja, das stimmte alles mehr oder weniger, und dennoch: Wir waren erwachsen, frei und ungebunden. Von daher spielte es keine Rolle, wann wir nach Hause kamen oder uns etwas zu essen machten.

Dankbar nahm ich zur Kenntnis, dass Phoenix nicht vorhatte, mir weitere Fragen zu stellen, sondern sich meinem Tempo anpasste.

Zuhause schälten wir uns schweigend aus unseren Wintersachen.

„Also, ich gehe dann mal eben heiß duschen", erklärte er. „Ehe du dich hier noch weiter auszieht und mir einheizt."

Angesichts seiner Worte hielt ich inne. Mist, ich hatte nicht bloß Jacke, Stiefel, Mütze und Handschuhe ausgezogen, sondern bereits meine Jeans bis zu den Knien hintergeschoben, da mir hier drin plötzlich zu warm geworden war, was sicherlich nicht an der superwarmen Thermoleggings lag.

Ohne ein weiteres Wort, dafür jedoch mit einem leisen Lachen, schlenderte er den Flur entlang und in sein Zimmer.

Nun, da er weg war, brachte ich zu Ende, was ich angefangen hatte, und schlüpfte vollständig aus der Hose. Ich legte sie über der Sofalehne ab und inspizierte meine Vorräte. Hm, worauf hatte ich heute Abend Lust?

Da mich im Kühlschrank eine Packung Steaks anlachte, war die Entscheidung schnell getroffen. Angesichts unseres neu gefundenen Friedens wollte ich mich bei Phoenix rückversichern, ob er mit meinem Plan einverstanden war.

„Phoenix?", rief ich, während ich den Flur hinunterlief, in der Hoffnung, dass er noch in seinem Zimmer war und nicht bereits im Bad unter der Dusche stand.

„Was gibt's?"

„Was hältst du von Steak mit Ofenkartoffeln und gebutterten Maiskolben zum Abend... o shit." Entsetzt hielt ich inne, als ich die Tür aufstieß und einen splitterfasernackten Phoenix im Türrahmen des Badezimmers entdeckte. Herrgott, wieso hatte er denn geantwortet, wenn er nackt war? Wäre ein *Warte kurz* oder *Moment, ich bin nackt* nicht die bessere Antwort gewesen? „Ähm, ich meinte, essen. Also später, nicht jetzt und nicht das." Angesichts seines Penis, von dem es mir schwerfiel, den Blick zu lösen, brachte ich keinen vollständigen Satz mehr zusammen.

O verdammt, wurde Phoenix etwa gerade hart?

„Klingt gut", raunte er.

„Super, na dann, frohes Duschen." Hastig wandte ich mich ab und stürmte die Treppe hinauf. *Frohes Duschen?* War ich jetzt vollkommen bescheuert?

Offensichtlich, aber dennoch war eine Dusche genau, was ich jetzt brauchte – diesmal allerdings kalt, eiskalt.

17

PHOENIX

Unter normalen Umständen hätte ich Liv wohl belustigt nachgesehen und ich meine ja, das hatte ich, allerdings angetörnt und den Blick auf ihren Arsch gerichtet, den die Leggings perfekt in Szene gesetzt hatte.

Scheiße, allein die Art, wie sie meinen Schwanz angestarrt hatte, hatte gereicht, um mein Blut in Wallung zu bringen, was sie ganz eindeutig gesehen hatte. Ihren Vorschlag annehmend, wandte ich mich um und trat in die Duschkabine und nein, ich machte mir nicht die Mühe, irgendeine Tür zu schließen. Entweder tat sie dort oben dasselbe und falls nicht, konnte sie gern jederzeit hereinkommen und mir hier drin Gesellschaft leisten.

Ich stellte die Brause an und genoss, während ich meinen Schaft fest umfasste, das warme Wasser auf meiner Haut. Mit geschlossenen Lidern rief ich mir die Erinnerung an heute Morgen ins Gedächtnis, mischte sie mit ihrem Blick von vorhin und ließ alles zu einem fantastischen Porno weiterlaufen, in dem Liv in nichts anderem als einem schwarzen Spitzenhöschen vor mir kniete und ihre herrlichen roten Lippen um meine Erektion legte. Bei der Vorstellung, wie sie meinen Schwanz mit ihrem Mund und ihrer Zunge verwöhnte, sie mit einer Hand meinen Schaft massierte und mit der anderen meine Eier, während ich auf sie hinabsah, ihr Haar in meiner Faust zusammengefasst, wurde ich noch härter.

Zu den Bildern in meinem Kopf bearbeitete ich meinen Penis fester, bis ich schließlich mit einem unterdrückten Stöhnen kam und gegen die Fliesen abspritzte. Keuchend stand ich unter der Brause.

Fuck. War ein Handjob mit dieser Fantasie schon der Hammer, wie würde es dann erst in echt sein?

Zwar hatte sie mir an Thanksgiving versichert, es würde nie etwas zwischen uns passieren, allerdings sprach unsere heiße Knutscherei von heute Morgen definitiv dagegen. Und ja, ich hoffte, Liv irgendwann zum Stöhnen zu bringen. Diese Frau war atemberaubend, sexy, sinnlich und die erste, die nicht einfach behauptete, mein Rockstar-Dasein würde sie nicht interessieren. Nein, es beeindruckte sie tatsächlich kein bisschen. Sie sagte mir knallhart, wenn ich mich wie ein beschissener Idiot aufführte, wann ich falschlag, aber ebenso, wenn ich ausnahmsweise mal alles richtig gemacht hatte, so wie bei unserem Pancake-Frühstück.

Nachdem ich mich eingeseift, den Schaum abgespült und das Wasser abgestellt hatte, hörte ich Geräusche aus der Küche zu mir herüberdringen. War Liv etwa schon fertig? Logisch, sie hatte vermutlich einfach nur geduscht, statt sich Erleichterung zu verschaffen. Eilig trocknete ich mich ab und zog mich an, um ihr zu helfen.

„Hey, was kann ich tun?", wollte ich wissen, noch während ich durch den Flur in die offene Wohnküche lief, in der sie inzwischen sogar den Kamin entzündet hatte.

Liv stand mit dem Rücken zu mir an der Kücheninsel. Ich sah, wie sich ihre Schultern hoben und nach einem tiefen Atemzug wieder senkten. Langsam legte sie ab, was auch immer sie in der Hand hielt, und drehte sich zu mir um.

„Es tut mir leid. Dich anzustarren, oder vielmehr ihn ..." Sie deutete vage in Richtung meines Schwanzes. „... war nicht in Ordnung. Meine beste Entschuldigung ist, ich war überrascht und, nun ja, *er* nicht zu übersehen."

„Was ist, wenn ich dir sage, dass es mich nicht gestört hat?"

Liv prustete los. „O ja, das konnte ich sehen." Sie richtete sich auf. „Okay, abgehakt, lass uns kochen, einverstanden?"

„Vorerst", stimmte ich zu und begann, Kräuterbutter anzurühren.

„Dieser Mann, der heute da war ...", begann sie nach einer Weile.

„Harley. Er war damals unser Manager und ist nun der Boss des Labels", beantwortete ich ihre Frage, ehe sie sie stellen konnte.

„Er kam wegen des Konzerts, oder?"

„Ja, wie du richtig vermutet hast, sind alle hier und offenbar bereit, Moms Wunsch umzusetzen." Ich lachte trocken auf. „Nur ihr Sohn stellt sich quer, ganz schön beschissen, was?"

„Nein, das finde ich gar nicht." Liv schüttelte den Kopf, fuhr jedoch damit fort, Kartoffeln in Alufolie einzuwickeln. „Owen war nicht einfach nur ein Freund und Bandkollege, er war dein Bruder. Du kanntest ihn dein Leben lang, da ist es doch verständlich, dass es für dich schwerer ist als für die anderen."

„Aber zugleich sollte es genau deshalb doch viel einfacher sein", wandte ich ein. „Sollte ich nicht die Chance ergreifen, ihm das Denkmal zu setzen, das er verdient hat?"

„Sag du es mir." Sie hielt inne und sah mich an. Ihr Ausdruck war sanft, aber auch herausfordernd. „Was hält dich zurück?"

„Schuld", gab ich zu und senkte den Kopf, da ich es nicht schaffte, ihrem Blick standzuhalten.

„Schuld? Denkst du wirklich, du bist für Owens Tod verantwortlich?" Ich hörte die Verwunderung in ihrer Stimme und spürte gleich darauf, wie sie ihre Hand auf meine legte. „Dass Owen nicht mehr unter uns ist, ist mit Sicherheit deutlich komplexer, als wir annehmen. Es ist die Vielzahl kleiner, womöglich sogar unscheinbarer Entscheidungen und Ereignisse, die am Ende zu einem Ergebnis führten, mit dem keiner je gerechnet hat – und ich bin sicher, auch Owen nicht. Was ich jedoch mit Sicherheit weiß, ist, er hat dich geliebt, ebenso die Musik und diese Stadt."

„Was macht dich da so sicher?", fragte ich, wagte es jedoch nicht, aufzusehen.

„Owen hat stets mit solcher Wärme von dir gesprochen, davon, wie ihr als Kinder bis spät in die Nacht über eure Walkie-Talkies gesprochen habt oder wie ihr euch mit Leidenschaft um das letzte Stück Apfelkuchen gestritten habt. Was ich im Übrigen absolut verstehen kann, denn der Kuchen deiner Mom schmeckt einfach himmlisch."

„Wie kommt es, dass er nie von dir gesprochen hat?" Ich meine, wir hatten uns doch immer alles erzählt. Bitterkeit breitete sich in mir aus. Fast alles.

„Gab es in deinem Leben nicht auch Dinge, Erlebnisse, Erfahrungen, Menschen, die du für dich behalten hast? Etwas, das du nicht bereit warst, mit anderen zu teilen? Nicht einmal mit deinem Bruder? Hat nicht jeder von uns das ein oder andere Geheimnis, das er hütet wie einen Schatz?"

„Keine Ahnung, vermutlich."

Hätte ich ihm von Liv erzählt? Davon, was es mit mir machte, dass sie mir so gekonnt über den Mund fuhr. Wie unglaublich es sich anfühlte, wenn sie, so wie jetzt, meine Hand hielt, oder was es in mir auslöste, wenn sie mich aufrichtig anlächelte? Und fuck, wie es war, sie zu küssen und zu streicheln?

Vielleicht. Vielleicht hätte ich es aber auch für mich behalten und jede einzelne Sekunde genossen.

„Wie war Owen? Bei dir, meine ich? Was habt ihr miteinander unternommen?", wollte ich wissen.

Für einen Moment schien Liv zu erstarren. Ich verstand sie. Über Owen zu sprechen, war gewiss auch für sie nicht leicht.

„Owen ... Ohne ihn wäre ich nie so schnell in Keetna Creek heimisch geworden. Die Highschool ist an sich schon beschissen, bist du dann auch noch die Neue in einem doch sehr überschaubaren Städtchen, braucht es seine Zeit, bis du die richtigen Leute gefunden hast. Zu wissen, dass Owen für mich da war, wann immer ich ihn brauchte, hat mir unglaublich viel bedeutet. Und weißt du, ich habe ebenfalls niemandem von ihm erzählt, dafür war mir unsere Freundschaft zu wertvoll."

Liv drückte meine Hand, ehe sie die Kartoffeln sowie die Steaks, die sie bereits scharf angebraten hatte, in den Ofen schob und mich mit meinen Gedanken allein ließ. Ich lauschte, bis ihre Schritte verklungen waren.

Wie ein Roboter räumte ich die Küche auf, während der Duft unseres Abendessens die Luft erfüllte. Harleys Worte von heute Morgen klangen in meinem Kopf nach, ebenso Livs und plötzlich war da wieder diese Melodie in meinem Kopf. Eilig zog ich mein Handy hervor, summte sie und zeichnete sie auf.

Ich holte meinen Gitarrenkoffer aus dem Zimmer und setzte mich damit ins Wohnzimmer. Behutsam legte ich ihn auf dem Couchtisch ab und öffnete ihn. Zögerlich fuhr ich mit den Fingerspitzen über die Saiten und nahm die Gitarre schließlich heraus, um sie zu stimmen.

Erneut startete ich eine Aufnahme, summte die Melodie und begleitete mich selbst dabei auf der Gitarre. Ohne, dass ich es bewusst tat, spielten meine Finger den Song, trugen die Melodie Ton für Ton weiter. Und mit einem Mal wusste ich auch wieder, woher ich diese Tonfolge kannte. Owen hatte sie in seinen letzten Tagen immer wieder gesummt, auf der Suche nach einem eingängigen Sound. Schnell holte ich Block und Stift aus meinem Zimmer, um die Noten aufzuschreiben. Wieder und wieder spielte ich sie, während in meinem Kopf Erinnerungen an meinen Bruder durcheinandertobten, einem Wirbelsturm gleich, der erst zur Ruhe kam, als Bilder von Liv hinzukamen. An sie zu denken, gab der Melodie eine neue Wendung und vielleicht das, wonach Owen gesucht hatte. Und wieder fragte ich mich, wie mir hatte entgehen können, dass die beiden sich kannten, mehr noch, sich nahegestanden hatten, und ebenso, wieso ich nicht bemerkt hatte, was mit meinem Bruder los war.

Aus dem Augenwinkel nahm ich eine Bewegung wahr. Liv stand an der Ecke und sah mir zu. Sie sah so wunderschön aus und endlich kapierte ich, dass sie diejenige war, die mich wirklich verstand, die wusste, wie es in mir aussah. Irgendwie wurde ich das Gefühl nicht los, sie hatte bereits hinter sich, was mir noch bevorstand. Den Schmerz anzunehmen, die Trauer zuzulassen und die neue Weltordnung zu akzeptieren.

Langsam legte ich die Gitarre auf den Couchtisch, ohne dabei den Blick von ihr abzuwenden. Sie machte einen Schritt vor, verharrte dann jedoch, so als wäre sie sich nicht sicher. Ihr die Entscheidung abnehmend stand ich auf und kam ihr entgegen, schloss den Abstand zwischen uns bis auf ein paar unschuldige Zentimeter, strich ihr eine Strähne hinters Ohr und ließ meine Hand in ihrem Nacken ruhen, wo ich mit den Fingerspitzen sanfte Kreise zog. Zufrieden stellte ich fest, wie sich Livs Pupillen weiteten und sie sich unbewusst über die Lippen leckte.

„Sag nein …"

„Das kann ich nicht."

„Liv, wenn du ..."

„Ich kann nicht Nein sagen", wiederholte sie und legte ihre Lippen auf meine.

Wollte sie das denn?

Ich wusste, ich sollte der Frage nachgehen, aber scheiße, als sie sich an mich drängte, ihre Finger unter mein Shirt schob und in meine Seiten krallte, verpuffte der Gedanke. *Später*, nahm ich mir vor, *später würde ich darauf zurückkommen*. In einer fließenden Bewegung zog ich mir Hoodie samt Shirt aus, um zu genießen, wie ihre Brüste, lediglich getrennt durch den Stoff ihres Oberteils, an meiner Brust rieben. Uns leidenschaftlich küssend stolperten wir zum Sofa, wo ich Liv unter mir begrub. Als hätte sich damit etwas geändert, wurde unser Tempo langsamer, jedoch nicht minder intensiv. Ich lag zwischen ihren Schenkeln, spürte ihre heiße Mitte, dennoch küsste ich sie weiter, knabberte an ihrer Unterlippe und stöhnte unterdrückt auf, als sie mich hereinließ und unsere Zungen sich berührten.

18
LIV

Wie konnte ich zu Phoenix Nein sagen, nachdem er mir gezeigt hatte, dass mehr hinter seinem Macho-Arsch-Getue steckte, das er der Welt so gern zeigte? Wie hätte ich Nein sagen sollen zu der aufrichtigen Zuneigung, die ich in seinen Augen hatte lesen können?

Gar nicht.

Ich fuhr mit beiden Händen in sein Haar, kratzte sanft über seine Kopfhaut und genoss, wie er daraufhin unseren Kuss intensivierte. Phoenix schob eine Hand unter mein Shirt, und kaum spürte ich, wie er zärtlich über meine Haut strich, dabei den Stoff mitnahm und meine Brüste freilegte, fegte ein erregender Schauer über mich hinweg.

Er umfasste die rechte Brust und leckte über den Nippel der linken. Stöhnend bäumte ich mich unter ihm auf, drängte mich ihm entgegen. Scheiße, ich war bereits seit heute Morgen dermaßen angetörnt, dabei hatte ich gedacht, das hätte sich inzwischen gelegt, aber nein, nichts da. Ein Blick aus seinen blauen Augen, und ich war verloren.

Und ja, ich wollte ihn, begehrte ihn und vielleicht auch mehr.

Schnell schüttelte ich den Gedanken ab und konzentrierte mich auf Phoenix und darauf, wie er meine Brüste verwöhnte. Hastig zog ich mir das Oberteil aus, löste den Zopfgummi aus meinen Haaren und wimmerte, als er mit breit gespreizten Fingern an meinem Oberschenkel entlangfuhr, allerdings, ohne auch nur ansatzweise in die Nähe meiner Pussy zu kommen. Als ich einen frustrierten Laut von mir gab, lachte er leise.

Phoenix küsste sich an meinem Bauch entlang nach unten, hakte zugleich seine Finger in den Bund meiner Leggings und zog sie mir aus. Das schwarze Spitzenhöschen ließ er jedoch, wo es war.

„Du bist so wunderschön", murmelte er und küsste meinen Venushügel. Durch den dünnen Stoff spürte ich seine Lippen, als lägen sie direkt auf meiner Haut. „Soll ich dir verraten, woran ich gedacht habe, als ich vorhin unter der Dusche stand und es mir selbst besorgt habe?"

„Du hast ...? Nachdem ich weg war?", stammelte ich überrascht.

„Verdammt, ja." Neckend strich er mit den Fingern über meine geöffnete Mitte, die Fingerspitzen an meiner Klit, und als er ein wenig Druck ausübte und damit ein Stück in mich eindrang, schnappte ich hektisch nach Luft.

„Erzähl es mir, vielleicht können wir deine Fantasie wahr werden lassen."

„Das hoffe ich, Liv, denn ich kriege diese Bilder einfach nicht aus dem Kopf." Weiter über meine Mitte reibend und dabei den Steg meines Slips in mir versenkend, sah er mich an, hielt mich mit seinem Blick fest. „Du hast nicht mehr angehabt als jetzt, als du vor mir gekniet und deine Lippen um meinen Schwanz geschlossen hast."

„Wo waren wir?", krächzte ich, da die Vorstellung, die er mit mir teilte, absolut erregend war.

„Genau dort, wo wir uns heute Morgen geküsst haben." Phoenix hörte nicht auf, mich zu streicheln, und ich war sicher, mein Höschen war bereits nass.

„Lass es uns tun, und vielleicht kannst du mir danach helfen, eine meiner Fantasien zum Leben zu erwecken", wisperte ich und richtete mich auf.

Ich nahm seine Hand, zog ihn hinter mir her und legte ihm beide Hände auf die Brust, um ihn gegen die Wand zu drücken. Genüsslich erkundete ich seinen Oberkörper, strich über die Muskeln, die weiche und zugleich feste Haut, leckte über seine Brustwarzen und knabberte daran. Meine Fingerspitzen tanzten neckend am Bund seiner Jogginghose entlang und weiter runter, wo ich seinen Halbsteifen durch den Stoff umfasste.

„Fuck, Liv."

„Später", versprach ich und sank auf die Knie.

Ich küsste mich an seinem Bauch nach unten, tauchte mit der Zunge in seinen Nabel ein und schob ihm endlich die Hose samt Boxer Briefs über den Hintern. Mit einer Hand umfasste ich seinen Schaft, massierte ihn langsam und nahm behutsam eins seiner Eier zwischen die Lippen, saugte daran und umwirbelte es mit meiner Zunge.

Nachdem ich auch die andere Seite verwöhnt hatte, küsste ich mich an seinem Penis nach oben, strich mit meinem Daumen über die empfindliche Spitze und nahm ihn schließlich in den Mund. Als ich seine Eichel mit meiner Zunge und ein klein wenig mit den Zähnen liebkoste, stöhnte Phoenix auf und griff mit beiden Händen fest in mein Haar. Er fasste meine Mähne in einer Hand zusammen und schob mich sanft tiefer auf seinen Schwanz. Ich überließ ihm gern die Kontrolle, immerhin war ich es, die die Art des Verwöhnprogramms bestimmte, daher hatte ich auch kein Problem damit, wollte er sich ebenfalls beteiligen. Eine Hand um seine Hoden schließend, entließ ich ihn aus meinem Mund, presste meine Zunge auf die lange Ader unterhalb seines Schafts und leckte an ihr entlang, kratzte immer wieder vorsichtig mit den Zähnen über seine Länge, nur um sie mir schließlich zwischen die Lippen zu schieben. Bei jeder Vorwärts-Bewegung höhlte ich meinen Mund mehr aus, ließ ich ihn weiter hinein, und als er an meiner Kehle anstieß, stöhnte nicht bloß er auf.

Zwischen meinen Schenkeln prickelte es. Ich war sicher, hätte ich kein Höschen an, würde meine Erregung auf den Boden tropfen. Phoenix ruckte nach vorn, ich wusste, er war beinahe so weit, ich sah zu ihm auf, unsere Blicke verhakten sich ineinander. Zu sehen, wie sein Traum tatsächlich dabei war, sich zu erfüllen, schien etwas in ihm auszulösen.

„Hör auf", knurrte er und zog sich zugleich aus mir zurück.

Mir mit einer Hand aufhelfend, drehte er uns um und

presste mich mit seinem Körper gegen die Wand. Phoenix küsste mich hart und voller Hunger. Er verschränkte unsere Hände miteinander, führte eine zwischen uns und weiter zu meiner Pussy.

„Spiel mit dir, bis ich ein Kondom geholt habe", verlangte er so dunkel, dass es die Lust in meinem Inneren anfeuerte wie nichts je zuvor.

Er ließ mich los, zog mir den Slip bis zu den Knöcheln und sah zu, wie ich seiner Aufforderung nachkam. Erst dann zog er seine Hose samt Boxer Briefs aus, die sich noch um seine Knöchel bauschten, und eilte in sein Zimmer. Gleich darauf war er wieder da. Der Hektik war Berechnung gewichen. Wie ein Raubtier kam er mit kalkulierten Schritten auf mich zu, die Blisterpackung in der Hand, und ohne den Blick von der Stelle abzuwenden, an der ich mit meinen Fingern meinen Kitzler rieb.

„Phoenix, bitte", flehte ich, da ich es kaum noch aushielt.

Ohne zu zögern, riss er die Packung auf, rollte sich das Kondom über und schloss den Abstand zwischen uns. Er hob meinen Schenkel an, positionierte sich an meinem Eingang und war mit einem Stoß in mir.

„Verdammt, Liv, deine Pussy ist der Himmel."

Ich fand keine Worte, um auf sein Kompliment zu reagieren, war ich doch schon froh, dass ich noch in der Lage war, meine Lunge mit Sauerstoff zu füllen. Sein Schwanz dehnte mich, füllte mich aus – es war perfekt.

„Halt dich fest", verlangte er.

Schnell legte ich meine Arme um seinen Nacken, da hatte er mich auch schon hochgehoben.

„Du hast die Wahl", knurrte er zwischen zusammengepressten Kiefern. „Langsam und zärtlich oder hart und schnell."

„Hart, ich habe keine Geduld für ..." *O Gott, ja.*

Phoenix zog sich fast vollständig aus mir zurück, nur um gleich darauf wieder in mich einzudringen. Jedes Mal rieb sein Schambein dabei über meine Klit, die dank meiner weit geöffneten Schenkel frei zugänglich war. Mit jedem Stoß bewegte er sich schneller, pinnte mich förmlich gegen die Wand, und ich liebte jede Sekunde davon. Mir gefiel es, wie er mich nahm, mich nicht wie ein zartes Pflänzchen behandelte, und endlich, endlich spürte ich das vertraute Prickeln, das ich seit heute Morgen so verzweifelt herbeigesehnt hatte. Diesmal war ich mir sicher, dass es nicht aus der Ferne winkend vorbeiziehen, sondern in voller Fahrt auf mich zukommen würde.

Ich krallte meine Fingernägel in Phoenix' Rücken, hielt ihn so dicht wie möglich bei mir.

„Komm auf meinem Schwanz, süße Liv." Er schob eine Hand zwischen uns, ohne unseren Rhythmus zu unterbrechen, presste er seinen Handballen gegen meinen unteren Bauch und seinen Daumen auf meinen Kitzler. „Jetzt."

„O ... mein Gott!" Das war zu viel. Meine Nerven versagten, explodierten, hissten die weiße Fahne und gaben auf.

Und ich? Ich wusste kaum noch, wo oben und unten war. Phoenix hörte nicht auf, ganz im Gegenteil, er fing an, meine Klit zu necken, sie zu massieren, und stieß dabei weiter in mich. „Phoenix, ich ... das ..."

„Du schaffst das, ich schulde dir einen zweiten dafür,

dass ich es versäumt habe, deine wundervolle Pussy zu lecken, aber ich verspreche, ich hole das nach", raunte er.

Überwältigt von den Empfindungen, die er in mir auslöste, der Lust, und überrascht von seiner Tonlage, öffnete ich flatternd die Lider, nur um seinem verlangenden Blick zu begegnen.

Phoenix schlang seinen Arm um mich, hielt mich fester, nahm mich tiefer. Ich kam erneut oder weiterhin, aber anders, keine Ahnung, meine Gehirnzellen verflüchtigten sich, und zugleich war es mir nicht möglich, auch nur für eine Sekunde die Verbindung zwischen uns zu lösen.

Ich wisperte seinen Namen und spürte, wie er in derselben Sekunde erstarrte, ebenfalls kam und sich in heißen Schüben in das Kondom entlud.

Heftig nach Luft ringend, vergrub Phoenix sein Gesicht an meinem Hals. Dass er mich weiterhin fest in seinen Armen hielt und wir gemeinsam die Nachbeben unserer Höhepunkte veratmeten, während wir noch immer miteinander verbunden waren, löste überraschenderweise kleine Glücksgefühle in mir aus. Dabei sollte das doch lediglich Sex sein.

Wieso nur konnte ich es dann nicht als das betrachten, was es war?

Nach einer Weile hob Phoenix seinen Kopf und legte eine Hand an meine Wange. „Es tut mir leid, so sollte das nicht laufen", entschuldigte er sich. Seine Aufrichtigkeit klang nicht nur in seiner Stimme mit, ich konnte sie auch in seiner Miene lesen.

„Nicht doch. Wir wollten das, oder anders ausgedrückt,

wir hatten es offenbar beide dringend nötig." Im Grunde war es sogar gut so, ich meine, das war definitiv eine einmalige Angelegenheit, ausgerichtet auf Lusterfüllung, da wäre es komisch gewesen, ihn darum zu bitten, mich in meinem Zimmer unterm Sternenhimmel zu vögeln. Denn davon träumte ich, seit ich dieses Haus gekauft hatte. Da ich jedoch nie einen Mann mit hierher nahm, war es bisher auch nicht dazu gekommen.

Nun, keinen bis auf Phoenix.

19

PHOENIX

„Ich muss das Kondom entsorgen", sagte ich, nur um was zu sagen. Irgendetwas war hier eben passiert, allerdings war mir schleierhaft, was.

Behutsam ließ ich sie herunter und zog mich zugleich aus ihr zurück. Sofort vermisste ich das Gefühl, in ihr zu sein, und ebenso, sie in meinen Armen zu halten. Was machte diese Frau nur mit mir? Das hier durfte auf jeden Fall nicht das letzte Mal gewesen sein, in dem ich ihr so nahe sein durfte – und das nicht bloß, weil der Sex einfach unvergleichlich gewesen war.

Schnell lief ich in mein Zimmer und weiter ins Bad, um den Gummi wegzuwerfen und mich kurz zu waschen. Als ich zurückkam, war Liv bereits angezogen, hatte ihre Haare zu einem seitlichen Zopf geflochten und einen Topf Milch auf den Herd gestellt.

„Wenn du einen Schlummertrunk brauchst, habe ich

meinen Job offenbar nicht gut genug erledigt", brummte ich.

„Das ist es nicht." Sie schüttelte leicht den Kopf. „Es ist die Jahreszeit und ebenso das Wetter. Da habe ich es gern gemütlich."

„Liv?" Vielleicht war das nicht der richtige Zeitpunkt, aber die Frage drängte sich mir förmlich auf. „Wirst du Weihnachten mit deinen Eltern verbringen oder mit meinen?"

Sie sah mich nicht gleich an. Mehrere Minuten vergingen, in denen sie sich nicht bewegte, sie wirkte wie erstarrt. Schließlich streckte sie die Hand aus und drehte die Herdplatte ab.

Als sie mich ansah, war es wie ein Schlag ins Gesicht. „Ich besuche sie jedes Jahr zu Weihnachten, spreche mit ihnen, sage ihnen, wie sehr sie mir fehlen und wie sehr ich mir wünschte, sie wären hier. Dann lege ich einen Strauß Blumen auf ihrem Grabstein ab und fahre nach Hause. Daphne und Lloyd laden mich jedes Jahr zu sich ein, doch ich kann nicht. Ich ... Es geht einfach nicht." Tränen rannen in Strömen über ihre Wangen.

„Liv, ich ..."

„Nein, bitte nicht. Über sie sprechen, das kann ich einfach nicht." Sie schüttelte den Kopf. „Gute Nacht, Phoenix."

Ihre Bewegungen waren beinahe mechanisch, als sie an mir vorbei und den Flur hinunterlief.

Vollkommen überwältigt blieb ich, wo ich war. Was immer ich vermutet hatte, *das* war es nicht gewesen. Livs

Eltern waren tot? Beide? Angestrengt rieb ich mir mit den Händen über das Gesicht. Verdammt, was war ich nur für ein unsensibles Arschloch. Wieso hatte mir das niemand gesagt? Weshalb hatte ich nicht ... keine Ahnung, irgendwas getan?

Zum Beispiel mitgedacht, anstatt mich nur um meinen eigenen Schmerz zu kümmern? Aus einem Impuls heraus holte ich mein Handy vom Couchtisch und googelte ihren Namen.

O nein, Liv war die Tochter von State Trooper Carson. Warum nur war mir der Gedanke nicht bereits vorher gekommen? Nicht, dass ich je etwas mit ihm zu tun gehabt hätte, aber der Name war mir durchaus ein Begriff. Verdammt, vielleicht hätte ich sowohl als Jugendlicher als auch heute weniger ignorant sein und mich dafür mehr für die Menschen um mich herum interessieren sollen.

Eilig rief ich einen Artikel auf und las von dem Unfall, bei dem sie gestorben waren. Vor beinahe drei Jahren.

Moment, vor drei Jahren? Sie waren im selben Jahr gestorben wie Owen? Im selben Monat? Natürlich war mir damals das frische Grab neben Owens aufgefallen, allerdings hatte da noch kein Grabstein gestanden und ich hatte zu sehr mit Owens Verlust zu kämpfen gehabt, als dass ich mich gefragt hätte, wer dort wohl lag.

Es war kein Wunder, dass Mom, Dad und Liv sich so nahestanden, und ich hatte ... Gott, was hatte ich bloß angerichtet?

Geschockt ließ ich das Telefon sinken.

All die Zeit über hatte ich gedacht, der Schmerz, den

ich und auch Mom und Dad zu ertragen hatten, seit Owen gestorben war, wäre das Schlimmste, was ein Mensch gezwungen war zu ertragen. Doch ich hatte mich geirrt. Mal wieder. Livs Verlust war unbeschreiblich grausam. Nein, ich wollte das nicht miteinander vergleichen, doch ich hatte immerhin noch meine Eltern, sie dagegen niemanden mehr. Keine Geschwister und offenbar auch keine weitere Familie hier in Keetna Creek, vielleicht gar keine mehr.

Ich legte mein Telefon auf der Kücheninsel ab und lief die Treppe rauf.

„Liv?" Behutsam klopfte ich an ihre Tür und öffnete sie, als ich erstickte Laute zu mir herausdringen hörte.

Sie hatte sich auf ihrem Bett zusammengerollt und schluchzte in ihr Kissen. Vermutlich hatte sie versucht, die Geräusche zu dämpfen, damit ich nicht hörte, wie sie weinte.

„Es tut mir so unglaublich leid, Liv, und auch, dass ich es nicht eher kapiert habe", murmelte ich. Ich drückte die Zimmertür zu, legte mich zu ihr und schloss von hinten meine Arme um sie.

„Du solltest gar nicht hier sein", schniefte sie.

„Schon klar, aber sieh es doch mal so: So schlecht bin ich als Mitbewohner inzwischen doch gar nicht, oder?" Bei der Erinnerung daran, wie sich unser Zusammenleben anfangs gestaltet hatte, musste ich grinsen. Automatisch umarmte ich sie fester.

„Bisher habe ich noch nie einen Mann mit hierhergenommen", kam es leise von ihr. Ich hörte die Worte, die sie nicht ausspracht, und nun verstand ich auch, weshalb sie seinerzeit so ausgetickt war.

„Das hier ist deine Festung, habe ich Recht? Hier ist dein Safe Space und ich bin, ohne zu fragen, in ihn eingedrungen. Mann, wenn es irgendwo ein Fettnäpfchen gibt, das dich betrifft, kannst du dir ziemlich sicher sein, dass ich mit vollem Anlauf hineinspringe."

Liv gab einen Ton von sich, der wohl eine Mischung aus Schluchzen und Lachen war. Zumindest vermutete ich das, obwohl sich mir ebenso der Verdacht aufdrängte, in meinen Armen hätte für einen Moment ein prustendes Rhinozeros gelegen.

Erleichtert stellte ich irgendwann fest, dass ihre Schultern weniger bebten und ihre Atemzüge gleichmäßiger wurden.

„Danke", wisperte sie.

„Du bist ein wundervoller Mensch, Liv. Dein Verlust tut mir so unendlich leid", murmelte ich in ihr Haar.

„Nicht, bitte ... ich spreche nicht gern über sie, ich schaffe keine einzige Unterhaltung, ohne zu weinen und immer, wenn ich denke, ich müsste bereits ausgetrocknet sein, findet sich doch noch eine Ladung Salzwasser." Liv versuchte sich an einem Scherz, doch ich hörte den tiefen Schmerz in ihrer Stimme und erkannte ihn auch daran, wie sehr sich ihr Körper bei jedem Wort verkrampfte.

„Ist gut, wir müssen nicht reden."

„Könntest du ... Würde es dir etwas ausmachen, noch eine Weile zu bleiben und mich zu halten?", bat sie.

„Ich bleibe, solange du mich bei dir haben willst", versprach ich.

Bei meinen Worten wich sämtliche Anspannung aus ihrem Körper. Erleichtert und erschöpft sank sie tiefer in meine Umarmung. Während ich ihren Atemzügen lauschte, fragte ich mich, wieso sich mein Versprechen so gewichtig anfühlte, so als hätte ich damit mehr ausgedrückt, als mir selbst bewusst war.

20

LIV

Routiniert führte ich die Schritte durch, die nötig waren, um einen Ölwechsel an diesem Kundenfahrzeug vorzunehmen. Würde mich jemand fragen, ich könnte ehrlich nicht sagen, was ich in den vergangenen Stunden getan hatte. Seit neulich Nacht war ich nicht mehr ich selbst. Das war an sich nichts Neues um diese Jahreszeit und dem mit jedem Tag näher rückenden Todestag. Was dagegen neu war, war die Tatsache, dass ein Mann meine Gedanken beherrschte, und ich wusste ehrlich nicht, was ich davon halten sollte.

Phoenix war ruhiger, in sich gekehrter, seit die Proben für das Weihnachtskonzert begonnen hatten. Ich ließ ihn weitestgehend in Ruhe. Er hatte sich um mich gekümmert, als ich ihn brauchte, und sollte er mit mir darüber sprechen wollen, was ihn beschäftigte, würde ich für ihn da sein.

Von explosiv über leidenschaftlich waren wir in einen

entspannten WG-Modus gefallen, in dem Sex leider kein Thema mehr war. Vielleicht war das ganz gut so.

Wozu soll das bitte gut sein?

War ja klar, dass meine Pussy direkt Einspruch erhob und meine Brüste mich mit einem eindeutigen Kribbeln daran erinnerten, dass auch sie sich danach sehnten, Phoenix' Hände und Mund wieder auf sich zu spüren.

Frustriert seufzte ich auf.

„Liv? Ist alles in Ordnung?"

Überrascht fuhr ich herum und sah Mrs. Plummer in der Werkstatt stehen.

„Mrs. Plummer? Stimmt etwas mit ihrem Wagen nicht?"

Sie winkte ab. „Oh, nein, dem geht es gut. Deine Leute haben wie immer hervorragende Arbeit geleistet."

„Okay, also, was kann ich für Sie tun?"

„Ich dachte, wieso sprechen wir nicht vorab durch, was ich für das Frühjahr plane, und du sagst mir, ob ich damit an der Straßenverkehrsordnung vorbeikomme?", schlug sie vor.

„Lassen Sie uns in den Pausenraum gehen, da können wir uns in Ruhe unterhalten und Kaffee gibt es auch", bat ich und dirigierte sie dorthin.

Mrs. Plummer nahm am Tisch Platz.

„Entschuldigen Sie bitte die Frage, Mrs. Plummer, aber wieso haben Sie das nicht schon früher gemacht? Ich meine, damit hätten Sie sich all den Ärger mit den State Troopern erspart." Verwundert stellte ich unsere Kaffeetassen auf der Tischplatte ab.

„Nun ja, bis vor ein paar Wochen hatte ich, so, wie

vermutlich die meisten in Keetna Creek, noch gehofft, Jason und du würdet vielleicht irgendwann doch noch mehr werden als bloß Freunde. Aber da nun ein anderer junger Mann das Rennen um das Herz meiner Lieblingschefmechanikerin macht, kann ich mir diesen Aufwand ab sofort tatsächlich sparen." Verschwörerisch lehnte sie sich vor und lächelte verschmitzt. „Und nur mal so unter uns, für die Brühe, die sie einem im Department als Kaffee anbieten, braucht es eigentlich eine Gefahrenzulage."

Sprachlos starrte ich die ältere Dame an.

„Das war alles Absicht?", stieß ich schließlich aus, da ich es einfach nicht fassen konnte.

„Na, sicher doch. Ich meine, sexy ist er und ein guter Kerl bestimmt auch, ich schätze, er hat sich einfach den falschen Job ausgesucht. Aber keine Sorge, ich bin sicher, auch auf Trooper Graham wartet dort draußen der richtige Deckel." Sie machte eine wegwerfende Handbewegung und schlürfte dann einen großen Schluck aus ihrer Tasse. „Also, das nenne ich mal einen Kaffee."

„Clive ist unser Barista, das Lob gebührt allein ihm. Er sagt, seine Frau hat ihn all die Jahre so zubereitet."

„Der arme Mann. Vielleicht sollte ich ihn die Tage zum Essen einladen, damit er abends mal aus dem Haus kommt", überlegte sie.

„Ähm, klar, wieso nicht? Wollen wir dann erst ihre Pläne für das Frühjahr durchsprechen? Ich gehe davon aus, wir sehen uns kurz nach dem Jahreswechsel für die Umlackierung?"

„Exactamundo."

Sie prostete mir mit ihrer Kaffeetasse zu und exte den

Becher, ohne mit der Wimper zu zucken. Anschließend stand sie auf und schlenderte nach draußen. Ich dagegen blieb, wo ich war, und sah ihr verdattert nach.

Moment, wir haben doch noch gar nicht über ihre Pläne gesprochen! Bei diesem Gedanken schoss ich von meinem Stuhl hoch, um ihr nachzugehen, ließ mich dann jedoch wieder auf meinen Platz sinken. Wer sagte denn, dass sie heute mit mir darüber hatte reden wollen? Womöglich hatte sie lediglich vorgehabt, anzukündigen, dass wir im neuen Jahr gemeinsam ihre Pläne durchgehen würden.

Und dann noch ihre Worte über Phoenix und Jason?

Gott, ich brauchte dringend einen Mädelsabend mit meiner Freundin Remi.

Eilig zog ich mein Handy aus der Hosentasche und schrieb ihr eine Nachricht, um sie zu fragen, ob wir uns am Abend im *Keetna Inn* auf ein Bier treffen wollten. Ihre Antwort folgte prompt und ließ mich direkt lächeln.

Hell yesssssss.

21

PHOENIX

Die Proben hatten inzwischen begonnen, denn ja natürlich hatte ich letztlich zugestimmt, wie konnte ich auch nicht? Allerdings konnte ich nicht sagen, dass sie sonderlich gut liefen. Klar, jeder gab sein Bestes für Owen, aber es war nicht gerade leicht. Man konnte nach all der Zeit und allem, was geschehen war, nicht einfach weitermachen wie zuvor.

Der Bassist, den Harley angeschleppt hatte, war gut, aber er war eben nicht Owen. Allein Gibson anzusehen, löste in mir eine ureigene Wut aus, die den Schmerz auf einem konstant hohen Level hielt, und obwohl ich mich bemühte, das auszublenden, gelang es mir nicht sonderlich gut, wie ich vor mir selbst zugeben musste. Jedes Mal, wenn ich befürchtete, mich darin zu verlieren, schob sich Livs Bild vor mein inneres Auge und besänftigte mich. Mehr noch, es löste Schuldgefühle in mir aus, ebenso Bewunderung. Ja, ich bewunderte diese anmutige, starke

Frau, die jeden Tag aufstand, ihr Bestes gab, den Menschen um sich herum mit einem Lächeln den Tag versüßte und nicht daran zerbrach, hier zu wohnen, wo sie alles an ihre Eltern und ihre Jugend erinnerte.

Ich riss mich zusammen. Heute war, wie von Harley angekündigt, die Presse bei den Proben vertreten, die uns aus Argusaugen beobachtete. Mir war klar, er wollte damit die Publicity vorantreiben, und im Sinne der Stiftung war ich dankbar dafür, dass er sich so dahinterklemmte.

„Danke, Leute, das war's für heute", verkündete Harley, nachdem der letzte Ton verklungen war und die Medienvertreter höflich applaudierten. Virginia, Harleys Assistentin, begleitete sie hinaus und schloss die Tür hinter sich.

„Puh, ich muss sagen, nach all den Jahren fühlt sich vor der Presse zu spielen beinahe wie ein Vorspiel an, allerdings nicht das, bei dem hinterher alle nackt sind und lustvoll stöhnen", brummte Carver und schüttelte den Kopf.

„Seit wann stehst du auf Orgien?", wollte ich betont unschuldig wissen. „Ich dachte, du bist eher der *One at a time*-Typ."

„Leck mich", moserte er, dabei huschte sein Blick zu Aimee, die als einzige Journalistin hatte bleiben dürfen. Immerhin war Gibson ihr Bruder und genau das war der Grund dafür, dass Carver nicht offen mit ihr flirtete, wo er sie doch all die Jahre nie hatte vergessen können. Dass die beiden mal etwas miteinander gehabt hatten und sich quasi von Beginn an jeder verfickte Song um sie drehte, war eine Tatsache, die Gibson vollkommen unbekannt war. Dabei hätte ihm schon allein bei der Wahl unseres

Bandnamens *Falling from Grace* ein Licht aufgehen müssen, immerhin war Grace Aimees zweiter Vorname.

„Nein, danke, ich stehe nicht so auf haarige Ärsche", konterte ich.

„Na, das wird doch langsam", hörte ich Aimee angesichts unseres Gefrotzels murmeln, während sie aufstand und ihren Mantel anzog. Mir war klar, sie bezog sich auf unsere Differenzen innerhalb der Band. Ich wollte bereits erwidern, dass es nicht Carver war, mit dem ich ein Problem hatte, doch ich beließ es dabei.

Auch die anderen schlüpften in ihre Jacken und verließen nach und nach den Raum. Ich dagegen blieb hinter den Drums sitzen.

„Du bleibst noch?", fragte Harley, der mit der Klinke in der Hand im Türrahmen stand.

„Ja."

Mehr brauchte es nicht. An Harleys Miene erkannte ich, er verstand mich auch so.

Sobald er die Tür hinter sich geschlossen hatte, atmete ich einmal tief durch. Zu proben, ohne dass Owen dabei war, war hart und doch fühlte sich hier zu sein, unsere alten Songs, aber auch neue einzustudieren, an wie früher, als wir voller Eifer und in Erwartung einer steilen Karriere im Musikbusiness zusammen geprobt hatten. Mitunter stundenlang, wieder und wieder die einzelnen Stücke durchgehend, bis auch der letzte Ton saß, der Sound fetzte und niemand mehr seinen Einsatz verpatzte.

Ohne weiter darüber nachzudenken, schlug ich die Sticks gegeneinander und spielte einfach drauflos, wechselte zwischen den Songs, ließ mich von meinem Inneren leiten. Zum ersten Mal seit einer gefühlten Ewigkeit gelang es mir, die Erinnerungen an Owen anzunehmen, sie zu durchleben, statt dem Drang nachzugeben, sie eilig beiseitezuwischen, weil es dann weniger weh tat. Sein Verlust würde immer schmerzen, aber wenn Mom und Dad einen Weg gefunden hatten, damit umzugehen, und mehr noch, die Erinnerungen bewusst herbeizuführen, dann sollte ich das wohl ebenso.

Mit einem aggressiven und zugleich befreienden Solo beendete ich meine Session und stand auf. Im Laufen schob ich die Sticks in die hintere Hosentasche meiner Jeans, nahm meine Jacke, die ich vorhin einfach auf den kleinen Beistelltisch geworfen hatte, und verließ den Probenraum. Wie Harley vorausgesagt hatte, machte es trotz allem Spaß, wieder hinter den Drums zu sitzen, wenn es auch nicht meine waren, und Musik zu machen. Verdammter besserwisserischer Mistkerl.

Da ich noch bei Mom vorbeischauen wollte, ehe ich nach Hause ging, lief ich die Treppe hinauf, die zur Verwaltung führte. Plötzlich horchte ich auf. Den Song, den gerade jemand an den Drums spielte, kannte ich. Ich hielt inne und lauschte, denn ich wusste, gleich kam die schwierigste Stelle des Stücks.

„Autsch, das tut selbst beim Zuhören weh", murmelte Harley, der mit einem Mal neben mir aufgetaucht war, als die Person es vergeigte.

„Wo kommst du denn auf einmal her?", brummte ich, musste ihm allerdings zustimmen.

Der Klang verstummte, stattdessen meinte ich einen unterdrückten Fluch zu hören.

„Von deiner Mom, es gibt da noch das ein oder andere bezüglich des Konzerts zu besprechen."

„Aber die Einnahmen gehen allesamt an die Stiftung", versicherte ich mich alarmiert.

Harley warf mir einen unbestimmten Blick zu. „Die Antwort darauf kennst du."

Ja, das tat ich. Dennoch war es nicht leicht, das jahrelang gehegte und gepflegte Misstrauen anderen gegenüber wieder abzulegen. Zwar hatte Harley nie zu dem Kreis derjenigen gehört, aber irgendwie fiel es mir manchmal weiterhin schwer, keine voreiligen Schlüsse zu ziehen.

„Sorry, ich weiß." Es war unfair, Harley mit diesem Schlag Mensch in einen Topf zu werfen, das hatte er nicht verdient. Frustriert rieb ich mir mit beiden Händen über das Gesicht. „Manche Gewohnheit ist nicht so leicht abzulegen und du kannst dir nicht vorstellen, was sich die Leute mitunter haben einfallen lassen, um an Informationen über Owen heranzukommen und ebenso, um mich ausfindig zu machen. Zumal ich es gerade anfangs selten lange an einem Ort ausgehalten habe."

„Ich kann es mir vorstellen, aber Keetna Creek ist dein Zuhause und du hast nicht nur deine Eltern um dich, sondern auch die Menschen, die du bereits vor langer Zeit zu deiner zweiten Familie bestimmt hast. Niemand erwartet, dass Gibson und du alles über Nacht klärt, solange ihr beide an eurer Bereitschaft arbeitet, es eines Tages zu tun, nicht zuletzt für Owen. Ich liege sicherlich nicht falsch, wenn ich sage, manchmal hilft es, sich zu fragen: *Was würde Owen tun? Wie würde er mit dieser oder jener Situation umgehen?*" Harley klopfte mir auf die

Schulter und wandte sich um. „Dein Bruder war ein großartiger Mann."

„Danke", murmelte ich, nicht sicher, ob er mich noch hörte, so schnell, wie er die Treppe hinuntereilte.

Erneut erklang das Geräusch von Drumsticks, die gegeneinandergeschlagen wurden, und gleich darauf wurde dasselbe Stück gespielt. Bang lauschte ich, in der Hoffnung, wer auch immer da spielte, schaffte es diesmal durch den schwierigen Teil.

„Verdammte Scheiße", hörte ich eine weibliche Stimme fluchen, danach folgte Stille.

Langsam lief ich den Flur hinunter bis zu dem Raum, dessen Tür offen stand. Als ich hineinsah, entdeckte ich hinter den Drums ein Mädchen im Teenageralter, das sich frustriert mit beiden Händen über das Gesicht rieb. Mit geschlossenen Lidern atmete sie tief durch, streckte den Rücken durch und versuchte es noch einmal.

Mir gefiel, dass sie nicht aufgab. An ihrer Körperhaltung erkannte ich allerdings, wie angespannt sie war, wie sehr der Wille, es endlich zu schaffen, sie davon abhielt, die Musik zu spüren. Ich beobachtete, wie sie die Sticks hielt und über die Drums bewegte.

„Wieso kriege ich das nicht hin?" Auf ihre Frage hin sah ich auf, überrascht davon, dass sie mich direkt anschaute.

„Du bist zu verkrampft. Mir ist klar, du willst es unbedingt hinbekommen, aber du stresst dich, das wiederum blockiert deinen Körper, der es dadurch nicht schafft, schnell genug umzuschalten."

„Woher wissen Sie das?"

„Dasselbe hat mein Bruder zu mir gesagt, als ich jünger war." Erstaunt hielt ich inne, denn tatsächlich waren es genau diese Worte gewesen, die er seinerzeit verwendet hatte, um mir zu helfen.

„Du packst das, Kleiner, komm schon, bleib dran", motivierte mich Owen und reichte mir meine Drumsticks, die ich frustriert durch die Garage geschleudert hatte, weil ich bei dieser einen beschissenen Tonfolge ständig aus dem Tritt kam.

„Ach ja? Und wie?", begehrte ich auf und verschränkte trotzig und sauer auf mich selbst die Arme vor der Brust.

Mein Bruder maß mich mit einem nachdenklichen Blick. „Steh mal auf." Er trat einen Schritt zur Seite und wartete darauf, dass ich den Hocker freimachte.

„Und was soll das jetzt bringen?", maulte ich, tat jedoch, was er sagte.

Schweigend nahm er Platz, unterließ es jedoch glücklicherweise, meinen Hocker zu verstellen, wusste er doch genau, wie sehr ich das hasste. Er neigte den Kopf von links nach rechts und ließ die Schultern kreisen. Dann zählte er an und begann zu spielen.

Überrascht klappte mir der Unterkiefer auf, als ich sah oder vielmehr hörte, was sich vor meinen Augen abspielte. Owen konnte Drums spielen und verdammt, er war gut.

„Woher ... Wie ...?", stammelte ich, als er das Stück fehlerfrei absolviert hatte.

Mein großer Bruder zuckte mit den Schultern, konnte sich jedoch ein Grinsen nicht verkneifen. „Ich hatte so ein Gefühl, dass du ab und an einen Tritt in den Arsch gebrauchen könntest, läuft es nicht so, wie du es gern hättest." Er stand auf, reichte mir erneut die Sticks und diesmal nahm ich sie. „Du bist zu verkrampft. Mir ist klar, du willst es unbedingt hinbekommen, aber du stresst dich, das wiederum blockiert deinen Körper, der es dadurch nicht schafft, schnell genug umzuschalten."

Während ich wieder hinter den Drums Platz nahm, verließ Owen den Raum. Ich schloss die Lider, atmete tief durch und versuchte, den Vorschlag meines Bruders anzunehmen und mich zu entspannen, um das Ganze locker anzugehen.

„Darf ich ...?" Fragend deutete ich auf die Drums und betrat erst, nachdem sie mir nickend ihre Zustimmung gegeben hatte und aufgestanden war, den Raum.

„Aber nicht den Hocker ..."

„... verstellen, keine Sorge, ich kenne die Regeln." Schmunzelnd zog ich meine eigenen Drumsticks hervor und setze mich. „Du hast die Melodie im Kopf, spüre sie, lass dich mitreißen, schließ die Lider, wenn es dir hilft, und fühle mit deinem ganzen Körper, wo du herkommst, wo du bist und wo du hinwillst."

„Das klingt ganz schön philosophisch."

„Ätzend, ich weiß, aber denk darüber nach, und du wirst feststellen, dass es stimmt." Locker schlug ich die Sticks gegeneinander und begann zu spielen. Ich hörte, wie sie die Luft einsog, als ich mich der schwierigen Stelle näherte, und wie sie sie ausstieß, als ich sie fehlerfrei vorspielte. Danach hielt ich inne. „Jetzt du."

Aufmunternd nickte ich ihr zu und machte den Hocker frei.

„Okay." Es war ihr anzusehen, wie nervös sie war, dass sie versuchte, sich zu entspannen und den Drang, es schaffen zu wollen, aus ihren Gedanken zu vertreiben, um der Musik Platz zu machen.

„Lass dir Zeit, niemand hetzt dich." Ich zog mich zum Türrahmen zurück, gab ihr den notwendigen Raum und sah sie auch nicht direkt an, damit sie sich nicht beobachtet fühlte.

Vor dem Fenster rieselten sanft Schneeflocken vom Himmel herab. Ihr Anblick hatte etwas Beruhigendes, in diesem Augenblick jedoch erkannte ich, dass ich gar nicht angespannt war. Mich mit dem Mädchen zu unterhalten, ihm vorzuspielen oder vielleicht auch Harleys Rat zu folgen und zu tun, was Owen getan hätte, hatte mich bereits entspannt. Lächelnd sah ich zum Himmel und verstand plötzlich, was Mom und Dad gemeint hatten, als sie erzählten, sie hätten Erlebnisse und Ausflüge wiederholt, um sie nachzuerleben und neue Erinnerungen hinzuzufügen. Dieser jungen Musikerin einen Rat zu geben, wie Owen es seinerzeit bei mir getan hatte, hatte meiner alten Erinnerung an ihn eine neue hinzugefügt.

Ja, wir hatten Owen an unseren Traum verloren, und ich hatte ihn mit seinem Tod begraben. Vielleicht war es wirklich Zeit, wieder aufzustehen, es ihm zuliebe und zu Ehren zu versuchen und zumindest das Weihnachtskonzert mit Anstand zu absolvieren. Wie es danach mit *Falling from Grace* weiterging, würde sich zeigen, vorerst ging es nur um dieses eine Konzert, damit Mom die Stiftung in Gang bringen konnte.

Überrascht erkannte ich, dass mir tatsächlich ein wenig leichter ums Herz wurde.

Das Mädchen fing an zu spielen und diesmal gelang ihm die schwierige Tonfolge. Sie hörte jedoch nicht auf, sondern machte weiter, bis sie es durch den gesamten

Song geschafft hatte. Als sie aufhörte, wandte ich mich ihr zu und begegnete ihrer glücklichen Miene.

„Vielen Dank, Mr. Cassidy."

„Phoenix reicht vollkommen. Und du bist ...?"

„Amber."

„Hat mich sehr gefreut, Amber."

Ich nickte ihr zu und wandte mich dann ab. Während ich den Flur hinunterlief, begann sie erneut zu spielen, und obwohl es vermutlich Blödsinn war, bildete ich mir ein, ihr Spiel klang diesmal leichter, fließender. Vielleicht kam mir das auch bloß so vor, da sie mir ebenfalls etwas zurückgegeben hatte. Nun verstand ich Moms Wunsch, jungen Musikern zur Seite zu stehen und sie auf das Business vorzubereiten, umso besser und hoffte, Amber auf den Bühnen dieser Welt spielen zu sehen, nicht jedoch abgemagert und abhängig in irgendwelchen Klatschmagazinen.

22

LIV

„Liv, hier!" Remis Ruf war trotz des erhöhten Lärmpegels, der im *Keetna Inn* herrschte, gut zu verstehen.

Amüsiert schüttelte ich den Kopf, als sie zwei Bierflaschen hochhielt und sie hin und herschwenkte, um mir zu signalisieren, dass sie bereits vorgesorgt hatte.

„Yummy, du siehst heiß aus", lobte sie, sobald ich es durch die Menge zu ihr an den Tisch geschafft hatte.

„Danke, ich hatte nach Feierabend das Gefühl, ich bestehe bloß noch aus Öl und anderen Flüssigkeiten, die man aus Autos herausholen kann, und bräuchte dringend mal wieder eine Generalüberholung." Dankbar nahm ich das Bier, das sie mir reichte, und stieß mit ihr an.

„Nun ja, das und um in den Blicken zu baden, mit denen dich sämtliche Kerle hier sabbernd anstarren."

Ich seufzte auf. „Gott, du bist so unglaublich gut für mein Ego, hat dir das schon mal jemand gesagt?"

Betont gelangweilt angesichts meines Lobes winkte sie lässig ab. „Ach, unzählige Typen. Nichts bringt sie dazu, sich noch mehr ins Zeug zu legen als die Aussicht auf ein weiteres Lob. Da sind sie ein wenig wie kleine Kinder."

„Lass sie das bloß nicht hören", warnte ich sie unter Lachen.

„Sicher nicht", erwiderte sie trocken. „Es ist vielmehr *O mein Gott, bist du sicher, der passt?* Oder *Baby, so wie du hat mich noch keiner rangenommen.*" Remi fächelte sich übertrieben Luft zu und tat, als wäre sie schwer beeindruckt.

„Du hättest Schauspielerin werden sollen."

„Ach bitte, du weißt doch selbst, geht es um ihren Schwanz sowie ihre Leistungen im Bett, verarbeiten ihre Synapsen ohnehin nur das, was gefiltert nach dort oben weitergegeben wird." Remi schnaubte.

„Jaaa, apropos ..." Unsicher erwiderte ich ihren Blick.

„Warte ... versuchst du mir gerade zu sagen, dass du ... und er?" Sie spreizte die Finger und verschränkte sie miteinander. „Hammermäßigen Tango hattet? Karnickel-Style?"

„Eher hardcore gegen die Wand, aber ja, es war der Wahnsinn."

„Wieso siehst du dann nicht glücklich aus? Eher gequält?" Mit gerunzelter Stirn betrachtete sie mich.

„Ich bin nicht sicher, ob es eine gute Idee war", gab ich zu.

„Hör mal, der Kerl hat sich, ohne zu fragen, bei dir einquartiert, da ist es nur fair, trägt er auch etwas zum gemeinsamen Haushalt bei", erklärte sie, als wäre das das Selbstverständlichste der Welt.

„Und du meinst Sex ist so ein Beitrag?"

„Räumt er seine Wäsche weg und schwingt auch mal den Kochlöffel?", wollte sie wissen.

„Ja." Wenn ich so darüber nachdachte, hatte ich Phoenix noch nie hinterherräumen müssen. In dieser Hinsicht war er ein vorbildlicher Mitbewohner.

„Und er begleicht seine Miete in Naturalien, da es offenbar der Hammer war, ist seine Leistung mehr als zufriedenstellend und damit ein gleichwertiger Ersatz." Sie prostete mir zu, trank aber nicht.

„Ich will kein Groupie sein, Remi, das wollte ich nie. Ich meine, Owen und ich waren wie Geschwister, da stand das gar nicht zur Debatte, aber Phoenix ... Er wird bald wieder gehen, und ich bin dann nicht mehr als ein Gesicht von vielen, das nach und nach verblasst", fasste ich meine Bedenken zusammen.

„Das ... Aber hallo." Angesichts der Tatsache, dass ihre Sprechgeschwindigkeit mit einem Mal in den Keller sank und ihr Blick Richtung Eingangstür wanderte, wo er förmlich festklebte, wandte ich mich um, um zu sehen, was sie sah.

„Oh, verdammt", stieß ich aus, als ich feststellte, dass die Mitglieder von *Falling from Grace* eben hereingekommen waren.

„Er ist nicht dabei, oder?", hakte sie nach.

„Phoenix? Nein, das wäre auch ein Wunder. Seit die Proben angefangen haben, hat er offenbar verlernt zu sprechen und ich traue mich nicht zu fragen, wie es läuft." Genervt wandte ich mich ab. Wie ich bereits gesagt hatte, war ich kein Groupie und der Rest der Band interessierte mich nur insoweit, als dass ich mir wünschte, *Falling from Grace* würde die Kurve kriegen und wieder zueinanderfinden.

„Willst du denn, dass er sich an dich erinnert?", nahm Remi den Faden wieder auf und ignorierte die Jungs ebenfalls. „Dass er zurückkommt? Oder besser noch, dass er bei dir bleibt?"

„Ich weiß es nicht." Eine Weile starrte ich auf die Tischplatte, als wäre die Maserung das Spannendste, das ich seit Langem gesehen hatte. „Er weiß von meinen Eltern und später ist er in mein Zimmer gekommen und hat mich die ganze Nacht im Arm gehalten." Angestrengt blinzelte ich.

„Du kennst die Antwort, Liv. Ich kann sie in deiner Stimme hören, daher weiß dein Herz gewiss schon längst, was es will", brachte es Remi leise, jedoch nicht minder eindringlich auf den Punkt.

„Das Risiko ist zu groß, Remi. Ich werde ihn verlieren, und das kann ich nicht, ich kann nicht …"

„Er wäre nicht tot."

„Nein, aber nicht in meinem Leben."

Und spätestens, sobald ich mein Geheimnis lüftete, und ich wusste, es war an der Zeit, würde er seine Sachen packen und gehen – ohne sich noch einmal umzudrehen.

„Hab Vertrauen, Liv. Du weißt doch, manchmal überraschen einen die Menschen."

„Du musst das sagen", unterstellte ich ihr gespielt empört. „Deine Eltern haben dich nach dem Erzengel der Hoffnung benannt."

„Und obwohl ich keine gläubigen Seelen dem Himmel zuführe, spreche ich mir selbst dennoch das Talent zu,

Visionen zu haben, wenn auch keine göttlichen", erklärte sie feierlich.

„Pfft, das bezieht sich auf deine eigene Zukunft und diese Weissagungen reichen auch nur bis zu deiner nächsten Entscheidung", moserte ich.

„Hey, das war jetzt aber nicht sehr nett." Remi grinste breit und tat nicht einmal so, als wäre sie deswegen empört. „Aber ich sehe es dir nach, weil du Liebeskummer hast und auf Sex-Entzug bist."

„Ich habe keinen ... und ich bin nicht ... okay, ja das Letzte schon", gab ich zu. „Genug von mir. Erzähl mir lieber, wie es auf der Tierschutz-Station läuft und ob sie schon so clever waren, dich mit einem Knebelvertrag an sich zu binden."

„Ha, als ob. Wer auch immer in den Genuss kommt, mich in Ketten zu legen, muss schon ordentlich etwas zu bieten haben." Ihre Miene wurde weich. „So sehr ich dich auch liebe, Liv, ich habe bewusst nur einen befristeten Vertrag unterschrieben, um Erfahrungen zu sammeln, und danach geht es wieder ab nach Hause. Keetna Creek ist für dich, was meine Heimat für mich ist."

„Ich weiß, es ist nur so schön, dich hierzuhaben", gab ich zu.

„Wie du sicher weißt, gibt es Autos und ebenso Flugzeuge, Telefone und Internet. Wir beide überstehen jede Fernbeziehung. Wie hat deine Mom immer gesagt?"

„Es kommt nicht darauf an, wie oft man sich sieht, sondern wie man die gemeinsame Zeit nutzt", zitierte ich ihre Worte.

„Ganz genau." Wieder wanderte ihr Blick zur Tür. „Na,

ich schätze, jetzt wird es interessant. Phoenix ist eben hereingekommen."

„Was?" Hektisch drehte ich mich um und drückte mich zugleich an die Wand, in der Hoffnung ... ja, worauf eigentlich?

Phoenix ließ seinen Blick über die Gäste wandern. Seine Miene verdüsterte sich für einen Moment, als er seine Bandkollegen beisammensitzen sah. Statt zu ihnen zu gehen, steuerte er die Bar an.

„Sieht nicht so aus, als hätten sie ihn eingeladen", murmelte Remi.

„Entweder das oder er hat abgelehnt", entgegnete ich ebenso leise und ohne Phoenix auch nur für eine Sekunde aus den Augen zu lassen.

Als hätte er gespürt, dass ich ihn beobachtete, wandte er den Kopf, bis sich unsere Blicke begegneten. Ohne erkennbare Regung drehte er sich um und begrüßte Travis, den Besitzer des *Keetna Inn*.

„Was zum Teufel war das? Oh, es geht weiter."

„Verdammt, Remi, das ist keine Soap Opera", zischte ich.

Die Jungs von *Falling from Grace* hatten ihn nämlich ebenfalls entdeckt. Carver, wenn ich mich richtig erinnerte, stand auf und ging zu ihm. Die beiden unterhielten sich kurz miteinander. Carver deutete mit der Hand über seine Schulter zu dem Tisch, an dem die Jungs beisammensaßen. Phoenix jedoch nickte in meine Richtung, woraufhin Carver den Kopf wandte, grinste, Phoenix auf die Schulter klopfte und zurücklief, während Phoenix mit seinem Bier in der Hand auf uns zukam.

„Nicht? Du meinst, weil die romantische Musik fehlt, die andernfalls in dieser Sekunde einsetzen würde? Warte, ich kann schnell zur Jukebox laufen und das …"

„Remi." Knurrend würgte ich sie ab, da Phoenix unseren Tisch beinahe erreicht hatte.

23

PHOENIX

„Würdest du mit mir tanzen?", bat ich Liv und reichte ihr meine Hand, während ich zugleich mein Bier auf dem Tisch abstellte.

Für einen Moment wirkte sie überrascht, dann jedoch wandelte sich ihre Miene über verletzlich zu vorsichtig freudig. „Ja, sehr gern."

„Lasst euch Zeit, ihr Turteltauben, ihr vertreibt mir die Kerle, und ich brauche dringend noch einen Actiongarant für heute Nacht. Oh, und du hast zwar nicht gefragt, aber ich bin Remi." Grinsend scheuchte sie uns davon.

Liv legte ihre Hand in meine und ließ zu, dass ich sie mit mir auf die Tanzfläche zog.

Wir hotteten zu alten Rocksongs ab und es war mir scheißegal, wie ich dabei aussah oder was andere möglicherweise dachten. Alles, was mich interessierte, war Liv, die lachte, tanzte, sich im Kreis drehte und mit jeder Faser ihres Herzens und Körpers voll dabei war. Sie war im Hier und Jetzt, und ich bewunderte sie für diese Stärke. Als ein langsames Lied erklang, zog ich sie dicht an mich. In meiner Brust rumpelte es, als sie leicht außer Atem zu mir aufsah. Ihr Blick war voll aufrichtiger Zuneigung.

„Wir sollten das öfter machen", krächzte ich überwältigt.

„Ein Bier trinken gehen?"

Ich schüttelte den Kopf, ohne unseren Blickkontakt zu unterbrechen. „Nein, ausgehen, nur wir beide."

„Du meinst, auf ein Date?"

„Ja, ich bitte dich um ein Date, Liv."

„Also ... ähm, okay, ja. Verdammt, das kam jetzt falsch rüber."

„Das kam genau richtig rüber, Liv." Schmunzelnd ließ ich meine Hand von ihrer Hüfte bis hoch in ihren Nacken wandern. „Gott, du kannst dir gar nicht vorstellen, wie gern ich dich jetzt küssen würde."

„Ich kann es dir ansehen." Ihre Stimme war leise und doch laut genug, damit ich sie verstand.

„Lass uns nach Hause fahren, ich will kein Foto von uns in der Presse sehen. Du und ich, das ist ... es gehört uns. Verstehst du, was ich meine?"

„Ja, deine Abneigung gegen jeden Vertreter dieser Zunft ist mir bereits aufgefallen, als Aimee neulich vorbeigeschaut hat. Was hat es damit auf sich? Ich meine, klar, es ist ein Übel, das mit dem Job kommt. Man will sie nicht in seiner Nähe haben, kann aber auch nicht ohne, richtig?"

„Das stimmt, zumindest zum Teil. Die Berichterstattung über unsere Musik ist eine Sache. Abgestimmte Interviews, bei denen jeder weiß, wen er vor sich hat, damit hatte ich nie ein Problem. Vielmehr sind es diejenigen, die sich als jemand anderes ausgeben, versuchen, einem nahezukommen, um an exklusive Infos zu gelangen, die sie dann gewinnbringend verkaufen oder mit denen sie ihre Auflage pushen können. Ganz schlimm war es nach Owens Tod, als plötzlich von überall her *alte Freunde* aufgetaucht sind, die über ihn reden wollten."

„Warst du deshalb anfangs so ablehnend mir gegenüber? Ich meine, der Vorwurf kam zum Tragen, also …"

„Sagen wir, es war *ein* Grund." Ich verzog die Mundwinkel zu einem schuldbewussten Grinsen.

„Was war der zweite?", wisperte Liv gerade so laut, dass ich sie hören konnte.

„Ich habe nie zuvor eine Frau getroffen, der es so dermaßen scheißegal war, wer ich bin, wie berühmt ich bin oder wie viel Geld ich habe. Du hast mir meine Grenzen aufgezeigt, mich aus meiner Komfortzone geholt und mir klar gemacht, dass ich trotz allem kein Recht habe, mich so aufzuführen, wie ich es getan habe."

„Phoenix, ich …"

„Lass uns nach Hause gehen", bat ich sie erneut.

Sie nickte und gemeinsam verließen wir die Tanzfläche, um unsere Jacken sowie ihre Handtasche zu holen. Liv verabschiedete sich von Remi, die mit einem Kerl tanzte, der definitiv so aussah, als hätte er für heute Nacht das Goldene Ticket ergattert. Remi winkte mir zu, während Liv zu mir zurückkam. Ich erwiderte die Geste, ehe ich meinen Arm um Liv legte und sie durch die Menge nach draußen begleitete.

Schweigend stiegen wir in ihren Wagen. Während Liv den Motor startete und durch die Straßen Keetna Creeks nach Hause fuhr, entging mir nicht, wie sie ihre Finger fester um das Lenkrad schloss. Kaum hatte sie vor ihrem Haus geparkt, stieg ich aus und eilte zu ihrer Seite, wo ich sie, da sie nicht gewartet hatte, bis ich ihr die Tür öffnete, zwischen mir und dem Auto einklemmte.

„Das hier hat nichts mit Sex zu tun", erklärte ich und ließ bewusst ein wenig Abstand zwischen uns. „Führt es uns dorthin, schön, wenn nicht, dann nicht. Alles, was ich will, ist, dich wieder küssen zu dürfen. Es ist ganz sicher kein plumper Versuch, dich ins Bett zu kriegen."

„Ich weiß."

Da war ich mir nicht so sicher, doch ich würde dafür sorgen, dass sie es verstand, daher legte ich eine Hand an ihre Wange und küsste sie so, wie ich sie im *Keetna Inn* hatte küssen wollen. Liv stöhnte leise auf und schmiegte sich an mich.

„Lass uns reingehen, hier draußen ist es scheißkalt", murmelte ich an ihren Lippen und schlang einen Arm um ihre Taille, um langsam mit ihr Richtung Haus zu taumeln. Als sie sich umdrehte, um die Tür aufzuschließen, legte ich meine Hände an ihre Hüfte. Liv stieß die Tür auf, deaktivierte die Alarmanlage und lief weiter hinein, wo sie sich direkt aus ihrem Mantel schälte, die Stiefel auszog und zum Kühlschrank marschierte.

Verwirrt und zugleich belustigt betrachtete ich sie. In aller Ruhe schloss ich die Haustür, verriegelte sie und stellte die Alarmanlage wieder scharf, ehe ich ebenfalls aus Jacke und Schuhen schlüpfte.

„Möchtest du noch ein Bier? Und vielleicht ein Glas Wein?", wollte sie, ohne sich umzudrehen, wissen. Ihre Stimme zitterte leicht. „Oder. Ich meinte oder, nicht und."

„Nein, danke." Langsam schlenderte ich zu ihr und schlang meine Arme von hinten um sie. „Ich habe alles, was ich brauche, direkt vor mir."

Liv schloss den Kühlschrank, drehte sich jedoch nicht um.

„Was ist los, Süße?"

„Das ... Ich ..."

„Du bist nervös."

„Ja."

„Dazu gibt es keinen Grund, du hast das Kommando", versprach ich ihr. Allerdings führte das nicht dazu, dass Liv sich entspannte, sondern stattdessen frustriert auflachte.

„O bitte nicht, tu mir das nicht an, nimm es zurück, okay? Denn andernfalls liegen wir in Nullkommanichts nackt auf dem Boden", platzte es aus ihr heraus, und gleich darauf schlug sie sich peinlich berührt die Hände vors Gesicht.

Zwar schaffte ich es gerade so, ein Lachen zu unterdrücken, dass sich meine Mundwinkel zu einem breiten Grinsen verzogen, konnte ich jedoch nicht verhindern.

Ich trat vor sie, nahm ihre Hände in meine, damit sie ihr wunderschönes Gesicht nicht länger dahinter verbarg. „Das hier wird anders als letztes Mal und fürs Erste behalten wir unsere Klamotten an." So sehr mein Schwanz auch dagegen protestierte, ich spürte, wollte ich mit Liv jemals eine Chance haben, musste ich das hier richtig machen. Zwar hatte ich keine Ahnung, wohin das mit uns führen würde, aber ich wollte es mir nicht versauen, in dem ich sie erneut vögelte, ohne mir die Zeit zu nehmen, sie kennenzulernen. Außerdem schuldete ich ihr noch einen Gefallen. Sie hatte mir meine Fantasie erfüllt, ich ihr jedoch nicht ihre.

Erneut küsste ich sie, und diesmal war sie hundertprozentig dabei. Offenbar hatte sie es noch einmal hören, sicher sein müssen, dass ich es wirklich so meinte und vorhatte, das hier langsam anzugehen.

Liv schloss den Abstand zwischen uns, drängte sich an mich und stöhnte auf, als ich ein Bein zwischen ihre Schenkel schob und dabei über ihre Mitte rieb. Ich nutzte die Gelegenheit, um mit meiner Zunge in ihren Mund einzudringen. Unsere Zungen berührten sich. Zärtlich strich ich mit meiner um ihre, neckte und liebkoste sie. Mit beiden Händen umfasste ich ihren Arsch und dirigierte sie rückwärts zum Sofa, wo ich mich setzte und Liv rittlings auf mich zog.

Da wir beide Jeans trugen, war es gleichermaßen erregend wie frustrierend, wie sie sich an mir rieb, da es doch bei Weitem nicht genug war. Überhaupt war diesmal alles anders als beim letzten Mal. Es waren nicht die reine Gier und der Hunger, unser Verlangen nacheinander war gezügelter und zugleich intensiver, alles verzehrender, als ich es je zuvor mit einer Frau empfunden hatte. Allerdings hatte mich auch niemals eine Frau so angesehen wie Liv, und ich meinte wirklich mich, Phoenix Cassidy, und nicht Phoenix von *Falling from Grace*. Dieser Typ interessierte sie nicht die Bohne. Ich allerdings ging ihr unter die Haut, das konnte ich in ihren Augen lesen, jedes einzelne Mal, wenn ich etwas sagte oder tat, das an ihren Mauern rüttelte. Die Sehnsucht nach ihr, die ich verspürte, reichte tiefer, wie ein urtümliches Gefühl, das geduldig auf den richtigen Moment gewartet hatte. Und der war jetzt.

Hier, zuhause in Keetna Creek, mehr noch, in dieser umwerfenden Frau, hatte ich etwas gefunden, von dem ich nicht einmal gewusst hatte, dass es existierte, und für das ich keine Worte hatte, nach dem ich mich jedoch, seit ich es entdeckt hatte, so sehr verzehrte.

Liv war mein Schicksal.

24

LIV

O Gott, das war zu gut.

Verzweifelt fuhr ich durch sein Haar bis zu seinem Nacken und hielt mich an ihm fest. Ich hatte keine Ahnung, was in Phoenix gefahren war, aber ich hatte beschlossen, anzunehmen, was er bereit war, mir zu geben. Wir hatten nur dieses eine Leben, und wenn ich am Ende mit einem gebrochenen Herzen zurückblieb, dann hatte es zumindest geliebt und gelebt.

Ich fiel, zerfloss in der Art, wie dieser wundervolle Mann mich berührte, streichelte, hielt, küsste und mir in jeder Sekunde zeigte, wie sehr er mich begehrte. Und vielleicht, nur vielleicht, war da doch mehr zwischen uns, als ich bisher zu hoffen gewagt hatte.

Die Gedanken verflogen, als Phoenix unseren Kuss intensivierte und mich zugleich fest auf sich drückte. Dabei traf er einen Punkt, der die Sehnsucht in mir auf das nächste Level hob. Ich wollte, nein, ich brauchte mehr, seine Hände auf mir. Meine Haut sollte unter seinen Berührungen Feuer fangen und meine Lust seinen Bewegungen wie magnetische, angetörnte Lava folgen. Ohne darüber nachzudenken, zog ich mir mein Oberteil aus.

„Verdammt, Liv." Ehrfürchtig betrachtete er mich, ließ seinen Blick auf meinem Oberkörper ruhen, meinen Brüsten, die ich ihm in einem blutroten Spitzen-BH präsentierte. „Irgendwann werden wir uns über deine Vorliebe für Blut, Leichen und Mordgeschichten unterhalten müssen, aber nicht jetzt."

Phoenix legte mir eine Hand in den Rücken und beugte sich vor, um mein Dekolleté und meine Brüste zu küssen. Leise aufstöhnend krallte ich meine Finger in seine Schultern und ging ins Hohlkreuz, reckte mich ihm entgegen, bettelte stumm nach mehr. Gott sei Dank nicht vergeblich, da Phoenix in dieser Sekunde seine andere Hand auf meine Brust legte, sie massierte und ...

Mein Handy losbrummte.

„Mist ... entschuldige, ich ..."

„Schon gut, geh ran, man weiß nie."

Dankbar erkannte ich, dass Phoenix das nicht einfach bloß sagte, konnte ich doch in seiner Miene lesen, dass er es auch so meinte.

Eilig und mehr als frustriert rutschte ich von seinem Schoß und lief zur Garderobe.

„Im Ernst jetzt?", zischte ich, als ich die Nummer der Trooper Station erkannte. Genervt nahm ich den Anruf an. „Jason, was ..."

„Hier ist Brian."

Mein Azubi? „Brian? Was ist passiert?"

„Danke, dass du es so formulierst." Er lachte leise, doch es klang erzwungen.

„Hey, ich habe nie an dir gezweifelt, das weißt du."

„Und dafür schulde ich dir etwas."

„Absolut nicht, nein. Sag mir, wie ich dir helfen kann."

„Könntest du herkommen und mich hier rausholen?", bat er. „Ich schwöre dir, Liv, ich habe nichts getan und bin auch nicht eingebrochen, ich wollte nur meinen Rucksack vom Werkstattgelände holen. Trooper Graham ..."

„Sag denen, du sagst nichts ohne Anwalt, ich bin gleich da."

„Danke." Die Erleichterung in seiner Stimme sorgte dafür, dass es in mir zu brodeln begann. Dieser verdammte Jason.

„Was ist passiert?" Phoenix war aufgestanden und kam langsam zu mir herüber.

„Jason hat sich an meinem Azubi vergriffen", knurrte ich und stopfte mein Handy zurück in die Handtasche.

„Ich begleite dich."

Da ich gerade dabei war, in meinen Stiefel zu schlüpfen, wäre ich bei seinen Worten und mehr noch, beim Klang seiner Stimme um ein Haar wenig elegant auf den Boden geplumpst. Stirnrunzelnd sah ich zu ihm und beobachtete, wie er sich ebenfalls anzog. „Wenn das etwas mit Jason zu tun hat ..."

„Nein, hat es nicht. Ich sagte nicht *Ich komme mit zu Jason*, ich sagte *Ich begleite dich*. Ich bin mir sehr wohl im Klaren darüber, was für eine starke und wundervolle Frau du bist, das hält mich jedoch nicht davon ab, für dich da zu sein und dich zu unterstützen. Davon abgesehen kann ich dir ansehen, wie sehr dich dieser Anruf aufwühlt, Liv, und ich habe nicht vor, hier zu sitzen und die Hände in den Schoß zu legen. Ich begleite dich, und ich verspreche, erst und nur dann an deine Seite zu wechseln oder mich schützend vor dich zu stellen, halte ich es für absolut nötig."

Sprachlos und ohne den Blick von ihm abzuwenden, richtete ich mich auf. Das war ... ich hatte keine Worte dafür. Stattdessen trat ich auf ihn zu und legte ihm beide Hände auf die Brust. „Du hast keine Ahnung, wie viel mir das bedeutet", wisperte ich.

Seit dem Tod meiner Eltern war ich auf mich gestellt, und obwohl Daphne und Lloyd immer für mich da gewesen waren, hatte ich stets das Gefühl gehabt, dass es besser war, meine Kämpfe allein auszutragen, und sie hatten das stets akzeptiert. Phoenix jedoch war da anders, er sah meine Grenzen und sprang dann einfach darüber hinweg, so als würden sie für ihn nicht gelten.

Ich ließ zu, dass Phoenix die Führung übernahm und legte mir in Gedanken bereits zurecht, was ich Jason alles an den Kopf werfen wollte.

Wie konnte er nur?!

Gemeinsam verließen wir das Haus. Während Phoenix die ganze Prozedur mit der Alarmanlage noch einmal durchzog, nahm ich erleichtert wahr, wie die kalte Nachtluft meine erhitzten Wangen kühlte.

„Lass mich fahren." Dankbar für seinen Vorschlag reichte ich ihm den Schlüssel und stieg, nachdem er mir die Tür geöffnet hatte, auf der Beifahrerseite ein. Mich meinen Gedanken überlassend, fuhr Phoenix ruhig und ohne jegliche Hast zum State Trooper Department.

„Warte, bis ich da bin", bat er, als er am Straßenrand parkte.

„Damit du mir wieder gentlemanlike die Tür aufhalten kannst?"

„Ja, das auch, aber ebenso, damit du einen Moment hast, um dich zu sammeln und nicht wutentbrannt dort hineinmarschierst und um dich schlägst. Bist du dir sicher, dass Brian nichts angestellt hat, dann zeig ihm das", betonte er und nahm meine Hand in seine. „Zeig ihm, dass du ruhig und entspannt bist, weil du genau weißt, das hier ist Bullshit."

Überrascht betrachtete ich Phoenix. Er hatte Recht. Es war wichtig, Brian in den Vordergrund zu stellen.

„Du hast keine Ahnung, wer Brian ist, oder?", fragte ich stattdessen.

Phoenix zuckte mit den Schultern. „Nein, aber er ist dir eindeutig wichtig."

„Er ist mein Azubi und kommt nicht aus der besten Gegend Keetna Creeks, doch er ist ein guter Junge", erklärte ich.

„Da bin ich mir sicher." Lächelnd drückte er meine Hand. „Bist du bereit?"

„Jetzt ja."

„Gut."

Während Phoenix ausstieg und um die Motorhaube herumlief, atmete ich tief durch und wappnete mich für das Bevorstehende, dabei schob ich die Tatsache, dass ich in wenigen Sekunden zum ersten Mal seit drei Jahren das State Trooper Department betreten würde, ganz weit von mir.

Phoenix öffnete die Beifahrertür und reichte mir die Hand, die ich, sobald ich mich abgeschnallt hatte, ergriff.

„Du packst das, das hier ist dein Zuhause, deine Arena", raunte er und verflocht unsere Finger miteinander.

Gott, wie schaffte er es bloß immer, genau die richtigen Worte zu finden? Es war, als wüsste er, was ich hören musste, um ich selbst zu bleiben, um mich zu stärken und zu ermutigen.

Ich zog die Tür auf und trat ein. Wie er es versprochen hatte, ließ Phoenix mir den Vortritt. Langsam entließ ich seine Hand aus meiner. Dass er direkt hinter mir war, war alles, was ich wissen musste.

„Liv, was machst du denn hier?" Earl, ein Trooper im Ruhestand, der dann und wann am Empfang aushalf, musterte mich freudig überrascht.

„Hey, Earl, wo ist Brian?"

„Dort drin bei Jason." Der ältere Mann deutete auf einen Raum, durch dessen Fenster ich die beiden sehen konnte.

„Danke dir."

„Ich warte hier bei Earl", versicherte mir Phoenix.

„Willst du eine Tasse Kaffee, mein Junge? Du warst lang nicht mehr hier."

Was Phoenix erwiderte, hörte ich nicht mehr, zu sehr war ich auf das vor mir Liegende konzentriert.

Darum bemüht, ruhig zu bleiben, marschierte ich auf das Büro zu. Ruhig trat ich ein und legte meinem Azubi die Hand auf die Schulter. „Was auch immer du ihm zur Last legst, du hast besser Beweise, andernfalls nehme ich ihn jetzt mit."

„Gott sei Dank, Boss." Erleichtert atmete er auf.

„Er hat dich angerufen? Du warst sein einer Anruf?" Überrascht starrte mich Jason an.

„Ja, er weiß, ich stehe hinter ihm." Mein Ton war eindeutig.

„Gut." Überrascht beobachtete ich, wie er sich an Brian wandte. „Nächstes Mal, sag gleich, dass du mit Liv sprechen willst, dann hätten wir das deutlich schneller klären können und vor allem ohne Papierkram."

„Brian, bitte warte draußen bei Phoenix und Earl."

Ohne auch nur eine Sekunde zu zögern, stand Brian auf und verließ das Büro.

„Was ist passiert, Jason? Wieso hast du ihn festgenommen?"

„Das war ich nicht, ehrlich, ich war auf dem Heimweg und kam zufällig dazu, als die Kollegen ihn ins Auto verfrachtet haben. Hätte ich gewusst, dass er dich anrufen will, hätten wir draußen auf dich gewartet. Ich hätte dich nie genötigt, hierherzukommen, solange du nicht bereit dafür bist."

„Danke." Seine Miene war aufrichtig und ich glaubte ihm. „Tut mir leid, dass ich dich verdächtigt habe. Er hat gesagt, er wäre hier, dann ist dein Name gefallen, und ich habe voreilige Schlüsse gezogen." Geschlagen ließ ich mich auf den Stuhl sinken, auf dem Brian eben noch gesessen hatte.

„Schon gut, ich hätte wohl dasselbe vermutet. Sein *Trooper Graham* am Ende hat mich ziemlich alt aussehen lassen, was?" Jason versuchte sich an einem Scherz, wofür ich ihm dankbar war.

„Das hat es tatsächlich." Langsam ließ ich meinen Blick über den Schreibtisch und die Wände wandern und blinzelte angestrengt die Tränen weg, während Erinnerungsfetzen mein Gehirn fluteten. „Es ist lange her, dass ich hier war."

„Trooper Liv meldet sich zum Dienst." Salutierend stand ich im Türrahmen und bemühte mich um eine ernste Miene.

„Schön, Sie zu sehen, Trooper Liv. Dann kommen Sie doch gleich mal rein. Ich bin sicher, Sie haben heute eine Menge Akten zu bearbeiten." Breit grinsend stand Dad von seinem Platz hinter dem massiven Schreibtisch auf und kam zu mir. „Hey, Kleines, wie war die Schule?"

„Gut, Dad, aber wir haben wirklich eine Menge Hausaufgaben bekommen."

„Mach's dir bequem, ich gehe in der Zwischenzeit los und besorge uns etwas zu essen."

„Cheese Fries und zum Nachtisch Apfelkuchen?", bat ich hoffnungsvoll.

„Ist gut, aber wir müssen uns die Portionen teilen, damit wir später noch genug Platz für Moms Abendessen haben, das mit Sicherheit himmlisch schmecken wird."

„Jawohl, Sir." Kichernd salutierte ich und sank in Dads Schreibtischstuhl. Wie immer, wenn ich hier saß, fühlte ich mich wichtig und vor allem mächtig. Ob ihm das auch so ging? Ich würde ihn auf jeden Fall später danach fragen.

„Liv? Alles okay?"

„Oh, entschuldige bitte." Ich machte eine wegwerfende Handbewegung. „Nur Erinnerungen." Angestrengt atmete ich durch und stand auf. „Weißt du was? Du hast Recht, dieses Department hat eine Erinnerung an Dad verdient.

Plant, was auch immer ihr euch vorgestellt habt, ich werde da sein. Gute Nacht, Jason, und danke."

Nach einem letzten Blick in seine Richtung lief ich zurück zum Empfang. „Earl, sei so gut und schreddere alles, was Brian betrifft, ja? Er hat nichts getan. Gute Nacht."

„Ist gut, Trooper Liv."

„Danke", wisperte ich, gerührt, dass er sich an meinen Spitznamen erinnerte.

Brian und Phoenix folgten mir nach draußen, wo ich für einen Moment innehielt und zittrig ein- und ausatmete.

„Steig schon mal ein, Junge", hörte ich Phoenix sagen, ehe er vor mich trat. Einladend öffnete er die Arme und überließ mir die Entscheidung, ob ich sie annehmen wollte oder nicht. Aber scheiße, natürlich wollte ich. Erleichtert sank ich an seine Brust, genoss, wie er mich an sich drückte, meinen Scheitel küsste und Worte murmelte, die ich nicht verstand, doch ich konnte an seiner Stimme hören, dass er stolz auf mich war.

„Wir müssen noch einen Abstecher zur Werkstatt machen", bat ich schließlich schniefend. „Brian braucht seinen Rucksack."

„Okay, dann los." Phoenix gab mich frei und hielt mir auch diesmal die Tür auf.

„Freut mich, dass du ein neues Hobby gefunden hast", witzelte ich.

„Und mich erst." Mit einem Blick, den ich nicht deuten konnte, schloss er die Beifahrertür.

„Mann, der Typ steht voll auf dich, Boss." Brians Begeisterung brachte mich zum Lächeln.

„Dann wollen wir mal." Phoenix nahm hinter dem Lenkrad Platz, startete den Wagen, parkte aus und hielt wenige Minuten später vor der Werkstatt. Gemeinsam stiegen wir aus.

„Wie hattest du eigentlich vor, auf den Hof zu kommen?", wollte ich an Brian gewandt wissen, während ich das Tor aufschloss.

„Ich wollte drüberklettern", gab er freimütig zu. „Ich war mit den Jungs unterwegs und wollte nicht den Rucksack mit all meinen Sachen mitschleppen, daher habe ich mir ein paar Dollar eingesteckt und den Rucksack auf dem Hof hinter den Reifen eines Kundenfahrzeugs geschoben."

„Hast du das schon mal gemacht?", hakte ich neutral nach.

„Ab und zu, und ich habe nie jemandem davon erzählt oder ihn mit hergebracht", versicherte er mir.

„Gut, dann hol dein Zeug." Ich zog den Torflügel auf und ließ ihn durch.

„Du vertraust ihm." Es gefiel mir, dass Phoenix nicht verwundert klang, als er das Offensichtliche feststellte.

„Ja, er ist ein guter Junge. Er mag nicht aus der besten Gegend kommen, aber er tut alles, um sich einen Weg dort herauszuarbeiten."

„Wo man herkommt, sagt nichts darüber aus, wer man ist", erwiderte Phoenix ernst. „Gibson und Aimee sind ebenfalls in dem Teil der Stadt aufgewachsen, aus dem Brian kommt, und sieh dir die beiden an. Der eine ist Rockstar, die andere Journalistin."

Es überraschte mich ebenso sehr, wie es mich freute, dass Phoenix von seinem Bandkollegen und ehemaligen Freund ohne Frust gesprochen hatte.

„Ja, du sagst es", stimmte ich zu, gerade als Brian zurückgejoggt kam.

„Danke, Boss, auch fürs Rausholen, wir sehen uns dann morgen."

„Wir können dich nach Hause bringen", bot ich an und verriegelte das Tor.

„Nein, so ist es besser."

„Komm gut heim." Gedankenverloren sah ich ihm nach. Als er um die Ecke verschwand, spürte ich, wie Phoenix seinen Arm um mich legte und mich sanft, aber bestimmt zum Auto dirigierte. Sobald ich mich gegen das Polster sinken ließ, fiel mit einem Mal eine bleierne Schwere von mir ab.

Ich hatte es geschafft.

Ich hatte das Trooper Department besucht und war nicht zusammengebrochen.

Ich war im Büro meines Dads gewesen und hatte es überstanden.

Und das nur wegen Phoenix.

Zu wissen, er war dort draußen und würde mich auffangen, hatte mir die Kraft gegeben, die mir allein gefehlt hatte.

25

PHOENIX

Es war wie ein Déjà-vu. Wieder fuhren wir durch die Stille der Nacht nach Hause, vollführten das Haustür- sowie Alarmanlagenspiel, und dennoch war die Stimmung nun eine andere – verständlicherweise.

Man musste kein Genie sein, um zu wissen, wie schwer es Liv gefallen sein musste, das Department zu betreten, das Büro ihres Dads, auf dessen Stuhl nun Jason saß.

Ihr sanft über den Rücken streichend, lief ich an ihr vorbei, um den Wasserkocher aufzufüllen und anzuschalten. Eine Tasse Tee mit einem Schuss Whiskey war jetzt genau das Richtige.

Während ich Tassen und Teebeutel aus dem Schrank holte, spürte ich plötzlich, wie sie von hinten ihre Arme um mich schlang und sich an mich schmiegte. Lächelnd legte ich meine Hand auf ihre. Wir brauchten keine Worte, wir wussten beide, die Dinge zwischen uns hatten sich verändert, und nein, das machte mir keine Angst. Bei Liv konnte ich hundert Prozent ich sein, und das war etwas Gutes, etwas das mich anzog, statt mich schreiend zurückweichen zu lassen. Vielleicht wäre das sogar natürlich, und ja, ich würde lügen, würde ich behaupten der Gedanke, sie eines Tages zu verlieren, reichte, um einen verdammt großen Klumpen in meinem Innersten hervorzurufen. Und doch war der Drang bei ihr zu sein deutlich stärker.

„Hast du irgendwo Whiskey?"

„Auf dem Kühlschrank."

„Auf dem ...?"

Liv lachte leise. Vermutlich kam ihr die Erinnerung an unseren ersten gemeinsamen Abend in den Sinn und wie ich verzweifelt nach dem verdammten Backblech gesucht hatte. Sie gab mich frei, und als ich meine Hand tastend durch die Vertiefung bewegte, stieß ich ziemlich weit hinten tatsächlich auf eine angebrochene Flasche Whiskey.

„Irgendwann musst du mir mal die Sache mit dir und den Kühlschränken erklären", brummte ich gespielt beleidigt.

„So wie die Sache mit dem Blut und Leichen?", neckte sie mich.

„Nein, ich denke, das habe ich inzwischen verstanden." Genauer gesagt, seit vorhin, als wir im State Trooper Department gewesen waren. Womöglich lag ich falsch, aber ich war mir sicher, auf ihre eigene Art fühlte sie sich damit mit ihrem Dad verbunden.

„Dann findest du sicher auch die Antwort auf deine andere Frage", wisperte sie und schenkte mir ein trauriges Lächeln.

„Deine Mom, sie hat das ebenso gemacht, habe ich Recht?"

„Ja." Diesmal glich ihr Lächeln einer Grimasse. Ehe ich sie an mich drücken konnte, griff sie nach dem Wasserkocher, um uns einzuschenken.

Gemeinsam liefen wir mit unseren Tassen zum Sofa, stellten sie auf dem Couchtisch ab und setzen uns. Liv befeuerte per Knopfdruck den Kamin und kuschelte sich an mich.

„Ich mag diese Jahreszeit nicht sonderlich", begann ich irgendwann in die Stille hinein zu erzählen. „Um ehrlich zu sein, habe ich im vergangenen Jahr sogar so getan, als würde die Vorweihnachtszeit überhaupt nicht existieren. Letztes Jahr habe ich mich an Owens Todestag betrunken und damit erst nach den Feiertagen wieder aufgehört."

„Phoenix." Liv griff nach meiner Hand und nahm sie schützend zwischen ihre.

„Mir ist klar, wie dumm das war, und glaub mir, ich hatte durchaus jemanden, der mir die Leviten gelesen und mich anschließend unter die eiskalte Dusche gestellt hat." Dafür würde ich auf ewig in Logans Schuld stehen. „Gebracht hat es auch nichts, denn die Schuldgefühle und die Wut sind nicht auf magische Weise verschwunden."

„Ja, das dauert", kam es kaum hörbar von ihr.

„Hier zu sein, hilft, und ich muss zugeben, damit habe ich absolut nicht gerechnet. Und damit meine ich nicht nur Keetna Creek, sondern vor allem dich." Sanft küsste ich ihr Haar und drückte sie enger an mich. „Mit dir habe ich nicht gerechnet, Liv, aber es fühlt sich an, als hätte sich das Schicksal einen bizarren Streich erlaubt, um unsere Wege zu kreuzen."

„Stell dir vor, wir hätten uns getroffen, weil du wie ein einsamer Wanderer mit deinem Gitarrenkoffer in der Hand am Straßenrand gestanden hättest und ich wäre mit vollem Karacho durch eine Pfütze gefahren und hätte dich von oben bis unten eingesaut", schlug sie vor.

„Hm, wie wäre es, wenn du mir bereits an der Highschool aufgefallen wärst und ich dich zum Abschlussball eingeladen und geküsst hätte?" Ich konnte noch immer nicht fassen, wie es sein konnte, dass sie mir nicht aufgefallen war.

„Aber hätte das gehalten? Hättest du wirklich all den Frauen widerstehen können, die sich dir als berühmter Rockstar angeboten haben? Noch dazu mit einer Freundin, die ihre Nase gern in Bücher steckt, alte Mordfälle analysiert und an Autos herumschraubt? Geht es noch unmädchenhafter, um mal die klischeehafte Vorstellung der Gesellschaft zu bedienen?" Ihre Zweifel gefielen mir ebenso wenig wie das Bild, das sie von sich zeichnete, und noch weniger, dass sie vermutlich Recht hatte, zumindest was mein damaliges Ich betraf. Denn für mich, für den Mann, der ich heute war, war sie perfekt, und dass sie so vollkommen anders war, törnte mich unglaublich an.

„Ich weiß es nicht, doch ich weiß, dass ich all das hinter mir habe." Die Frauen, ihre Gier und Fame-Geilheit, damit war ich durch.

„Wir werden nie herausfinden, was hätte sein können. Wenn ich jedoch eins gelernt habe, dann, dass es keine zweiten Chancen gibt." Liv drehte sich in meinen Armen und ehe ich wusste, was sie vorhatte, saß sie rittlings auf meinem Schoß.

„Liv, was …?"

„Genau an dieser Stelle wurden wir vorhin unterbrochen und ich finde, wir sollten genau dort weitermachen."

„Bist du dir sicher?"

„Bitte, lass mich fühlen, damit ich aufhören kann zu denken." Und wie um ihre Worte zu unterstreichen, beugte sie sich vor und küsste mich. „Bitte, Phoenix."

Fuck.

Erneut zog sie ihr Oberteil aus, allerdings ließ sie mir diesmal keine Zeit, ihren Anblick zu bewundern, stattdessen wanderten ihre Hände unter mein Shirt.

„Du hast mir vorhin die Kontrolle zurückgegeben, gilt das weiterhin?" Wollte Liv, dass ich die schweren Gedanken vertrieb, die uns beide so zusetzten, dann war ich absolut dabei, allerdings auf die einzig richtige Art.

„Ja."

„Gut." Ihr eine Hand an die Wange legend, küsste ich sie, zärtlich jedoch und langsam.

Liv verstand und ließ sich, ohne zu zögern, darauf ein. Ihr Körper wurde weich und anschmiegsam, und erst dann wanderte ich weiter, küsste mich an ihrem Kiefer entlang zu ihrem Hals, kratzte mit meinen Zähnen über die empfindliche Haut. Dabei strich ich ihr nacheinander die BH-Träger von den Schultern und öffnete mit einem gekonnten Griff den Verschluss. Mir alle Zeit der Welt lassend, massierte ich ihre Brüste, neckte ihre Nippel und knabberte nacheinander an ihnen. Genüsslich aufstöhnend ging Liv ins Hohlkreuz und bot sich mir an.

Verdammt, diese Frau war die pure Versuchung. Ihr Anblick brachte meinen Schwanz dazu, eine Menge versaute Dinge mit ihr anstellen zu wollen. Aber nicht heute.

Sie mit einem Arm festhaltend drehte ich mich auf dem Sofa und legte sie dort ab. Der Widerschein des Feuers spiegelte sich auf einzigartige Weise in ihren braunen Augen, verstärkte die herrliche Röte auf ihren Wangen und ließ ihr Haar rotgolden schimmern. Genau so hatte ich es mir bei unserem ersten Mal vorgestellt, ehe uns die Lust und der Hunger aufeinander einen Strich durch die Rechnung gemacht hatten.

Erneut verwöhnte ich ihre Brüste, küsste mich dann jedoch bis zu ihrem Bauch, tauchte mit meiner Zunge in ihren Bauchnabel ein, öffnete den Knopf ihrer Jeans und gleich darauf auch den Reißverschluss. Liv hob ihren Arsch an, damit ich ihr die Hose samt Slip ausziehen konnte.

Als sie vollständig entblößt vor mir lag, nahm ich mir einen Moment, um sie zu betrachten. Ihre Schenkel waren leicht geöffnet, ich konnte sehen, wie bereit sie war. Liv räkelte sich unruhig hin und her, und als sie schließlich begann, ihre Brüste zu massieren, und mich dabei unverwandt ansah, konnte ich nicht länger nichts tun.

In einer fließenden Bewegung zog ich mein Shirt über den Kopf und positionierte mich dann zwischen ihren Beinen, setzte kleine Küsse auf die Innenseite ihrer Oberschenkel und arbeitete mich langsam nach oben bis zu ihrer Pussy.

„Verdammt, Phoenix, als ich dir die Kontrolle übergeben habe, meinte ich nicht, du sollst mich vor lauter Lust dahinschmelzen lassen", fluchte sie und griff mit beiden Händen in mein Haar.

„Aber das wirst du, und zwar nicht nur einmal", versprach ich ihr und tauchte mit meiner Zunge in sie ein.

Ihr Griff wurde fester, doch sie brauchte sich nicht zu sorgen, da ich nicht vorhatte, irgendwo anders hinzugehen. Genüsslich leckte ich ihre Feuchtigkeit auf, fickte sie mit meiner Zunge und umspielte ihren Kitzler mit meinen Fingern. Liv war erregt und bereit, doch ich war nicht gewillt, sie so schnell kommen zu lassen, daher wechselte ich die Position, saugte ihre Klit in den Mund und drang zugleich mit zwei Fingern in sie ein.

Ihre lustvollen Laute waren Musik in meinen Ohren und ich befeuerte sie nur zu gern, damit sie ihren Kopf ausschalten und sich mir hingeben konnte. Während ich sie weiter verwöhnte, neckte und langsam, aber stetig dem Gipfel entgegentrieb, kratzte Liv mit ihren Fingernägeln über meine Kopfhaut, strich mir genüsslich durch das Haar, nur um sich gleich darauf daran festzuhalten, mich an Ort und Stelle zu halten. Das Knacken des Feuerholzes mischte sich mit ihrem Wimmern und Keuchen, ihr Atem ging zunehmend schneller und ich erkannte allein daran, wie ihre inneren Muskeln mehr und mehr um meine Finger krampften, sie war beinahe so weit. Ich nahm einen dritten hinzu, saugte hart an ihrer Klit und krümmte meine Finger in ihr, um ihren G-Punkt zu stimulieren.

Liv bäumte sich unter mir auf, versuchte ihre Schenkel um meinen Kopf zu schließen und ließ dann los, ließ sich von ihren Empfindungen mitreißen. Sie sah so wunderschön aus, dass ich wusste, irgendwann würde ich uns vor dem Kamin ein Lager bauen und sie dort lieben, damit ich ihren Anblick stundenlang genießen konnte.

Lieben.

Mein Herz nickte heftig, und ich wusste, es hatte Recht. Wie konnte ich sie nicht lieben?

26

LIV

Ich fühlte mich leicht, befreit, und zugleich war da eine unstillbare Sehnsucht nach Phoenix in mir. Langsam kam ich wieder zu Atem, und erst als mein Orgasmus abflaute, zog er sich aus mir zurück, küsste meinen Venushügel, meinen Bauch, meine Brüste und mich. Er begrub mich unter sich und doch hatte sich nichts je besser angefühlt.

„Verrate mir deine Fantasie", raunte er und hielt mich.

Konnte ich es wagen? Sollte ich?

„Bitte, sag es mir."

„Kannst du ... Würdest du ... in meinem Zimmer, mit Blick auf die Sterne", krächzte ich schließlich.

Scheiße, wieso nur fiel es mir so schwer, ihn darum zu bitten, mich zu lieben?

Womöglich weil in diesem Wort, in dieser Bitte so viel mehr steckte als nur die Art, wie wir miteinander Sex hatten. Vielleicht hatte ich auch einfach Angst vor der Antwort.

„Lass uns hochgehen." Er küsste meine Schläfe, stand auf und griff nach der Fernbedienung, um in weiser Voraussicht den Kamin auszuschalten. Gaskamine waren eine wirklich praktische Erfindung. Ehe ich mich aufrappeln konnte, hatte er mich bereits in seine Arme genommen.

„Ich kann laufen, weißt du." Zärtlich strich ich mit den Fingerspitzen über seinen Nacken.

„Das ist mir bewusst, aber mir gefällt die Vorstellung, deine Beine wären angesichts des eben erlebenten Höhepunkts zu Wackelpudding mutiert." Er grinste spitzbübisch und trug mich die Stufen hinauf.

„Keine Sorge, das sind sie, genau wie der Rest meines Körpers", versicherte ich ihm.

„Du flunkerst, aber das ist okay. Ich bin ein Mann und lasse mir gern vorheucheln, was für ein toller Hecht ich im Bett bin."

„Eins solltest du über mich wissen, wärst du grottig, würde ich dir das eiskalt sagen." Diesmal war es an mir zu grinsen.

„Ich weiß." Mit einem Tritt schloss er die Zimmertür und legte mich behutsam auf meinem Bett ab.

Licht brauchten wir nicht. Der Schnee reflektierte das Licht der Sterne und des Mondes, wodurch es ausreichend hell war.

Phoenix nahm seinen Geldbeutel aus der Hosentasche und legte ein Kondom auf den Nachttisch, anschließend zog er sich aus und kam zu mir. Wir küssten und streichelten uns, ließen uns Zeit, was mich betraf, ich wäre am liebsten in ihn hineingekrochen, so gut fühlte es sich an, hier in seinen Armen zu liegen.

„Nein, diesmal geht es nur um dich", lehnte Phoenix ab, als ich meine Hand um seinen Schaft schloss, um ihn zu massieren.

Sanft, aber bestimmt löste er meine Finger von sich, verschränkte sie mit seinen und rollte sich über mich. Sofort schlang ich meine Beine um seine Hüfte, zog ihn dichter an mich. Als sein harter Penis über meine geöffnete Mitte und meine Klit rieb, keuchte ich auf.

Unsere Blicke trafen sich. Die Art, wie er mich ansah, ebenso die Zuneigung, die ich in seinen Augen las, ermutigten mich, den letzten Teil meiner Bitte auszusprechen, in der Hoffnung, dass er sie mir erfüllte.

„Liebe mich", wisperte ich.

Phoenix' verzog die Mundwinkel zu einem Lächeln. „Immer und zu jeder Zeit."

Ich war dankbar dafür, dass er mich küsste, denn ich hatte keine Ahnung, was ich darauf erwidern sollte, hatte ich doch bereits genug damit zu tun, seine Worte zusammen mit dem liebevollen Ausdruck, mit dem er mich bedacht hatte, zu verarbeiten.

Obwohl ich gerade erst gekommen war, war der Wunsch, ihn in mir zu spüren, mit Phoenix vereint zu sein, beinahe übermächtig und seine Küsse und Berührungen verrieten mir, ihm ging es nicht anders.

Phoenix streichelte meine Brüste, meinen Bauch und rieb meine Klit, tauchte mit zwei Fingern in mich ein und lachte leise an meinen Lippen. „Bist du so schnell bereit für Runde zwei oder sind das noch die Nachwehen deines Orgasmus?"

„Ich schätze, sowohl als auch", gab ich zu und streckte meinen freien Arm nach dem Kondom aus.

Phoenix nahm mir die Blisterpackung ab, öffnete sie und rollte sich den Gummi über seine Erektion. Anschließend schob er mir ein Kissen unter den Hintern und legte sich eins meiner Beine über seine Schulter. Spielerisch rieb er zwei-, dreimal mit seinem Penis über meinen Kitzler, ehe er langsam in mich eindrang.

„Fuck, Liv, deine Pussy ist das reinste Paradies", zischte er.

„Dann sieh zu, dass du reinkommst, und du darfst auch gern von den verbotenen Früchten naschen", spann ich seine Analogie weiter.

„Gott sei Dank." Er zog sich fast vollständig aus mir zurück, nur um in einem Stoß erneut in mich einzudringen.

Seine Bewegungen waren langsam und zugleich kraftvoll. Nicht für eine Sekunde sah er woanders hin, ließ seinen Blick nicht über meinen Körper wandern, sondern hielt unseren Blickkontakt aufrecht. Wir waren miteinander verbunden, auf so viele Weisen, dass es mir die Luft aus der Lunge presste. Ich streckte meine Hände nach ihm aus, zog ihn zu mir und küsste ihn mit allem, was ich zu geben hatte.

Phoenix hielt mich fest umschlungen und liebte mich unter dem Sternenhimmel, genau so, wie ich es mir gewünscht, und besser, als ich es mir je erträumt hatte.

„Komm mit mir", bat ich, als ich spürte, wie sich mein

Innerstes verheißungsvoll zusammenzog und das Prickeln in meiner Pussy immer drängender wurde.

„Das werde ich." Er zog das Tempo an und nahm mich tiefer.

Ich kam ihm entgegen, genoss, wie bei jeder Bewegung sein Schambein über meinen Kitzler rieb, der dieser lustvollen Folter nicht das Geringste entgegenzusetzen hatte. Als der Orgasmus heranrauschte und mich mit sich riss, war mein Blick nicht auf die Sterne gerichtet, sondern allein auf Phoenix, der mir nach wenigen Stößen folgte und mit meinem Namen auf den Lippen ebenfalls seinen Höhepunkt erreichte.

Zärtlich legte ich ihm die Hand an die Wange, bewegte mich weiter, um das Gefühl für ihn noch ein wenig zu verlängern.

„Danke", wisperte ich, und ich wusste, er würde es richtig verstehen.

„Nein, ich danke dir für dein Vertrauen und deine Offenheit." Behutsam zog er sich aus mir zurück. „Bleib, wo und wie du bist, ich bin gleich zurück."

Nachdenklich sah ich ihm nach, wie er in mein Badezimmer verschwand, um das Kondom zu entsorgen, und blickte dann zum Nachthimmel.

„War es, wie du es dir vorgestellt hast?", wollte Phoenix wissen, der in diesem Augenblick aus dem Bad kam und das Licht löschte. Er legte sich zu mir und zog die Decke über uns.

„Besser." Glücklich strich ich über seinen Arm und kuschelte mich an ihn. „Ich nehme keine Männer mit hierher, niemals."

„Ganz genau, denn ich bin der Einzige, der dich hier lieben und mit dir schlafen darf", kam es so selbstverständlich von Phoenix, das ich schmunzeln musste.

Mein Herz allerdings machte ganz andere Sachen.

Es galoppierte, schlug Salti, tanzte Samba und plante bereits die Zukunft.

Ich ließ ihm seinen Spaß.

Ich würde, was ich mit Phoenix hatte, genießen, solange es anhielt oder bis er erkannte, wie sehr ihm die Musik und die Band fehlten und er womöglich wieder auf Tour ging und Keetna Creek hinter sich ließ.

27

PHOENIX

Zwar hatte ich keine Ahnung, wann Liv zur Arbeit musste, aber ich war sicher, als Chefin durfte sie es sich durchaus erlauben, auch mal ein wenig später zu kommen. Daher ließ ich sie schlafen und schlich mich aus dem Bett.

Nachdem ich geduscht und mich angezogen hatte, schrieb ich Liv eine Nachricht, dass ich Probe hatte und die kommenden Stunden in der Musikschule verbringen würde, legte den Zettel neben der Kaffeemaschine ab, schaltete sie ein und verließ das Haus.

Inzwischen hatte ich mich an meine täglichen Spaziergänge gewöhnt, sodass es mir kaum etwas ausmachte, früher aufzustehen und zu laufen. Heute allerdings erwartete mich am Ende der Zufahrt meine Mom. Sie hatte bereits mehrmals angeboten, mich mitzunehmen, was ich bisher abgelehnt hatte.

„Guten Morgen, Mom", begrüßte ich sie, sobald ich die Beifahrertür geöffnet hatte, und stieg zu ihr in den Wagen.

„Hallo, Phoenix." Sie musterte mich mit einem wissenden Blick und seufzte dann. „Du hattest weder Frühstück noch Kaffee, habe ich Recht?"

„Ich wusste nicht, wann Liv zur Arbeit muss, und ich wollte sie nicht wecken, indem ich in der Küche herumhantiere", gab ich zu.

„Du bist ein guter Mann", murmelte sie, prüfte den Verkehr und fuhr zurück in die Stadt.

„Deshalb machen wir auch einen kurzen Boxenstopp bei einem Café oder Bäcker, richtig?", wollte ich verheißungsvoll wissen.

„Fußraum, Rückbank", erklärte sie knapp und wedelte mit der Hand durch die Luft.

Stirnrunzelnd wandte ich mich um, um in den Fußraum hinter ihrem Sitz zu spähen und entdeckte dort tatsächlich To-Go-Becher und Bäckertüten. „Welche Kompanie willst du denn versorgen?"

„Na, euch Jungs natürlich. Hast du wirklich gedacht, ich bringe nur dir Kaffee mit und lasse die anderen im Halbschlaf stehen? In diesem Punkt seid ihr Jungs alle gleich, wobei, Harley ist da womöglich ein wenig aus der Art geschlagen."

„Ja, und genau deshalb ist er unser Manager und Plattenboss und wir nur diejenigen an den Instrumenten."

„Wie läuft es bei den Proben?", hakte sie behutsam nach und lenkte den Wagen auf den Parkplatz vor der Musikschule.

„Es wird besser, zumindest schaffen es Gibson und ich,

ein Set durchzuspielen, ohne einander die Köpfe einzuschlagen", frotzelte ich.

„Das will ich auch hoffen, mir ist beinahe das Herz stehen geblieben, als ich neulich eure Gesichter gesehen habe", empörte sie sich und stieg aus.

Ich folgte ihr, holte unser Frühstück heraus und küsste sie auf die Wange. „Mach's gut, Mom, ich wünsche dir einen entspannten Tag."

„Du hast es heute ja ganz schön eilig", stellte sie verwundert fest. Kein Wunder, war ich doch sonst mehr in das Gebäude geschlichen als zügig hineinmarschiert.

„Je eher wir fertig sind, desto früher kann ich nach Hause zu Liv", gab ich zu.

„Ach, deswegen sehen wir dich kaum noch." Selbst wenn sie versucht hätte, die Worte wie einen Vorwurf klingen zu lassen, ihre glückselige Miene hätte sie verraten. „Nun geh schon, man lässt eine Frau nicht warten." Sie scheuchte mich davon.

Grinsend lief ich durch die Gänge, bis zu dem Raum, in dem wir für das Weihnachtskonzert probten.

„Yeah, Phoenix hat Frühstück mitgebracht", johlte Carver und kam mit einer verlangenden Miene auf mich zu.

„Nein." Energisch schüttelte ich den Kopf.

„Nein?" Verdutzt hielt er mitten im Lauf inne. „Du willst mir allen Ernstes erzählen, du hast diesen Berg an Koffein und was auch immer aus diesen Tüten duftet nur für dich gekauft?"

„Was ich meine ist, meine Mom hat das besorgt, nicht ich." Ich verdrehte die Augen und stellte die Sachen vorsichtig auf dem kleinen Tisch ab. „Wenn dir das nötige Koffein fehlt, bist du echt nicht du selbst, was?"

„Als ob du das nicht wüsstest", grummelte er und seufzte gleich darauf selig.

„Sag ihr danke", murmelte Gibson, der hinzugekommen war und sich erleichtert den Pappbecher nahm, der mit einem T für Tee beschriftet war.

Ich nickte zum Zeichen, dass ich seine Worte gehört hatte, und beobachtete dann, wie sich alle um die Getränke, süßen Teilchen und Sandwiches prügelten. Es war beinahe wie früher. Owen wäre bei einem Fight um ein Pastrami-Sandwich oder eine Zimtschnecke definitiv dabei gewesen.

„Guten Morgen, Leute, wie ich sehe, habt ihr euch bereits gestärkt." Harley, der eben hereingekommen war, warf einen Blick auf die Tüten, Becher und Krümel auf dem Boden. „Dann können wir ja direkt loslegen."

„Verdammt, Harley, wir haben gerade erst angefangen, hetz uns nicht so. Die Show wird nicht besser, bloß weil wir fünf Minuten früher mit der Probe beginnen", maulte Gibson mit vollem Mund und spülte seinen Bissen gleich darauf mit einem großen Schluck Tee hinunter.

„Fünf Minuten", stimmte Harley zu. „Aber dafür lässt du den Mund zu, solange sich darin etwas zu essen befindet, diesen halbzerkauten Brei will nämlich niemand sehen."

Gibson grummelte irgendwas, schien aber zufrieden mit dieser Bedingung, da er sich direkt ein weiteres Teil aus der Papiertüte holte.

Meine Gedanken wanderten zu Liv. Dank ihr war ich

ruhiger geworden. Ich hatte gar nicht gewusst, wie gut sich das anfühlte, wie sehr ich mich danach gesehnt hatte, wieder so etwas wie innere Ausgeglichenheit zu fühlen.

Als mein Handy brummte, zog ich es heraus und musste direkt lächeln. Es war, als hätte sie gespürt, dass ich genau in diesem Moment an sie gedacht hatte.

Guten Morgen, danke für den Kaffee. Liv

28

LIV

Mit angezogenen Beinen saß ich in meinem Bett und sah dabei zu, wie der Mond am Himmel entlangwanderte. Zum ersten Mal seit jener schicksalhaften Nacht vor drei Jahren konnte ich den vor mir liegenden Stunden mit einem etwas leichteren Herzen entgegensehen. Zu wissen, dass Phoenix unten schlief und heute Abend zu mir nach Hause kommen würde, diese winzigen Kleinigkeiten, manche würden sie als Belanglosigkeiten bezeichnen, hatten eine unglaublich beruhigende Wirkung auf mich. Ich war nicht allein, ich war *heute* nicht allein, ich hatte eine Brust, an die ich mich kuscheln, eine Schulter, an die ich mich lehnen konnte und einen Mann an meiner Seite, der es durch seine bloße Anwesenheit schaffte, mir den Stress zu nehmen.

Als der Wecker klingelte, schaltete ich ihn aus und gönnte mir noch ein paar Minuten. Ich war bereits seit Stunden wach. Wie sollte ich auch schlafen, schreckte ich doch ohnehin früher oder später aus dem Schlaf, wenn mich die Albträume packten? Genau deshalb hatte ich Phoenix gebeten, die Nacht getrennt zu verbringen, und war daher bereits geduscht und angezogen.

Geräusche, die von unten zu mir heraufdrangen, sowie der unverkennbare Duft von frischgebrühtem Kaffee lockten mich neugierig nach unten. „Hey, wieso bist du denn schon so früh wach?"

„Du hast doch nicht wirklich angenommen, ich würde entspannt ausschlafen? Okay, gut, da du darauf bestanden hast, nicht wie in den vergangenen Tagen in meinen Armen zu schlafen, und eindeutig überrascht wirkst, hast du das ganz eindeutig doch." Phoenix gab schnaubend eine Kelle Teig in die Pfanne auf dem Herd und kam dann zu mir. „Ich bin für dich da, hörst du? Egal, was du brauchst, sag es einfach." Er küsste mich sanft.

„Es hilft bereits, dass du hier bist", gestand ich und kuschelte mich an ihn.

Seine Nähe gab mir Halt, und obwohl ich eigentlich damit gerechnet hatte, erneut heulen zu müssen, legte sich der stete Rhythmus seines Herzens wie eine beruhigende Melodie auf meine angespannten und flatternden Nerven.

„Ich komme nach der Probe so schnell wie möglich nach Hause", murmelte er in mein Haar.

„Stress dich meinetwegen nicht, ich werde früher Schluss machen und anschließend zum Friedhof fahren."

„Und ich soll wirklich nicht mitkommen?"

„Nein, ich schaffe es nur zweimal im Jahr dorthin und diesen Moment an ihrem Todestag brauche ich für mich."

„Okay, dann lass uns frühstücken, denn ich bin mir

sicher, das wird für den Rest des Tages deine einzige Mahlzeit bleiben, habe ich Recht?" Er gab mir einen Kuss auf die Stirn und wendete, mit einer Hand noch immer meine haltend, den Pancake.

„Vermutlich", gab ich zu und schenkte mir eine Tasse Kaffee ein.

Es war süß, romantisch und irgendwie kitschig, wie sich jeder von uns weigerte, den anderen loszulassen, und dennoch war es perfekt.

Wir hingen unseren Gedanken nach, während wir in einvernehmlichem Schweigen an der Küchleninsel saßen und Phoenix' fluffige Pancakes aßen, die der meiner Mom ernsthaft Konkurrenz machten.

„Lass alles stehen", bat Phoenix, als ich aufstand und mein Geschirr nahm, um es in die Spülmaschine zu stellen. „Ich räume auf und mache sauber."

„Meinen Dreck wegzuräumen, ist wirklich nicht zu viel verlangt", widersprach ich.

„Das finde ich schon." Phoenix nahm mir die Sachen aus der Hand und stellte sie wieder hin. „Es klaut mir nämlich wertvolle Kuss-Zeit."

„Oh, ja, betrachtet man es unter diesem Aspekt, hast du natürlich Recht", stimmte ich zu, und gleich darauf spürte ich seine Lippen auf meinen.

Gott, wieso fühlte sich das jedes Mal aufs Neue so unglaublich gut an?

Ich schmiegte mich an ihn, krallte meine Finger in sein Shirt und verfluchte es zugleich, da es mich davon abhielt, über seinen muskulösen Oberkörper zu streichen.

„Hey", murmelte er an meinen Lippen.

„Hey", erwiderte ich und küsste ihn erneut.

„Davon kann ich einfach nicht genug kriegen." Phoenix vertiefte unseren Kuss, sinnlich und intensiv, alles verzehrend und zugleich beschützend. Ergab das irgendeinen Sinn? Vermutlich nicht, doch das war mir egal.

Er war alles, was ich brauchte.

„Bis heute Abend, ich ... warte hier auf dich." Phoenix hatte die Hand an meine Wange gelegt und machte den Eindruck, als ob er noch etwas sagen wollte und sich dann doch dagegen entschied.

„Ich melde mich, wenn ich mich auf den Heimweg mache."

Nach einem letzten Kuss wandte ich mich um, zog mich an, verließ das Haus und fuhr zur Arbeit. Als ich nach wenigen Minuten das Werkstattgelände erreichte, scholl mir laute Rockmusik entgegen.

Danke, Mike.

Erleichtert atmete ich auf und parkte meinen Wagen.

Bereits im letzten Jahr hatten die Jungs die Musik aufgedreht und ein Team-Tag-Schild ans Tor gehängt. So konnte ich mich mit Arbeit ablenken und musste keinen mitleidigen Blicken begegnen oder mich mit Besuchern auseinandersetzen, die weniger ein fahrzeugbezogenes als emotionales Anliegen hatten. Es freute mich, dass so viele Einwohner Keetna Creeks meiner Eltern gedachten, allerdings kam ihnen nicht in den Sinn, dass jeder anders trauerte und ich war nun mal nicht der Typ Mensch, dem es besser ging, indem ich an ihrem Todestag von morgens bis abends über sie redete. Ich dachte still an sie, gab mich den

Erinnerungen hin, wie sie eben kamen. Mal waren es mehr, mal weniger, aber immer in der richtigen Dosis.

Ich winkte Mike zu und machte mich, sobald ich mich umgezogen hatte, an die Arbeit, um einen Wagen mit einem defekten Anlasser wieder fit zu machen.

Dank meines eingespielten Teams konnte ich einen Auftrag nach dem anderen erledigen, ohne mich um irgendetwas kümmern zu müssen, das nichts mit Autos zu tun hatte.

„Okay, Jungs, das wars für heute", rief ich gegen Nachmittag und räumte meine Werkzeuge ordnungsgemäß auf. „Feierabend, Leute. Das gilt auch für euch."

Anschließend machte ich mich in dem kleinen Badezimmer frisch, das nur für mich war, da ich nicht scharf darauf war, das Gemeinschaftsbad der Männer zu benutzen, und holte den Blumenstrauß aus meinem Büro, den ich bereits gestern besorgt hatte.

Vor der Werkstatt wartete ich, bis der Letzte fertig war, ehe ich hinter ihnen abschloss. Nachdem ich vom Hof gefahren war, hielt ich noch einmal an, um auch das Tor zu verriegeln, und schlug dann den Weg zum Friedhof ein.

Ich stellte den Wagen in einer freien Parklücke ab, nahm den Strauß und stieg aus. Mit jedem Schritt, den ich mich dem Grab meiner Eltern näherte, fiel es mir schwerer, weiterzugehen. Ich mochte keine Friedhöfe, ich brauchte sie nicht. Mom und Dad waren in meinem Herzen, und dort würden sie auch immer bleiben.

„Hey, Mom, hey, Dad", krächzte ich und legte den Strauß zu einem Gesteck, das bereits dort stand.

Neugierig drehte ich die Schleife um, die der Wind durcheinandergebracht hatte.

Für immer unvergessen. Phoenix

O mein Gott. Überwältigt schlug ich mir eine Hand vor den Mund. Er war hier gewesen? Es sollte mich nicht wundern. Phoenix war ein wunderbarer Mann, und natürlich hatte er das für sich behalten, anstatt sich damit zu brüsten.

„Weißt du, ich habe mich immer gefragt, wieso es dir damals so wichtig war, dass die drei nebeneinander begraben werden." Daphne war mit Lloyd zu mir getreten. „Aber inzwischen verstehe ich es, und es ist beruhigend zu wissen, dass deine Eltern bei Owen sind, während wir drei hier unten aufeinander achten."

Es war kalt, doch ich spürte die Kälte nicht, zu groß war der Schmerz. Die Leute sagten gern, Zeit heilt alle Wunden, doch nicht diese.

„Vor seinem letzten Schuljahr war Owen unruhig, ohne Ziel und wusste nicht, was er mit seinem Leben anfangen wollte, abgesehen von der Musik. Ein paar Wochen nach Schulbeginn jedoch war er plötzlich wie ausgewechselt, fokussiert, er lernte wie ein Besessener, wenn er nicht gerade mit den Jungs probte." Daphne legte einen Strauß am Grab meiner Eltern nieder, ihre Hände zitterten. „Ich betrachte das gern als Wink des Schicksals, weißt du?"

Jetzt oder nie, sagte ich mir und gab mir einen Ruck.

„Es gibt da etwas, das ich euch nie erzählt habe, und ich ... und ich denke, es ist an der Zeit ..."

„Nein, Liebes, das musst du nicht." Daphne griff nach

meiner Hand. Ihre Miene war sanft, ein vorsichtiges Lächeln umspielte ihre Mundwinkel. „Wir wissen, du und auch deine Eltern hattet eine besondere Beziehung zu Owen."

„Ihr wusstet das?" Geschockt starrte ich sie an. „Wie? Ich meine ..." O Gott, im ersten Moment hatte ich das Gefühl keine Luft zu bekommen, doch als mein Verstand endlich ihre Worte verarbeitete, fühlte sich mein Herz plötzlich um einiges leichter an.

Sie wussten es. Sie wussten es und hatten es mir eindeutig nicht übel genommen, dass ich es ihnen nicht gesagt hatte.

„Nicht zu Beginn und auch nicht, als wir dich näher kennenlernten. Erst vor ein paar Monaten, als wir endlich so weit waren, Owens alte Sachen durchzugehen ... nun ja, da haben wir eine gut versteckte Kiste gefunden."

„Darin waren seine Uniform, sein Abschlusszeugnis von der Academy, seine Auszeichnung für den besten Absolventen seines Jahrgangs und Unterlagen zu alten Fällen, an denen er gearbeitet hat", führte Lloyd aus. „Darunter waren auch jede Menge Fotos von ihm in seiner Trooper Uniform, mit deinem Dad, mit dir und bei euch zuhause."

„Es tut mir leid, es tut mir so schrecklich leid. Ich musste ihm versprechen, nie etwas zu sagen. Owen wollte nicht, dass jemand davon erfährt, vor allem Phoenix nicht, damit er nicht denkt, er würde nur deshalb Teil von *Falling from Grace* bleiben, damit Phoenix seinen Traum erreicht. Owen wollte beides, wollte erst Musik machen und dann Trooper werden, und ... ich habe mich so schlecht gefühlt nach allem, was ihr für mich getan habt. Und, o Gott, wie soll ich das alles Phoenix erklären?" Unaufhaltsam flossen die Tränen über meine Wangen.

„Liv, wir sind dir nicht böse und wir wären es auch nicht, würden wir heute das erste Mal davon hören." Daphne nahm mich in den Arm. „Es tut uns leid, vielleicht hätten wir dich eher darauf ansprechen sollen, aber wir wussten nicht, wie. Dann haben wir gedacht, sagst du uns das nicht, gibt es vielleicht auch andere Dinge, von denen wir nicht wissen sollten, und wir wollten dich nicht in eine Lage bringen, in der du dich verpflichtet fühlst, etwas zu offenbaren, das nicht ans Licht kommen soll."

„Es gibt keine weiteren Geheimnisse", erklärte ich schniefend.

„Owen hat irgendwann mal gesagt, die Dinge kommen zu einem, wenn das Schicksal es für richtig hält. Und er hatte Recht. Ihr seid in sein Leben getreten, als er ziellos war. Natürlich war da die Musik, doch Owen hatte eindeutig vor, sich auf ein Leben danach vorzubereiten und dem Rummel irgendwann den Rücken zu kehren, oder vielleicht war es auch ein Plan B, falls der große Durchbruch nicht kommt. Für ihn war euer Umzug nach Keetna Creek ein Wink des Schicksals. Wir haben erst die Kiste gefunden, als wir bereit waren, uns dieser schmerzhaften Reise in die Vergangenheit zu stellen und daraus wurde die Idee mit der Stiftung geboren."

„Unser Schicksal hängt zusammen", schaltete sich Lloyd ein. „Genau deshalb ist Phoenix nun auch hier, denn der Zeitpunkt ist gekommen, dass auch er die Wahrheit über diesen Teil seines Bruders erfährt. Vielleicht wird er wütend sein, aber er wird erkennen, dass Owen das Richtige getan hat, dass er, während er darauf gewartet hat, dass die Jungs ihren Abschluss machen, seine Zeit gut und sinnvoll genutzt hat. Und ich denke, an diesem Gedanken kann er sich festhalten und wird schließlich ebenso stolz auf Owen sein, wie wir es sind."

Lloyd hatte Recht. Ich wusste, ich durfte es nicht länger rausschieben und schon gar nicht bis zu Owens Todestag damit warten. Zwar war ich mir ziemlich sicher, dass Phoenix das anders sehen würde als seine Eltern, gab er sich doch ohnehin die Schuld an Owens Tod und ebenso Gibson. Nun würde er sie mir geben, weil ich nichts gesagt oder Owen davon überzeugt hatte, seinem anderen Traum zu folgen.

Angestrengt atmete ich durch und wischte mir die Tränen ab. Aber das war okay, sollte er ruhig wütend auf mich sein. Ich war es selbst lange genug gewesen. So oft hatte ich mit Owen gesprochen, ihn gefragt, ob alles in Ordnung war, ob er nicht lieber nach Hause kommen wollte – und versagt. Ich hatte versagt.

Gemeinsam standen wir vor den beiden Gräbern, bis ich mich genug gesammelt hatte, um Phoenix gegenüberzutreten.

29

PHOENIX

„Okay, Leute, diesmal bitte volle Konzentration. Ihr seid so nah dran", feuerte uns Harley an.

„Fehlt nur noch, dass er sich die Basecap zurechtrückt, das Klemmbrett unter den Arm schiebt und in die Hände klatscht, während er leicht vornübergebeugt vor uns auf und ab marschiert", brummte ich in Erinnerung an unseren Football-Coach auf der Highschool.

Carver prustete unterdrückt und selbst Gibsons Mundwinkel zuckten. Virginia dagegen hielt nicht hinterm Berg und lachte hell auf. Sie hatte die vergangenen Jahre als Harleys Assistentin gearbeitet und war mit uns zur Schule gegangen, und da sie genug Spiele gesehen hatte, kannte sie das Getue des Coachs ebenfalls zur Genüge.

„Freut mich, dass ihr in diesem Punkt einer Meinung seid, und nun los, die Uhr tickt."

Da er in diesem Punkt leider recht hatte, schlug ich meine Sticks gegeneinander und zählte an. Ich sollte wirklich darüber nachdenken, für das Konzert meine eigenen Drums einfliegen zu lassen, ich hasste es, auf fremden Instrumenten zu spielen.

Der Bassist, den Harley angeschleppt hatte, wurde von Wölfen überrannt, daher war glücklicherweise Virginia eingesprungen. Okay, nein, er war nicht wirklich irgendwelchen Wölfen zum Opfer gefallen, allerdings sehr wohl von einem Hundeschlitten herunter, was das Aus für seine Teilnahme am Weihnachtskonzert bedeutet hatte.

Carvers neuer Song war gut. Was neu war, war dagegen die Tatsache, dass Gibson inzwischen wusste, dass sämtliche Songs, die unser Leadsänger je geschrieben hatte, von dessen Schwester Aimee handelten. Ich fragte mich ehrlich, wie es sein konnte, dass ihm das nie aufgefallen war. Mal ehrlich, unsere Band hieß *Falling from Grace*, seine Schwester hieß Aimee Grace, wie viel deutlicher hatte Carver denn noch werden müssen?

„Ja, sehr gut, ich denke, ein paar Mal noch, dann habt ihr es." Es war Harley anzusehen, wie begeistert er war.

Kopfschüttelnd stand ich auf und schob mir zugleich die Sticks in meine hintere Hosentasche. „Aber nicht mehr heute. Sorry, Leute, ich muss los."

„Alter, in wenigen Tagen ist das Konzert. Du hast zugestimmt, das durchzuziehen, und jetzt bringst du so was?", maulte Gibson.

Bemüht ruhig wandte ich mich ihm zu, nein, das stimmte so nicht, denn ich war tatsächlich entspannt.

„Ja, Gibson, ich bringe heute *so was*. Die Eltern meiner Freundin sind heute vor drei Jahren ums Leben gekommen, und du kannst dir sicher vorstellen, wie schwer dieser Tag für sie ist. Da sie auch mit Owen befreundet war, ist das eine verdammt harte Woche für sie. Ich werde jetzt losfahren, ihr Lieblingsgericht kochen und für sie da sein, wenn sie nach Hause kommt. Du dagegen kannst eine Kerze anzünden und dir eine Minute Zeit nehmen, um an Trooper Carson und seine Frau zu denken."

„Fuck, Phoenix, ich ..."

„Spar's dir, dafür fehlt mir die Zeit."

Ich hob die Hand, um mich von den anderen zu verabschieden, und verließ den Probenraum. Entgegen Livs Warnung, den Oldtimer nicht den winterlichen Straßenbedingungen auszusetzen, hatte ich mich heute ausnahmsweise hinters Steuer gesetzt und mit Owens Ford Destiny eine Ausfahrt unternommen. Anders wäre es mir gar nicht möglich, einkaufen zu gehen, geschweige denn, alles nach Hause zu schleppen und auch noch rechtzeitig mit dem Kochen fertig zu sein. Zwar rechnete ich nicht damit, den Auflauf genauso hinzubekommen, wie Liv ihn liebte, doch ich wusste, ihr reichte die Tatsache, dass ich es versuchte.

Daher beeilte ich mich, sobald ich zuhause war, die Süßkartoffeln zu schälen und in feine Scheiben zu schneiden. Anschließend schnitt ich den Feta sowie die Kirschtomaten klein und gab alles in eine Auflaufform. Nachdem ich Olivenöl sowie Gewürze und Pinienkerne hinzugegeben hatte, schob ich die Form in den Ofen, öffnete eine Flasche Wein und brachte den Kamin in Gang.

Als ich ihren Wagen die Zufahrt hochkommen hörte, wappnete ich mich innerlich. Ich hatte keine Ahnung, was mich erwartete, doch das spielte keine Rolle, ich würde für Liv da sein und ihr geben, was immer sie brauchte. Schritte ertönten. Gleich darauf wurde die Tür geöffnet und Liv kam herein. Sie wirkte abgekämpft und vollkommen erschöpft.

Sofort lief ich zu ihr.

„Du hast gekocht. Mmh, ist das etwa ein Süßkartoffel-Auflauf?" Ihre Augen leuchteten auf, während sie genüsslich schnuppernd ihre Handtasche auf der Kommode neben der Tür abstellte.

Ein Lächeln stahl sich auf meine Lippen. Gott, wie kam es, dass diese Frau so wundervoll war? Selbst jetzt, umgeben von ihrer Trauer, schaffte sie es, sich an den kleinen Dingen des Lebens zu erfreuen.

„Richtig geraten." Ich half ihr aus dem Mantel und wartete, bis Liv ihre Stiefel ausgezogen hatte, ehe ich sie in meine Arme schloss und sanft küsste.

„Es tut gut, zuhause zu sein", murmelte sie und kuschelte sich an meine Brust.

„Mehr noch, dich bei mir zu haben." Denn obwohl sie es nicht wusste, war sie genau das für mich geworden: mein Zuhause.

Für eine Weile standen wir einfach so beisammen, dann jedoch mahnte mich das nachdrückliche Rumoren, das Livs Magen von sich gab, dass es höchste Zeit war, meine Freundin mit etwas zu essen zu versorgen.

„Du hast seit den Pancakes nichts mehr zu dir genommen, oder?"

„Nein, ich habe nichts runterbekommen", gab sie zu und löste sich von mir.

„Setz dich." Ich deutete in Richtung Kücheninsel, wo Wein und Gläser bereitstanden.

Während Liv sich setzte und uns beiden einschenkte, holte ich den Auflauf aus dem Ofen und belud unsere Teller.

„Danke, das duftet einfach herrlich, und es sieht auch ebenso aus", lobte sie, als ich eine Portion vor ihr abstellte.

Stolz setzte ich mich neben sie und fing an zu essen, zumindest versuchte ich es, da es wirklich noch verdammt heiß war. Liv trank einen Schluck Wein und sah aus, als wäre sie tief in Gedanken versunken. Selbst als sie die Gabel zur Hand nahm, wirkte sie abwesend.

„In dem Sommer, in dem ich mit meinen Eltern nach Keetna Creek gezogen bin, weil mein Dad den Job als Leiter des State Trooper Departments bekommen hat, war Owen auf einer Party", begann sie schließlich mit brüchiger Stimme und legte ihre Gabel zur Seite. Sie hatte ohnehin kaum etwas gegessen, sondern vielmehr darin herumgestochert. „Nicht wie üblich unten am Waldrand, sondern weiter oben auf einer Lichtung. Das Programm war das Gleiche: Lagerfeuer, Alkohol, herumknutschen, fummeln oder auch mehr. In jener Nacht ist Owen ins Gebüsch gegangen, um sich zu erleichtern. Plötzlich hat er ein rotes Licht aufflackern sehen und gleich darauf ein dumpfes Geräusch gehört, gefolgt von etwas, das sich für ihn wie Schleifen angehört hat. Da er nicht vorhatte, mit heruntergelassener Hose durch den Wald zu stolpern, und zudem alkoholisiert war, hat er die Sache erst mal aus seinen Gedanken geschoben. Am nächsten Morgen jedoch ist er zu meinem Dad ins Department gegangen und hat ihm davon erzählt. Sie sind gemeinsam zu der besagten Stelle gefahren, haben sich dort umgesehen und schließlich Spuren entdeckt, die darauf hinweisen, dass die feierwütigen Jugendlichen nicht die Einzigen waren, die sich dort in der vergangenen Nacht aufgehalten hatten, sondern ebenso Wilderer, und zwar in unmittelbarer Nähe. Was Owen gesehen hatte, war wohl ein Laser, um das Ziel zu lokalisieren, und das dumpfe Geräusch eines Wildtieres, das getroffen zu Boden gesunken und anschließend weggeschleift worden ist." Liv schluckte. „Owen hat später erzählt, das war der Moment, in dem er wusste, dass er Trooper werden möchte. Die Tatsache, dass in Keetna Creek Gestalten ihr Unwesen treiben, die sich nicht davor scheuen, in direkter Nähe von Jugendlichen herumzuballern, hat den Wunsch in ihm geweckt, später, wenn eure Musikkarriere ihren Höhepunkt erreicht hatte, dem Business den Rücken zu kehren, um auf die Menschen in seiner Stadt aufzupassen."

Liv stand auf und ging den Flur hinunter, ich hörte Rascheln und Klackern und gleich darauf war sie zurück. Allerdings nahm ich das lediglich am Rande wahr, denn obwohl mein Verstand in der Lage war, ihren Worten zu folgen, hatte er Schwierigkeiten damit zu verarbeiten, was sie mir da erzählte. Wobei, eigentlich war es vor allem der letzte Satz, der mich nicht losließ: Owen wollte Trooper werden? Er hatte vorgehabt, irgendwann als Teil von *Falling from Grace* aufzuhören und nach Hause zurückzukehren?

„Dein Bruder war nach seinem Abschluss nicht auf einem fünfmonatigen Roadtrip, wie er es euch erzählt hat. Er war in Sitka und hat dort die Ausbildung zum Trooper absolviert und anschließend von Dads Büro bei uns zuhause aus alte Fälle bearbeitet, die Dad ihm mitgebracht hat. Er wollte nicht, dass ihr das wisst, er wollte nicht, dass du ... keine Ahnung, er wollte es nicht. Deshalb hat er erzählt, er würde Online-Kurse am College belegen und jobben, bis ihr euren Abschluss habt, um den Sprung ins Musikbusiness zu wagen. Owen wollte mit euch Musik machen, sehen, wie weit ihr es gemeinsam schafft, und sich einen Plan B oder eben ein Leben danach zurechtlegen, für den Fall, dass er darauf zurückgreifen kann oder muss."

Sprachlos starrte ich sie an. Mein Gehirn war wie leergefegt.

„Owen war Trooper?", hakte ich nach, da ich es einfach nicht fassen konnte.

„Ja, und zwar ein verdammt guter. Kurz bevor ihr aufgebrochen seid, um die Welt mit eurer Musik zu erobern, ist er den Wilderern auf die Spur gekommen. Dank seiner Arbeit ist es Dad und den anderen Troopern gelungen, sie auf frischer Tat zu erwischen und zu verhaften. Owen wusste, sie würden wiederkommen, und so, wie sie ausgestattet waren, machten sie das wohl schon eine Weile, und er sollte Recht behalten." Liv suchte meinen Blick und ich begriff, ihre nächsten Worte waren wichtig. „Owen wollte Musik machen, Phoenix. Er hat diesen Traum mit dir geteilt. Dieser zweite Traum, Trooper zu sein, sollte dem nicht im Weg stehen, er sollte eine Ergänzung sein."

Ich sah, wie sie sich zusammenriss, und ich verstand, wie schwer das für sie sein musste, doch alles, was ich hörte, war, dass mein Bruder ein Leben geführt hatte, von dem ich nichts gewusst hatte. Dass er einen Traum verfolgt und zum Teil auch gelebt hatte, der mir bis eben vollkommen unbekannt gewesen war, und dass sie all die Zeit über davon gewusst hatte.

Liv legte einen Schlüssel vor mir auf der Kücheninsel ab.

„Du hast mich anfangs gefragt, was in dem abgeschlossenen Zimmer ist. Der Raum ist voller Fotos, voller Erinnerungen an Mom, Dad und Owen. Ich bitte dich, egal wie wütend du jetzt vielleicht auf mich bist, mach nichts kaputt. Diese Bilder bedeuten mir alles", wisperte sie erstickt.

Wie in Trance stand ich auf und nahm den Schlüssel.

„Mach es nicht kaputt", hörte ich sie noch einmal leise flehen, als ich den Flur entlanglief.

Mit zitternder Hand schloss ich auf, tastete nach dem Lichtschalter und fand mich, sobald die Lampe den Raum erhellte, in einem Büro oder einer Art Bibliothek wieder. Langsam schloss ich die Tür hinter mir. Eine Wand war voller Bücherregale, davor standen ein Schreibtisch und rundherum Sideboards. Darauf waren unzählige Bilder von ihr, ihren Eltern und Owen. Sprachlos starrte ich auf eine Aufnahme meines Bruders in seiner Trooper-Uniform. Die Wut packte mich und dabei konnte ich nicht einmal sagen auf wen. Sie war plötzlich da, ebenso der Drang, dieses verdammte Bild gegen die Wand zu schmeißen.

Mein Blick fiel auf sein Gesicht. Er strahlte, war glücklich und so unglaublich stolz.

Mach es nicht kaputt.

Angespannt stellte ich den Rahmen zurück und betrachtete nacheinander die anderen Aufnahmen von ihm, am Schreibtisch sitzend und über Akten gebeugt, Fotos von Liv als Kind und wie sie mit ihrem Dad an Autos herumschraubte, aber auch von ihr und Owen, wie sie einander Sahnetorten ins Gesicht warfen, wie Bruder und Schwester, so, wie sie gesagt hatte.

Ich setzte mich auf den Schreibtisch und starrte auf die Bilder, keine Ahnung, wie lange, auf jeden Fall sehr lange. Irgendwann zog ich mein Handy heraus, scrollte durch meine Galerie zurück an den Anfang, und zu meiner Überraschung oder vielleicht auch nicht, fand ich dort das gleiche glückliche Lächeln auf Owens Gesicht.

Liv hatte Recht, er hatte zwei Träume verfolgt und doch wünschte ich, er hätte die Musik sein lassen und hier in Keetna Creek ein sicheres Leben geführt.

Wieder blieb mein Blick an Livs Fotos hängen. Ob Mom und Dad davon wussten? Mit Sicherheit hatte sie es ihnen bereits gesagt.

„Warum hast du es mir nicht gesagt?", fragte ich an Trooper-Owen gerichtet. „Wieso hast du mir nicht gesagt, das ... das war scheiße von dir. Du hättest es mir sagen müssen. Du hättest es Mom und Dad sagen müssen. Du hättest zulassen müssen, dass wir stolz auf dich sind, und du hättest Liv niemals in diese beschissene Situation bringen dürfen. Das war arschig, Owen", stieß ich aus, obwohl ich vollkommen allein hier drin war.

Mach es nicht kaputt, hörte ich eine Stimme in meinem Kopf, doch diesmal war es nicht Livs. Es war Owens und irgendetwas sagte mir, er sprach nicht von den Fotos.

Nein, ich wusste genau, was er meinte, und ebenso, was ich zu tun hatte.

Entschlossen stand ich auf, löschte das Licht und verließ die Bibliothek. Das Haus lag still da. Ein Blick auf die Uhr sagte mir, dass ich tatsächlich stundenlang auf die Bilder gestarrt und an Owen gedacht hatte. Kein Wunder, dass Liv irgendwann ins Bett gegangen war.

Ich zog mein Handy aus der Hosentasche, scrollte durch meine Kontaktliste und drückte dann auf Wählen.

„Hey, ich brauche ein Flugzeug, klein genug, um in Glacier Woods landen zu dürfen, und ich brauche es jetzt." Mir war klar, ich war nicht gerade freundlich, aber ich hoffte, er verstand, dass mir dafür jetzt die Zeit fehlte.

„Phoenix, es ist ..."

„Mach hin, Harley, ich muss heute Abend wieder zurück sein und mit dem Auto dauert es eine Weile. Ach so, und du musst mich abholen und zum Flughafen bringen. Ich warte unten an der Zufahrt zu Livs Haus."

„Du kommst zurück?", hakte er nach.

„Pinky Promise. Hör zu, du kannst mich von mir aus im Auto ausquetschen, aber jetzt organisier mir diese verdammte Maschine." Damit legte ich auf.

Genau deshalb war dieser Mann nicht nur so verdammt erfolgreich in seinem Job, sondern auch ein guter Mensch. Er wusste stets, worauf es ankam, und war, ohne zu zögern, bereit, einen bestmöglich zu unterstützen.

Ich kramte Zettel und Stift aus dem Körbchen unter dem Couchtisch und schrieb Liv eine Nachricht. Mit dem Zettel in der Hand lief ich leise die Treppe nach oben und öffnete die Tür zu ihrem Zimmer.

Liv hatte sich eingerollt und schlief tief und fest. Auf Zehenspitzen schlich ich zu ihr, legte die Notiz neben ihrer Nachttischlampe ab und hauchte ihr einen Kuss auf die Wange, die sich unter meinen Lippen feucht anfühlte. Sie hatte geweint, vermutlich hatte sie sich in den Schlaf geweint.

Fuck, sobald ich zurück war, musste ich dringend für klare Verhältnisse sorgen.

30

LIV

Ich fühlte mich wie gerädert, als ich am nächsten Morgen erwachte. Draußen war es noch dunkel, was normal war angesichts der Tatsache, dass es in Alaska zu dieser Jahreszeit erst recht spät hell wurde.

Der Platz neben mir war kalt und leer, was bedeutete, Phoenix hatte heute Nacht nicht bei mir geschlafen.

Verdammter Mist.

Mich zusammennehmend, schob ich die Decke beiseite, stand auf und lief nach unten. Ich musste ihn sehen, musste mich ihm stellen und sämtliche Fragen beantworten, die er womöglich hatte.

Auf wackeligen Beinen lief ich hinunter, am Fuß der Treppe hielt ich an. Die Tür zur Bibliothek stand offen, seine Zimmertür ebenfalls, doch von Phoenix war nichts zu sehen. Angespannt lief ich in die große Wohnküche und stoppte erneut.

„O mein Gott", wisperte ich und schlug mir die Hand auf den Mund, da ich kaum fassen konnte, was ich da sah.

Phoenix hatte einige der Bilderrahmen hier aufgestellt. Wohin ich auch blickte, lächelten mir meine Eltern oder Owen entgegen. Und doch war er gegangen.

Hektisch wühlte ich mein Handy aus meiner Handtasche und wählte seine Nummer. Allerdings wurde ich sofort auf die Mailbox umgeleitet. *Nein, bitte nicht.* Hastig schrieb ich ihm eine Nachricht, doch so sehr ich auch auf das Display starrte, sie blieb ebenso unerwidert wie mein Anruf.

Fassungslos, weil er einfach so gegangen war, brachte ich die Kaffeemaschine in Gang und setzte mich dann aufs Sofa. Ich starrte in die Flammen des Kaminfeuers, meldete mich bei Clive für heute krank und hoffte, wartete darauf, dass ich mich irrte, dass Phoenix lediglich Zeit gebraucht und einen Spaziergang unternommen hatte und gleich zur Tür hereinkam.

Vergeblich.

Irgendwann musste ich eingenickt sein, denn als ich aufwachte, ging die Sonne auf. Das Geräusch eines Wagens, der viel zu schnell die Auffahrt herauffuhr, lockte mich ans Fenster.

Remi.

Mit einem traurigen Lächeln öffnete ich die Haustür. „Hey, was machst du denn hier?"

„Ist das dein Ernst? Clive hat mich angerufen. Du nimmst dir nie frei, niemals. Selbst mit hohem Fieber schleppst du dich in die Werkstatt und nun das?" Sie betrachtete mich. „Was ist los, Liv? Was ist passiert?"

„Phoenix ist weg", schluchzte ich und trat zur Seite, damit sie hereinkommen konnte.

„Was meinst du damit, er ist weg?" Verwirrt schloss sie die Haustür hinter sich und schlüpfte aus ihren Stiefeln und ihrem Mantel.

„Ich ... Es war an der Zeit, ihm ein Geheimnis über seinen Bruder zu verraten, das ich in den vergangenen Jahren auf seinen Wunsch hin gehütet habe, und als ich heute Morgen aufwachte, war er weg."

„Du hast Fotos aufgestellt." Verblüfft sah sie sich um. „Ich habe hier noch nie auch nur ein einziges gesehen."

„Das war er. Er hat sie aus der Bibliothek geholt, wo ich alle meine Erinnerungen an Mom, Dad und Owen unter Verschluss gehalten habe", gab ich zu und schenkte ihr eine Tasse Kaffee ein.

„Aber dann kann er nicht weg sein." Energisch schüttelte sie den Kopf. „Was ist mit seinen Sachen? Sind die noch da?"

„Ja, aber der Mann schwimmt in Geld, er kann sich jederzeit neues Zeug kaufen." Diesen Einwand ließ ich nicht gelten. Ich stellte die Tasse ab und setzte mich zu ihr auf die Couch. „Er reagiert nicht auf meine Nachricht und ruft auch nicht zurück, mehr noch, ich werde jedes Mal auf die Mailbox umgeleitet."

„Liv, sieh doch, seine Gitarre steht noch hier und sind das dort im Regal nicht seine Drumsticks? Wenn mich nicht alles täuscht, sind ihre Instrument für Musiker wie eigene Kinder, ein Schatz, den sie niemals einfach so zurücklassen würden."

„Ich weiß es nicht, Remi, ich weiß nicht, was ich

denken soll." Erschöpft sank ich gegen das Polster und schloss für einen Moment die Lider.

„Hey, es ist eine harte Woche, für euch beide. Womöglich braucht er einfach ein bisschen Zeit, um das zu verarbeiten."

„Aber wieso hat er mir denn keine Nachricht hinterlassen?", wandte ich ein. „Es war nichts auf dem Küchentisch, nicht auf dem Nachtschränkchen, gar nichts."

„Ich weiß es nicht, Liv. Phoenix ist der Einzige, der dir darauf eine Antwort geben kann."

„Ja, doch er ist nicht da." Frustriert schnaubte ich. „Und das Schlimmste ist, ich konnte diesem verdammten Mistkerl nicht einmal sagen, dass ich mich in ihn verliebt habe."

„Ach, Süße, ich bin sicher, er weiß, dass er dir nicht scheißegal ist, und du bist es ihm gewiss ebenfalls nicht", beruhigte mich Remi und brachte mich damit zum Lachen.

„Danke, du bist eine wahre Freundin."

„Weiß ich doch." Sie grinste breit und nahm ihre Kaffeetasse vom Tisch.

„Cheers."

Vorsichtig stießen wir miteinander an.

Irgendwann rappelte ich mich auf, um zu duschen und mich anzuziehen, während Remi zwei Portionen des Auflaufs aufwärmte. Nicht, dass ich groß Hunger gehabt hätte, aber ... nun ja.

„Gott, Liv, ich liebe deinen Süßkartoffelauflauf, wie bekommst du den nur jedes Mal so gut hin?" Genüsslich stöhnte Remi auf und verdrehte dabei die Augen.

„Das musst du Phoenix fragen, er hat ihn gestern für mich zubereitet."

„Und da zweifelst du noch?" Entsetzt starrte sie mich an. „Der Mann kocht für dich, holt deine Erinnerungen aus ihrer Höhle und parkt seine Instrumente bei dir. Wie viele Beweise brauchst du noch, um zu sehen, was jeder andere längst weiß? Dieser Kerl liebt dich."

„Remi, er ist gegangen, was gibt es daran falsch zu verstehen?", erwiderte ich, da ich nicht wagte, der Hoffnung nachzugeben.

„Nun ja, zum einen passt das Geräusch eines heranbrausenden Motors nicht zu deiner Theorie", begann sie und stand auf, um aus dem Fenster zu sehen. „Und zum anderen macht dir der Typ, der eben ausgestiegen ist, einen Strich durch die Rechnung." Grinsend lief sie zur Tür, um sie zu öffnen.

„Phoenix", wisperte ich fassungslos, als ich ihn im Türrahmen stehen sah. Mit einem verschmitzten Grinsen sah er mich an.

Erleichterung durchflutete mich.

„Wo zum Teufel bist du gewesen?", motzte ich und stapfte auf ihn zu. „Konntest du nicht wenigstens eine Nachricht dalassen oder anrufen? Hast du eine Ahnung …"

Weiter kam ich nicht, denn da hatte Phoenix seine Hände an meine Wangen gelegt und küsste mich, und verdammt, dieser Mann konnte so unglaublich gut küssen.

„Ich hatte dir einen Zettel neben die Nachttischlampe gelegt", murmelte er an meinen Lippen. „Und mein Akku war leer. Ich bin zurückgekommen, so schnell es ging, aber die Straßen sind glatt und da war stellenweise nicht mehr als Schneckentempo drin."

„Wo warst du?"

„Ich war in Glacier Woods, um meine restlichen Sachen zu holen."

„Was?!"

„Okay, ich werde hier nicht mehr gebraucht, man sieht sich. Und Junge, kauf dir ein zweites Ladekabel fürs Auto", murmelte Remi und ließ uns allein.

„Meine Drums sind im Wagen, ebenso meine restlichen Klamotten. Ich gehe nicht weg, Liv."

„Was bedeutet das?", hakte ich nach und hasste mich dafür, dass meine Stimme zitterte.

„Das bedeutet, dass du Recht hattest, mit allem und noch viel mehr. Vergangene Nacht hatte ich viel Zeit zum Nachdenken. Owen hat sein Geheimnis mit dir geteilt, und ja, das hat sich beschissen angefühlt, doch es war seine Entscheidung und ich kann mir nicht einmal ansatzweise vorstellen, wie es gewesen sein muss, das all die Zeit über für dich zu behalten. Doch ich habe verstanden, dass einfach aus Keetna Creek wegzugehen, und mehr noch, wegzubleiben, ein Fehler war. Wir hätten öfter nach Hause kommen sollen, vielleicht hätte das geholfen. Was ich allerdings sicher weiß, ist, ich werde immer zu dir zurückkommen, und bist du mit mir unterwegs, habe ich mein Zuhause stets dabei."

„Phoenix, ich ... mein Leben ist hier, die Werkstatt und ..."

„Unser Leben, Liv."

„Du wirst mit Sicherheit auf Tour gehen. *Falling from*

Grace wird erneut einschlagen wie eine Bombe und dann ..."

„Das spielt keine Rolle. Ich komme immer wieder zu dir zurück und vielleicht kannst du auch ein paar Tage mitkommen, aber du kannst dich auf mich verlassen, Liv, ich gehe nicht weg. Ich liebe dich, und ich bin nicht bereit, dich aufzugeben – für nichts und niemanden. Wenn ich eins aus Owens Geheimnis gelernt habe, dann dass er es nicht hätte haben sollen. Ich will dich nicht verstecken, von mir aus kann die ganze Welt wissen, dass ich bis über beide Ohren in Liv Carson, meine wundervolle, atemberaubend schöne Freundin und Bad-Ass-Werkstattbesitzerin verliebt bin." Zärtlich strich er mir über die Wange.

Meine Haut kribbelte, meine Gedanken drehten sich, und zugleich war mein Kopf vollkommen leer. Mein Herz dagegen wusste kaum noch, wo oben und unten war.

„Ich liebe dich, Phoenix. Bitte, tu mir das nie wieder an. Der Gedanke, dich verloren zu haben, war furchtbar", schluchzte ich und krallte meine Finger in den Kragen seiner Jacke.

„Versprochen, ich gehe nie wieder ohne Solar-Powerbank und Ladekabel aus dem Haus", versicherte er mir und küsste mich sanft.

„Danke." Meine Arme fest um ihn schlingend, hielt ich ihn fest, lauschte dem beruhigenden Rhythmus seines Herzens, bis sich auch mein eigenes einigermaßen beruhigte.

31

PHOENIX

„Und du bist sicher, dass ich mitkommen soll?", hakte sie erneut nach, als ich ihr aus dem Wagen half. „Ich würde es verstehen, wenn du sein Grab allein besuchen möchtest."

„Bin ich, außerdem wird es Zeit, dass du mich deinen Eltern vorstellst", neckte ich sie vorsichtig.

Liv lächelte. „Da hast du Recht."

Hand in Hand liefen wir über den verschneiten Weg. Um ehrlich zu sein, brauchte ich Liv für diesen Schritt an meiner Seite. Owen hatte wortwörtlich Geheimnisse mit ins Grab genommen, und mir war klar, auf einige Fragen würde ich nie eine Antwort erhalten. Dank Liv jedoch hatte ich verstanden, dass es keinen Sinn ergab, sich daran aufzuhängen. Das Leben ging weiter, und es nicht in vollen Zügen auszukosten, brachte meinen Bruder auch nicht zurück.

An seiner Grabstelle legte ich den Kranz ab, den wir besorgt hatten und an dem sogar eine kleine Gitarre hing.

„Hey, Mann, tut mir leid, dass es so lange gedauert hat", murmelte ich und vergrub meine Hände in den Jackentaschen. Ich hatte keine Ahnung, was ich sagen sollte, daher schwieg ich und starrte einfach nur auf den Grabstein mit der Inschrift: *Owen Cassidy, geliebter Sohn und Bruder.*

Das war er, er war der beste Bruder, den ich mir hätte wünschen können.

„Phoenix", wisperte Liv plötzlich. „Gibson ist hier."

Hastig wischte ich mir die Tränen ab, die sich aus meinen Augenwinkeln gestohlen hatten.

„Hey, ich ... also, ich kann später wiederkommen", murmelte er und trat an meine Seite.

„Nein, schon gut."

Ich spürte, dass Liv sich zurückziehen wollte, daher griff ich schnell nach ihrer Hand und verschränkte unsere Finger miteinander.

Eine Weile starrten wir einfach nur auf die Kränze und Gestecke.

„Owens Verletzung ist nicht so geheilt, wie er es sich gewünscht hat", begann Gibson irgendwann. „Dass er abhängig von seinen Schmerztabletten wurde, dafür kann ich nichts, Phoenix."

„Das weiß ich, allerdings ..."

„Ja, wir waren in Clubs und auf Partys, aber nicht, damit ich ihn in die Drogenszene einführen konnte", wandte Gibson sofort ein, und ich hatte das Gefühl, das, was als nächstes kam, brannte ihm schon verdammt lange unter den Nägeln. „Ich habe ihn um Hilfe gebeten. Owen hat immer gesagt, wir sollen zu ihm kommen, bekommen wir ein Problem nicht gewuppt, und Striker war dabei, zu einem Problem zu werden. Er hat immer mehr Scheiße gebaut und sich öfter zugedröhnt. Als Harley es endlich geschafft hat, das Label davon zu überzeugen, dass er der Untergang für *Falling from Grace* sein würde, sollte er noch länger Teil der Band bleiben, war es bereits zu spät." Gibson atmete tief durch. „Ich wusste es nicht, das musst du mir glauben. Owen schien es besser zu gehen, und ich dachte ebenso wie alle anderen, dass die Verletzung nun verheilt wäre. Als rauskam, dass Owen an einer Überdosis gestorben ist, habe ich mir Striker vorgeknöpft und dieser Dreckskerl hat vollkommen gelangweilt zugegeben, dass er Owen mit Stoff versorgt und schließlich auch die Kontakte zu seinen Dealern hergestellt hat. Der Rauswurf kam zu spät und hat daran auch nichts mehr geändert. Ich schwöre dir, hätte ich gewusst, was dieser Mistkerl mit Owen abzieht, ich hätte ihn nie um Hilfe gebeten, ich hätte ..."

„Es scheint einiges zu geben, das wir nicht über Owen wussten", murmelte ich und straffte dann die Schultern. Über die Tatsache und den Schock, dass mein Bruder drogensüchtig gewesen war und es geschafft hatte, das über längere Zeit vor uns zu verbergen, war ich schon lange, nun ja, vielleicht nicht hinweg, doch ich hatte gelernt, diese Tatsache zu akzeptieren.

„Du hattest Recht, ich trage eine Schuld, und ich fühle mich schuldig, obwohl nicht ich es war, der ihn in diesen Sumpf gezogen hat", gestand Gibson.

„Du hast versucht zu helfen", presste ich hervor, denn

für einen Moment packte mich die Wut auf Striker. Hätte ich davon gewusst, hätte ich auch nur geahnt, dass dieser Dreckskerl Owen mit Drogen versorgt hatte, ich hätte …

Liv, die sanft meine Hand drückte, erdete mich. Was ich getan hätte, spielte keine Rolle mehr. Owen war tot.

„Mein Bruder war erwachsen, er hat seine eigenen Entscheidungen getroffen und sich dagegen entschieden, um eine längere Auszeit zu bitten oder um weitere Untersuchungen. Er hätte einen von uns um Hilfe bitten können, aber das hat er nicht." Ich atmete einmal tief durch. „Danke, dass du mir davon erzählst."

„Ich hätte es früher tun sollen."

„Vielleicht, doch wer weiß, wozu es gut war, dass du gewartet hast."

„Owen war immer für uns da. Ich wünschte, er hätte uns die Chance gegeben, auch für ihn dazu sein." Damit wandte er sich um und stapfte davon.

„Ja, das wünschte ich auch."

„Das geht uns wohl allen so", ließ Liv leise verlauten.

„Ich schätze, das war der Trooper in ihm." In meiner Stimme lag keine Bitterkeit, denn inzwischen verstand ich seinen zweiten Berufswunsch. Er war die logische Konsequenz seines Charakters. Owen hatte sich von jeher darum gekümmert, dass es den Menschen um ihn herum gut ging. „Lass uns heimfahren und ihm seinen letzten Wunsch erfüllen."

Wir verließen den Friedhof auf dieselbe Weise, wie wir ihn betreten hatten, und fuhren zurück. Sobald ich geparkt hatte, holte ich das Säckchen mit Asche heraus, half Liv aus dem Wagen und führte sie auf einen Pfad hinter ihrem Haus und bis auf eine Anhöhe.

„Ich möchte, dass er auch über uns wacht und vor allem über dich, bin ich mit den Jungs unterwegs", beantwortete ich ihre unausgesprochene Frage.

Jeder von uns nahm eine Handvoll Asche.

„Bist du bereit?", wollte Liv wissen.

„Ja, es ist an der Zeit."

Zugleich öffneten wir unsere Fäuste und ließen Owens Überreste, so wie er es sich gewünscht hatte, vom Wind davontragen, damit ein Teil von ihm für immer über Keetna Creek wachen konnte.

32

PHOENIX

„Das ist für dich, Owen", murmelte ich.

Ein letztes Mal atmete ich tief durch und schlug dann meine Sticks gegeneinander, um anzuzählen.

Jeder setzte punktgenau ein, Carver fesselte die Zuschauer von der ersten Sekunde an mit seiner Stimme. Ich ließ meinen Blick über die Menge wandern, die begeistert mitsang, abrockte, so als wäre es um uns nicht drei Jahre lang still gewesen.

Es fühlte sich gut an, wieder hier zu sein und unseren Traum zu leben. Genau wie mein Bruder verfolgte ich nun auch mehrere, der wichtigste jedoch war Liv. Ich beobachtete Gibson, der eins mit seiner Gitarre war. Seit wir uns ausgesprochen hatten, war auch die Stimmung innerhalb der Band besser geworden, und Virginia passte ohnehin perfekt zu uns. Vor allem seit sie ihre innere Rockerbraut von der Leine gelassen hatte, war sie kaum wiederzuerkennen.

Belustigt beobachtete ich sie und schluckte dann hart. Vielleicht drehte ich langsam durch, ganz sicher sogar, doch ich meinte plötzlich, Owen neben ihr stehen und begeistert abrocken zu sehen, genau wie in alten Zeiten. Dann wandte er sich mir zu, klopfte mit den Fingerknöcheln gegen die andere Handfläche, als würde er morsen, und tat dann so, als würde er in ein Walkie-Talkie sprechen. Er nickte mir ein letztes Mal zu, ehe seine Erscheinung verblasste.

Sofort sah ich zu Liv, die neben der Bühne stand. Sie hatte Tränen in den Augen, und ich wusste, sie empfand in dieser Sekunde dasselbe wie ich. Ich sah es in ihrer Miene und daran, wie sie sich angestrengt davon abhielt zu weinen. Daher warf ich ihr ein dreckiges Grinsen zu, das ihr prompt die Röte auf die Wangen trieb.

Yes, genau so wollte ich sie sehen, und nun konnte sie anfangen, darüber nachzudenken, wie, wo und wie oft wir es heute Nacht, sobald wir zuhause waren, miteinander treiben würden, denn scheiße, ich würde dermaßen aufgeputscht von dieser Bühne gehen, dass ich sie am liebsten direkt hinter dem Vorhang gegen die Wand drücken würde.

Langsam fiel sie in den Takt ein, begann, ihre Hüfte zu bewegen und ebenso wie Aimee das Konzert zu genießen.

Wir wechselten alte Stücke mit neuen ab. Ich konnte mir ein Grinsen nicht verkneifen, wann immer Carver von Dingen sang, die Gibsons Schwester betrafen. Tja, da mussten die beiden jetzt durch. Zuzusehen, wie die zwei gemeinsam Songs schrieben, dürfte von nun an äußerst unterhaltsam werden.

Als hätte er meinen Blick gespürt, wandte sich Gibson mir zu und bedachte mich mit einem tödlichen Ausdruck, den ich lediglich mit einem breiten Grinsen erwiderte. Es tat gut, wieder ich selbst zu sein und mich mit der Band verbunden zu fühlen, etwas, das mir viel zu lange abhandengekommen war.

Ich ließ mich treiben, genoss, wie die Fans tanzten, mitsangen, ihre Arme in die Luft und unzählige Dinge in Richtung Bühne warfen. Glücklicherweise landete das meiste im Graben, andernfalls hätte Carver anfangen müssen, den BHs und der Unterwäsche fremder Frauen auszuweichen, während er davon sang, wie er Aimee vögelte.

NACH EINER GEFÜHLTEN EWIGKEIT, die mir zugleich wie ein Wimpernschlag vorkam, und nachdem wir noch ein kleines Zugabe-Set absolviert hatten, verließen wir schließlich die Bühne.

„Das war fantastisch!", rief Virginia und sprach damit aus, was wir alle dachten.

In diesem Augenblick breitete sich ein warmes Gefühl in mir aus. Es fühlte sich an, als könnte das hier ein Anfang sein, ein echter Neubeginn für *Falling from Grace*. Selig grinsten wir vier einander an und ich war sicher, Carver, Gibson und Virginia dachten in dieser Sekunde dasselbe wie ich.

„Das war es", stimmte ich zu. „Unseren Auftritt zu

feiern, müssen wir allerdings verschieben, ich werde anderweitig gebraucht."

„Da bist du nicht der Einzige", brummte Carver, der seinen Blick nicht von Aimee abwenden konnte.

Ich dagegen hatte nur Augen für Liv, die Abstand hielt und uns unseren Erfolg genießen ließ. Ohne sie aus den Augen zu lassen, lief ich auf sie zu.

Sie störte sich nicht daran, dass ich verschwitzt war, sondern zog mich für einen leidenschaftlichen Kuss an sich. „Du warst umwerfend, und verdammt, dich dort oben spielen zu sehen, war unglaublich erregend", wisperte sie an meinen Lippen.

„Wie wäre es, wenn wir später in den Mile-High-Club eintreten?" Anders als Carver und Aimee würden wir nicht hierbleiben und in einem Hotel schlafen. Nein, ich hatte andere Pläne für Liv und mich, und die beinhalteten eine sofortige Rückkehr nach Keetna Creek, bei der sich uns Gibson mit seiner Freundin Lizabelle sowie ihrer Schwester Lexie anschließen würden. Auch Harley, Virginia und ihre Familie würden nach Keetna Creek zurückkehren, allerdings in einem separaten Privatjet.

„O nein, ich werde auf keinen Fall mit dir in dieser Nussschale Toiletten-Sex haben, während in Hörweite eine Stewardess sitzt, die unfreiwillig unserem Sexpodcast lauschen muss, beziehungsweise Gibson, Lizabelle und Lexie alles mitbekommen." Energisch schüttelte sie den Kopf. „Die anderen Frauen können deine Musik und zahlreiche Fotos von dir haben, der Rest gehört mir."

„Und nur dir, Süße, mach dir darum keine Sorgen."

„Das tue ich nicht."

Ich wusste, sie glaubte mir, vertraute mir. Dieses Gefühl wurde bloß noch von dem Wissen getoppt, dass diese wundervolle Frau mich liebte und in ihrem Leben haben wollte.

„Gut, ich beeile mich, und dann geht es ab nach Hause für unser erstes gemeinsames Weihnachten."

„Merry Christmas, Phoenix. Es ist bereits nach Mitternacht."

„Das zählt nicht, noch nicht." Ehe sie etwas erwidern konnte, stahl ich mir noch einen Kuss von ihren Lippen und sah dann zu, dass ich in die Kabine kam, um schnell zu duschen und mich umzuziehen.

Sobald wir in dem Privatjet saßen, den Harley organisiert hatte, kuschelte sich Liv an mich und war eingeschlafen, noch ehe wir richtig in der Luft waren. Ich ließ sie schlafen, der Flug würde ohnehin nicht lange dauern. Außerdem konnte ich so noch einmal den Abend Revue passieren lassen.

Falling from Grace waren zurück.

Und es fühlte sich unbeschreiblich gut an.

Wer hätte das je gedacht?

33

LIV

Als ich am nächsten Morgen aufwachte, war die Seite neben mir leer.

„Nicht schon wieder", murrte ich.

Natürlich wusste ich, Phoenix war da, schließlich rüttelten Kaffee- sowie ein himmlischer Pancake-Duft an meinen Sinnen und drängten mich dazu, aufzustehen und ihnen in die Küche zu folgen.

Da sich jedoch auch meine Blase nachdrücklich zu Wort meldete, gab ich diesem körperlichen Bedürfnis zuerst nach. Draußen war es bereits hell, doch das wunderte mich nicht, so spät, wie wir nach Hause gekommen waren. Nachdem ich die Toilette benutzt, mir die Hände gewaschen und die Zähne geputzt hatte, gönnte ich mir eine heiße Dusche.

„Liv? Bist du da drin?", hörte ich Phoenix rufen. Gleich darauf wurde die Tür aufgedrückt. „Aber hallo, du hast mein Geschenk ja schon ausgepackt."

„Wenn du damit spielen willst, solltest du zu mir hereinkommen", lockte ich ihn und gab meiner Stimme absichtlich einen verführerischen Klang.

„Das würde ich nur zu gern und ich verspreche, ich hole mein Versäumnis heute Abend nach. Jetzt allerdings solltest du dich anziehen, vorausgesetzt natürlich, du willst meine Eltern nicht in diesem Outfit begrüßen." Vielsagend und vor allem hungrig ließ er seinen Blick über mich wandern.

„Für dich hoffe ich, du hältst diesmal dein ... Moment, sagtest du, deine Eltern?" Entsetzt stellte ich das Wasser ab und griff nach einem Handtuch. Phoenix war jedoch schneller und hielt es mir auf, um mich darin einzuwickeln.

„Mom hat deinen Wunsch, das Weihnachtsfest allein zu verbringen, immer respektiert, aber du weißt ja, ich halte nichts von so viel vornehmer Zurückhaltung." Er hielt mich fest in seinen Armen. „Ich verspreche dir, es wird nicht kitschig, nur minimal sentimental. Sie werden hier auch nicht stundenlang festsitzen, wissen sie doch, es ist auch unser erstes Weihnachten."

„Wir haben keinen Baum, keine Dekoration, nicht einmal Weihnachtsplätzchen", zählte ich auf.

„Zieh dich an, und dann komm runter, ich warte an der Treppe auf dich." Über den Spiegel warf er mir einen geheimnisvollen Blick zu, küsste mich auf die Wange und zog sich dann, fröhlich *Walking in a Winterwonderland* vor sich hin pfeifend, zurück.

In mir machte sich vorsichtige Vorfreude breit. Ich kannte meinen Freund, ja verdammt, inzwischen gut genug, um zu wissen, er würde mir kein Weihnachtsfest ankündigen, ohne entsprechende Vorbereitungen getroffen zu haben, allerdings blieb da noch der Zeitfaktor. Wie um alles in der Welt hätte er das organisieren sollen?

Hektisch rubbelte ich meine Haare trocken, cremte mich ein und schlüpfte in frische Unterwäsche. Auf dem Bett fand ich einen rot-weißen Weihnachtspyjama sowie passende Kuschelsocken.

„Nein", wisperte ich entzückt und strich über das weiche Material der warmen Strümpfe.

Sofort schlüpfte ich in die leggingsähnliche Pyjamahose, das Shirt sowie die Socken und öffnete die Tür. Am Fuß der Treppe wartete, wie versprochen, Phoenix auf mich, in dem gleichen Pyjama, den auch ich trug, gut, sein Outfit, war nicht ganz so figurbetont.

„Du siehst fantastisch aus." Belustigt lief ich die Stufen hinunter. Auf der letzten blieb ich stehen und schlang meine Arme um ihn.

„Und du erst." Zärtlich strich er mir über den Rücken. „Verdammt, wieso trägst du einen BH?"

„Ähm, weil deine Eltern herkommen und ich nicht möchte, dass meine Brüste bei jeder Bewegung gut sichtbar vor ihren Augen auf und ab hüpfen?", erwiderte ich.

„Das ist ein Argument, aber sobald sie weg sind ..."

„... verschwinden auch sämtliche Klamotten."

„Mir gefällt, wie dein Verstand tickt." Er nahm meine Hand und verschränkte unsere Finger miteinander. „Los geht's."

Neugierig ließ ich mich von ihm mitziehen. Sobald wir

um die Ecke in den Flur bogen, verschlug es mir den Atem. An jedem Türrahmen entdeckte ich Tannenzweige und Lichterketten, an der Decke zur Wohnküche baumelte ein Mistelzweig und im Wohnzimmer stand eine gigantische Tanne, die wunderschön dekoriert worden war. Allerdings war das noch nicht alles. Phoenix hatte die Küchenisel eingedeckt und nicht nur Pancakes gebacken, sondern auch Platten mit Wurst und Käse angerichtet.

„Wie ... Wann ... Wieso?", stammelte ich und wusste ehrlich nicht, wohin ich zuerst sehen sollte.

„Mit Hilfe meiner Eltern, Mrs. Plummer, Jason, deiner Jungs und natürlich Remi. Du hast es verdient, Weihnachten zu feiern. Ist dir das heute dennoch zu viel, dann feiern wir ab nächstem Jahr zu zweit, doch ich dachte, nach allem, was in den vergangenen Wochen so passiert ist, würdest du der Idee vielleicht eine Chance geben. Remi wäre gern geblieben, allerdings wollte sie verständlicherweise zu ihrer Familie", erklärte Phoenix.

„Ich danke dir, das ist wundervoll. Du kannst dir nicht vorstellen, wie viel mir das bedeutet, und ja, ich denke, ein bisschen mit deinen Eltern zu feiern und ebenso ein wenig allein, ist ein guter Mix, vor allem, wenn ich dabei so bequeme Klamotten tragen kann."

„Frohe Weihnachten, Liv, ich liebe dich so sehr." Phoenix schlang seine Arme um mich und hielt mich fest.

„Merry Christmas, Phoenix. Ich danke dir dafür, dass du nach Hause gekommen bist und mir damit die Chance gegeben hast, mich in dich zu verlieben."

„Das war das Schicksal. Es hat mir gezeigt, wie sehr es

sich lohnt, zu denen zurückzukehren, die man liebt. Immer", murmelte er.

„Ich liebe dich, Phoenix Cassidy." Glücklich lauschte ich seinem Herz, das im selben Takt schlug wie mein eigenes.

Als Phoenix in mein Leben getreten war, hätte ich ihn am liebsten besprungen und anschließend auf den Mond geschossen, doch er war hartnäckig an meiner Seite geblieben und hatte mir gezeigt, wie viel in ihm steckte und auch in mir. Er hatte mein Herz dazu gebracht, sich in ihn zu verlieben, und das war das größte Geschenk, das er mir hatte machen können.

Ende

COMING HOME FOR MY FORBIDDEN BOSS

(LOVE IN ALASKA 1)

von Ava Avery

Rockstars, Rentiere und Romantik – für wen klingt das noch nach einem absoluten Albtraum?

Harley Grant, der Boss des erfolgreichsten Plattenlabels der USA, wird vor eine unmögliche Aufgabe gestellt: Er muss bis zum Weihnachtsabend die zutiefst zerstrittene Band *Falling from Grace* für ein spektakuläres Comeback auf der Bühne vereinen. Als wäre das nicht schon utopisch genug, soll dieses Konzert ausgerechnet am Ende der Welt im verschneiten Alaska stattfinden. Zusammen mit Virginia Montgomery, seiner engsten Vertrauten, reist Harley in die eisige Wildnis Alaskas, um die Mitglieder der Band höchstpersönlich von seinem Vorhaben zu überzeugen. Dort angekommen, sorgen jedoch ein bedrohlicher Kaminbrand, ein wundersamer Kakao und ein dramatischer Hundeschlitten Unfall dafür, dass er und Virginia einander näherkommen, als es die strikten Regeln des Plattenlabels erlauben. Gibt Harley seinen verbotenen Gefühlen für Virginia nach, läuft er Gefahr, alles zu verlieren. Denn die Musikbranche ist gnadenlos und Harleys skrupellose Gegner warten nur darauf, sein Leben zu zerstören. Eine aussichtslose Situation ohne Hoffnung auf ein Happy End? Oder lohnt es sich vielleicht doch, an Weihnachtswunder zu glauben?

In sich abgeschlossener, humorvoller, emotionaler und leidenschaftlicher Winter-Wonderland-Rockstar Liebesroman mit jeder Menge Vorfreude auf Weihnachten.

COMING HOME FOR A CHRISTMAS KISS
(LOVE IN ALASKA 2)

von Hannah Kaiser

In Keetna Creek wird es heiß!

Gibson Hunt hasst seine Heimat Keetna Creek in Alaska.

Und er hasst Weihnachten; vielleicht sogar noch ein bisschen mehr als Keetna Creek. Doch nun muss er ausgerechnet über die Feiertage dorthin zurück, um mit Falling from Grace, seiner Band, die früher internationale Erfolge gefeiert hat, aber sich vor drei Jahren nach einem Schicksalsschlag aufgelöst hat, ein Benefiz-Konzert zu geben.

Als wäre das alles nicht schon schlimm genug, zwingt ihn seine Schwester auch noch dazu, in diesem Jahr die Weihnachtsdekoration zu übernehmen und Gibson wird klar, dass er das niemals allein hinbekommt. Also wendet er sich an Lizabelle Christmas, Keetna Creeks Expertin für Weihnachten.

Für Gibson ein Albtraum und tatsächlich findet er Lizabelle genauso schrecklich, wie ihren Nachnamen. Jedenfalls so lange, bis er merkt, dass sie ihm viel mehr unter die Haut geht, als es gut sein kann.

Doch wenn er sich das eingesteht, müsste sein ganzes Leben auf den Kopf stellen.

Lohnt es sich, dieses Wagnis einzugehen?

Reist mit Lizabelle und Gibson in eine weihnachtliche Kleinstadt in Alaska.

Ein Roman mit Happy End für gemütliche Lesestunden auf dem Sofa.

COMING HOME FOR MY BEST FRIEND'S SISTER

(LOVE IN ALASKA 3)

von Saskia Louis

Wie vergisst du einen Rockstar ... wenn jeder seiner Songs von dir handelt?

Carver wollte immer nur drei Dinge: Reich sein, berühmt sein und Aimee Hunt. Jetzt ist er ein Weltstar, der mehr Millionen auf seinem Konto als - angedichtete! - Frauengeschichten hat ... und es wäre wirklich besser, wenn er Aimee nie wiedersehen würde.

Dumm, dass er zurück in seine Heimatstadt muss. Noch dümmer, dass sein bester Freund und Bandkollege dabei ist. Denn Aimee ist seine verdammte kleine Schwester.

Aimee will nur eins: Carver ignorieren. Doch das kann sie nicht, wenn sie die nächsten Wochen als Journalistin seine Band begleiten muss. Sie hat Jahre damit zugebracht, den Mistkerl zu vergessen und hasst jede Sekunde, in der sie vor ihrem Bruder so tun muss, als wäre alles in Ordnung zwischen ihnen. Niemand hat sie je so verletzt wie Carver ... und niemanden hat sie je so sehr gewollt.

Copyright © 2024 by Sienna Danes - All rights reserved. No part of this book may be reproduced in any form or by any electronic or mechanical means, including information storage and retrieval systems, without written permission from the author, except for the use of brief quotations in a book review.